当你捧起这一份份绿叶对根的怀念，

你读到的是一位位厦大老师的故事，

看到的是一张张青春的笑脸，

还有那"知于无央，爱于无疆"的厦大情怀。

编委会

顾　　问：张　彦　朱崇实
主　　编：林东伟
副 主 编：詹心丽
编　　委（按姓氏笔画排序）：
　　　　　　石慧霞　朱水涌　洪春生
　　　　　　徐进功　蒋东明　曾国斌

我的厦大老师

张存浩 题

序

朱崇实

大学是人类创办的最伟大的机构之一,也是当今世上最美的一种机制。然这个"伟大"和"最美"之处何在?纵观国内外大学尤其是历史悠久的世界著名大学,它们都有一个共同的特征,那就是在经历若干时间的建设发展后,都会形成自己深厚而独特的大学文化和大学精神。大学老师,作为大学文化和大学精神的重要组成和形象代表,其使命又何在?梅贻琦先生曾就大学、老师、学生的关系作过精彩的比喻:"学校犹水也,师生犹鱼也,其行动犹游泳,大鱼前导,小鱼尾随,是从游也,从游既久,其濡染观摩之效,自不求而致,不为而成。"

大学老师,显然不能仅仅是埋首书斋满腹经纶的"方家",也不能仅仅止步于"传道授业解惑"的"师者"。要达到"不求而致、不为而成"之目的,应不遗余力地发挥老师在教书育人过程中的积极性、主动性和创造性。这可以说是推进大学文化传承创新、成就大学之美与大学之用的关键所在。就连推行以学年制为主的普林斯顿大学,仍然以其极致关怀的导师制而著称于世。

厦门大学在创校之初,校主陈嘉庚先生就把一流师资放在校务的首位,主张"独是师资一项,最为无上第一要切",提出"没有好教师就没有好学校,要确立教师在学校的主导地位",吸引了国内外众多知名的教授学者在厦大执鞭授业,为把厦大办成"南方之强"奠定了最初的坚实基础。抗战时期,厦门大学内迁长汀办学,在极端艰难困苦的情况下,萨本栋校长千方百计延揽大批名师,并要求教授、副教授全力为学生上课,他自己也以身作则,使得厦门大学的人才培养取得显著成绩,在当时的全国大学生学业竞赛中蝉联第一。一代代薪火相传,一代代延绵不断,大爱无疆、育人为先、爱生如子、宽严相济、兼容并蓄、潜心治学、精益求精,这些都已经融入厦大老师的血液之中,并成为所有厦大老师共同的精神追求。

建校90多年来,从厦门大学奔赴世界各地的30多万名各类毕业生,伴随着老师们的深情目送,怀揣着老师们的殷殷嘱咐,成长为国家栋梁、社会中坚,以赤子之心、感恩之情回报社会、回馈祖国。或许,每一个校友的心里都珍藏着各自的"我的厦大老师"画像。今天我们穿梭在这些惟妙惟肖的"画像"里,徜徉在这些真情毕露的文字里,那些从往日时光里掇拾起的最美丽的音容笑貌、从记忆深处还原出的最真实的校园场景、从心底流淌出的最深情的涓涓细语,无不为我们勾勒出一幅鸿篇巨制的"厦大师生从游图",生动诠释并不断丰富和充实着厦大作为中国高等教育"南方之强"的精神内涵。

今年9月10日是中华人民共和国第31个教师节。作为一名厦大老师,我和千千万万的老师们一样,从事着平平凡凡的教育事业。但是,我们的事业却和一个个学生的未来、一个个家庭的幸福梦想紧紧相连,和中华民族的伟大复兴、所有炎黄子孙的强国梦想息息相关。三尺讲台,关系未来;国运兴衰,系于教育。管仲曾说过:"一年之计,莫如树谷;十年之计,莫如树木;终身之计,莫如树人。""立德树人"这项比任何其他事情都更重要、更重大的课题,是每一个老师一辈子必须孜孜以求的"师道"。谨以此短文与所有的厦大老师共勉。

是为序。

目　录

1	庄昭顺	忆长汀时期的厦大老师
4	邵建寅	经师易遇　人师难遭
		——我的老师朱家炘教授
7	周咏棠	对我一生影响最大的谢玉铭老师
12	苏林华	公忠爱校　公忠爱国
		——忆我的老师黄开禄教授
18	肖培根	师道永存
21	林　群	我的老师李文清教授
23	周添成	几经风雨　恩泽长存
26	吴新涛	良师益友　学界楷模
		——我的结构化学老师张乾二院士
30	张朝炎	师从田昭武先生有感
33	张文海	1958，我的厦大记忆
37	刘再复	璞玉
		——缅怀郑朝宗老师
44	陈慧瑛	钟情
		——记厦大外语系黄国雄老师

58	苏凤喜	我的海外教育学院老师
62	徐兰芳	白云红叶著秋光 ——记叶品樵老师
66	王少华	永远的怀念 ——回忆葛家澍教授
71	陈国钢	立德正己，写就一生无愧年华 ——追忆我的导师余绪缨先生
77	苏金旺	恩师情谊　铭记心间 ——记杨聪凤老师二三事
82	吴立平	先生的小客厅 ——怀念应锦襄、芮鹤九先生
90	朱守道	师道垂仪范　艺坛留正声 ——深切怀念虞愚教授
95	江曙霞	印象张亦春老师
100	王奋	缅怀恩师汪德耀
106	王华	我和恩师吴水澎的缘
110	王杰	怀念我的老师黄良文
115	谢如意	椰风频送爽　情雨长流香 ——在菲律宾承恩黄炳辉老师抒怀
119	许闽峰	良师益友何德馨
123	徐一帆	先生之风　山高水长 ——我的两位厦大老师
127	杨锦麟	宽柔以教　学者风范 ——致敬陈在正、陈孔立老师
133	叶文振	我的老师黄志贤
138	陆勤毅	我的老师叶文程
143	王春新	钱伯海教授留下的三笔财富
149	王龙雏	领带里的家国情怀
153	朱晓平	润物无声存厚德　雨润琴书忆师恩 ——记李维三老师二三事
157	陈晓松	忆林铁民老师

161	单　明	老师,为我们插上翱翔的翅膀
166	秦晓林	我的辅导员徐梦秋老师
169	刘国和	正直善良万古祥 ——深切怀念恩师罗季荣教授
173	赵立芳	片片精彩　满满幸福 ——难忘我的厦大物理系老师
179	谢　毅	温馨的记忆 ——难忘的林连堂、许金钩老师
183	冯帼英	静水深流　生命长青 ——我的老师陈培爱
186	梁伦润	我的班主任叶宝奎老师
191	龙瑞强	我的恩师万惠霖院士
195	滕　达	授业南强　壮志凌云 ——记恩师刘祥南先生
199	王　炜	蔡启瑞先生二三事
202	杨芃原	在厦门大学的研究工作点滴 ——忆黄本立先生二三事
205	黄少安	学者·绅士·善人 ——与吴宣恭老师的师生情缘
210	单文华	高山仰止 ——记陈安老师
215	王春儒	郑兰荪先生二三事
218	姚建林 汤　儆	学生眼中的田中群老师
221	陈东有	万顷纵横论瀛海 ——我的老师杨国桢先生
226	于树军 郭晓红	厦大老师,遇见您真好
229	汤雅玲	纪念陈玉敏老师
233	韩延明	情融五颂 ——吾爱吾师潘懋元先生

240	倪　锋 杨俐锋	磷有价，情无价 ——记我的老师赵玉芬教授
244	吕炳车	杏坛仰望　如沐春风 ——记我的厦大老师
248	叶　楠	宋培林老师和我们的美好时光
253	程　翔	齐树洁老师教会我许多
257	贾子先	一场跨越中法的厦大师生情 ——忆孙世刚老师
261	唐文倩	我的老师邓子基教授
267	陈　谐	属于自己的厦大故事 ——记电子工程系黄云鹰老师
270	张永雨	师恩难忘 ——我的导师焦念志教授
274	杨　雷	丹心热血沃新花 ——致我的辅导员郑晖阁老师
279	洪佳婧	她的微笑 ——记我的老师陈俐燕
282	马　剑	师恩永在心间 ——记信息学院董俊教授
286		后　记

My Teachers of Xiamen University

忆长汀时期的厦大老师

庄昭顺

1942年,我从教会创办的女子中学毕业后,即考进国立厦门大学中文系。在抗日烽火中,跋涉高山与深渊,到长汀古城,我踏进厦大的女生宿舍笃行斋,好像刚出洞的小老虎,不知该怎样做。幸有几位老师帮助,顺利地读完第一个学年。阔别厦大已70年,现在还记得有几位恩师,简述如下:

我大一的英义老师是林玉霖,他喜欢谈天说笑话。他一进教室就不停地发挥他的口才,直到下课铃响了,才翻开课本说几句有关下一堂课的内容。我喜欢他的幽默,也多少学到了一点不紧张的方法。

我大一的国文老师是施蛰存,他看见我第一句话就是:"为什么不到四川省的师范大学?"我很顽皮地回答:"因为厦大有施蛰存教授。"他点点头。他批改作文很是细心,所以我不敢引经据典。他认为作文要创新,而且不拖泥带水。他是著名的文学家,我的作文受他的影响很大。

指导我写论文参加比赛的陈烈甫先生,是我以写作为生的榜样。他爱护学生们的热情,是我所钦佩的。

我自知中学的数理基础不好,到大学不应选物理课,但因有一位叫谢希德的室友的鼓励,我选修了谢玉铭老师的"普通物理课",谢老师就是希德的父亲。谢老师在上课时,有几次叫我上台当他的助手讲演物理,但我常常不懂怎么做,他劝我不要灰心。第二学期他指导我不要选修实验课,这样可以多一点时间来做其他功课。因为他知道我不是读理科的学生,这是何等的良师!

好不容易挨过了两个学期,暑假又被选上加入15个人的青年团,到江西上饶参加更严格的夏令营训练。返校后我立刻转读法律系,希望将来能有更多的就业机会。

事先已听说过法律系的几位老师是很严格的。虽然我不怕挑战,但有些科目,实在要花很多时间准备。周楠老师知道我的困难是听不懂乡音,所以他努力地讲学,一再解释,直到我明白为止。这样的态度使我不敢偷懒。我佩服他的热心。

许多老师都有特别的作风。对我影响最大的人应该是高梦熊老师,我对他有深刻的印象。

那是快毕业的时候,系主任陈朝璧老师告诉我需要修完"亲属法"才能从法律系毕业。可惜那一年法律系不开"亲属法"这一门功课,怎么办呢?陈主任特别替我安排高梦熊教授单独教授我这门功课,要我跟高教授商谈上课的时间。

天啊!我听说高教授做过大理院的推事,学问经验十分丰富,该是当时法律系最高龄的教授。他为了帮我毕业,允为我开课。我在衷心感谢之外,又怕老人家不耐烦教这个小丫头。但他约定了我第二天到他府上上课。到了约定的时间,我犹豫地慢慢走向他的家。他已经扶着拐杖在门口欢迎我,指点我怎样进门。他仍然穿长袍。穿长袍的教授不单他一人,但他那身长袍及布鞋,使我领会了他注重传统文化。

他开头第一课对我说:"亲属法几千年来只包括在天理、人情、公道这几个字……"我非常惊讶!手上的六法全书几乎掉在地上。他悠闲地看着我。他不像别的教授在黑板上写字,发讲义;也不提条文,只是解释天理、人情与

公道是人们行为的指标。其实我在他府上上课的时间不过一学期,但是他要我读的参考书却多得很。他关心我写完毕业论文准备到菲律宾教书及进研究院的事。他给我的考题成为我日后研究的中心。他希望我在毕业之后,仍能以天理、人情、公道处理所有的纠纷,并认为调解是解决冲突的最好办法。高老师身为法律系教授,却不谈法规之重要。这开了我的眼界。

亲属是人们最基本的关系。中国的儒家以"家"为社会的基础,所以倡导"齐家、治国、平天下"。亲属法几乎是伦理学。此后我在研究院也以家庭法规为研究中心。我深深领会高教授身为法律教授但不认为条规可以解决一切的问题。我们要守法规,但是思考更为重要。我们要依天理、人情、公道而思考法规是否合乎天理、人情、公道。政治思想改变不了中国人对家的看法,例如妇女解放是否合乎天理?人情应该看重吗?公道的标准如何?这许多问题不是可以以条规解决的。我认为高老师要学生思考,而不必坚持硬性的法规是对的。毕业后,我担任菲律宾中正学院文史公民教员22年,在研究写作上受他的影响很大。

作者简介

庄昭顺,女,1924年生,1942年入读厦门大学中文系一学年,1943—1946年就读于厦门大学法律系,获法学学士学位;曾任厦门大学美洲校友会理事长,现居美国,从事研究与写作工作。

经师易遇　人师难遭
——我的老师朱家炘教授

邵建寅

"经师易遇，人师难遭。"——《资治通鉴》

朱家炘老师是湖北江陵人，1891年生，髫龄游学日本，入东京高等工业学校，即东京帝大工学院前身。后来由于辛亥革命爆发，辍学回国。其后留学美国，入康奈尔大学机械系攻读。1918年毕业，在美国通用电气公司（GE）工作，并调上海分厂任职，开发新产品。1923年筹创上海中国制瓷股份有限公司，于1925年生产面墙瓷砖及马赛克铺地瓷砖，为国内首创。1937年任广西大学理工学院机械系教授兼系主任。1939年应母校萨本栋校长礼聘来长汀，任厦门大学土木工程系教授，并筹设机电工程系。曾在极端艰苦的抗战后方为厦大设立实习工厂和发电厂。1991年母校70周年校庆时，我重游长汀，特地到50年前朱老师亲手创建的机电系实习工厂去重温旧梦，真是物是人非，不胜沧桑。

1940年，朱老师担任机电工程系和后来的机械系教授兼系主任。他非常重视工业管理人才的培养，并亲自开课口授"工业管理"。我终生感激他，因他的理念为我后来在海外运营几家不同产品的工厂打下了一定的基础。历年来他的学生在国内外，尤其是台湾地区，出类拔萃、举足轻重，有辉煌成就、为母校争光的很多，对台湾地区经济的发展贡献很大。

1946年母校迁回厦门，朱老师兼代工学院院长，直到1953年院系调整转任浙江大学机械工程系专任教授为止。1979年3月21日病逝杭州，终年89岁高龄。那年4月我携眷路过杭州要去拜访朱老师，才惊悉他已在一个月前仙逝，心里有无限的伤痛。

朱老师有二男一女。长男有平，任武汉汽车厂领导。次女植梅曾任厦门五中校长，现已退休。女婿方虞田任母校土木工程系教授兼副总务长，1958年6月2日在母校工学馆因救火而殉职。三男有华任浙江大学机械系教授。

朱老师谦恭诚挚，朴实无华，说话少，做事多，与他亲近如坐春风。为纪念朱老师的高山景行及其献身高等教育、奖掖后进的丰功伟绩，我恭谨地从1990年开始在母校物理与机电工程学院设立谢玉铭教授、朱家炘教授奖教奖学金，迄今已25年。

在古籍里提到师道的有《礼记》的《学记》、《吕氏春秋》的《孟夏纪》、《荀子》的《劝学篇》和《儒效篇》、韩愈的《师说》和《进学解》，四者均尊师重道，阐明教学的目的和方法，为古代儒家教育思想之代表作。

为人师表者有经师和人师之分。经师是说经之师，是传授学生学识之师。至于人师，根据《韩诗外传》中"智如泉涌，行可以为仪表者，人师也"、《荀子·儒效篇》中"四海之内若一家，通达之属，莫不从服，夫是之谓人师"、《诗经·大雅》中"自西自东，自南自北，无思不服，此之谓也"可知人师是品格之师，是匡正学生行为之师。

比较以上所说，可知经师教人经义，人师教人道义；经师是修业之师，人师是进德之师；经师是阶段性的，人师却是永久性的。因此《资治通鉴》说"经师易遇，人师难遭"，所谓遭者，可遇而不可求也。

朱老师不仅是经师，更是人师。他是身教重于言教的人师。

第一，他以德服人，从不以力服人，所以同事门生都能心中悦服。

第二，他不伐善，不施劳。他从不矜夸自己的长处，也从不将难为的事推给别人。

第三，他以身作则，推己及人，迁善于潜移默化之中。

他像火炬，虽然燃薪或有时尽，但他的精神思想、他的道德文章却将像火种一样代代相传、无穷无尽。

作者简介

邵建寅，男，1926年生，1943—1947年就读于厦门大学工学院机电工程系，获工学学士学位；曾任菲律宾马尼拉中正学院院长、董事长，现任厦门大学菲律宾校友会名誉理事长、菲律宾马尼拉中正学院名誉董事长。

对我一生影响最大的谢玉铭老师

周咏棠

我因不愿在被日本占领的家乡宁波求学,1942年11月进入在沙县的福州高中插班求学(福高因福州被日本占领而南迁)。1944年自福高毕业后,幸运考上厦门大学机电工程系。

在入学新生训练中,聆听教务长谢玉铭教授训示,让我印象最深刻。其解释校歌中"致吾知于无央"(知无央)使我得益不少。

他说在大学求学,仅教育学生最基础的专业知识,毕业后进入社会工作,还要不断自修有关工作的进一步的专门知识。若希望高升到中、高"领导",尤需要学会管理方面的知识,用于实务,才能成为出色的管理者。

所以我在校加念"经济学"、"会计学"及"伦理学"三门课程概要,亦常向图书馆借阅有关管理的书籍,以备毕业后工作时需要。

进入社会工作,我晚上多自学有关管理方面的书籍,如"质量管理"(在台湾称"品质管制")、"标准化管理"、"工作研究"(即 work study)、"法律概要"、"劳工有关法规"、"投资理财"等等,以及报章上刊载的有关管理的文章,亦常去听专家学者的管理方面的演讲,有时亦去听医师的保健养身的演讲,另外亦阅读不少有关"情绪管理"(EQ)及"与别人如何相处得好"的书,使我在工作上与同事相处得更好,有助于工作更顺利、更成功,这都是谢教授所启发的。

谢玉铭老师(左二)与学生们,左一为作者

1948年夏自厦大毕业后,我被邀至台湾嘉义"台湾油厂"(当时是台湾生产食油的大厂之一)工作,自基层人员做起,应用厦大学得的机电方面的专业知识,1949年即升任工场主任,1950年(我27岁)因我在管理方面表现杰出升任厂长。由于我管理出色,台湾的"经济部"刊物曾报道我管理工厂很杰出。

1959年8月,我被邀请至台北好来化工公司(产黑人牙膏),以高薪任厂长(当时与老板并不认识,因风闻我管理工厂很成功而特别邀请)。本来该厂几乎每夜加班工作,经我改变管理制度及应用"工作研究"(work study),减少员工不必要的工作,不做虚工,另用奖励制度,每人生产力(产

量)逐步提高,夜间加班逐渐减少至不必加班,但员工薪资比有加班时还提高不少,六年内生产力在不增加员工人数的情况下由100%提高至350%,即节省250%人工(已扣除因增加设备而增加的产量),所以员工不必加班,有"正常家庭生活",且增加收入,而公司可减少很多人工开支。二蒙其制,我亦向公司建议实施每天上午10:00至10:10为员工休息及饮茶时间,由公司免费供应牛奶、豆浆、面包、饼干,不限量取用,以补充因早上赶上班而匆匆吃早餐没有吃好的问题。下午15:00至15:10亦有休息时间,但仅供茶水。一方面有中间休息,可减少疲劳,对员工健康有帮助,另一方面规定在休息时间不可继续工作,必须休息(有的员工想多做点工作,增加产量,考绩可更好),如果被发现不休息,反而要扣减考绩分数,以求考绩公平。员工每两小时要换至不同岗位工作,这样虽在训练新进员工时,至少要使他们能学会两种以上工作技能,训练费用当然要增加,但对员工健康有帮助(工作八小时做同样工作,身体某部位一定会疲劳,有损健康)。对用目力做检验的工作者,则每一小时换一工作岗位,使眼睛不会太疲劳。此制度实施后,生产力亦有提高。

有一次政府部门组织一考察团至较大型工厂考察,内包括管理专家及工业卫生专家(他是美国留学工业卫生博士),他详细查看我们工厂的管理后,认为有些连美国管理较好的工厂亦没有如此进步,尤其对员工"人性管理"更前所未见未闻。

我1959年进入此公司时,产品市场占有率是20%左右,至1973年已提高至85%以上,由于产品价廉物美,质量优良,受大众欢迎,而公司获益亦在逐年提高,用户、员工、公司股东三者都获利,我亦因管理成功,精神上非常愉快。

以上均受谢老师鼓励"知无央"的收获,对我影响很大。

谢老师教我们理工学生"普通物理"课,在特别教室上课有一张大台子(长约2米,宽约1米),由助理在上课前放置好,上课时要做物理示范实验用,他授课时当场做实验给我们看。理论与实践二者均具备,使我们印象深刻,亦增强我们思考的能力,使我们在社会工作时能周密地思考,使工作能创新,且达到优良的效果。

谢老师任教务长所公告的规定,一定确实执行,决不宽容,以求公正、公

平,下列各实例即可证实他大公无私、秉公处理事务。

(一)新生入学考试,经阅卷评分计算出每人总分,再决定录取的最低总分,所以有原预定每系录取30名新生,有些系达到录取总分的不到10名,也"宁缺毋滥"(致有教师比学生多的情形),以维持学生成绩的水准。据说曾有校领导的亲属因他们成绩的总分少一分亦不予录取。政府高官的儿子总分只少一分,虽有请托,亦不录取。

(二)对教师与学生有规定,每天留一小时(例如:上午10~11时可找他)经办有关教务方面事宜,提早或延迟均不予接见。

(三)教师将每学期"成绩单"送达教务处后,就不能要求修改分数,请教师必须由助教及教师仔细核对成绩分数后报到教务处,至于考卷评分则由教师认定,即使成绩只有50分,而报到教务处为80分,亦不过问。例如我们修"热工学"的老师为使学生努力用功,平常月考出题都很难,几乎有2/3学生不及格(60分以下),期末考时考题稍容易一点,但学期平均分数还有一半以上学生不及格,教授采取特别计分方式,将平均分数开平方后再乘10。例如原成绩为36分,$\sqrt{36} \times 10 = 6 \times 10 = 60$分,就可及格,报教务处只有考36分以下的才不及格,要补考或重修此学分。

有位丁姓同学是我福高同学,亦是厦大同一届念经济系的同学,他数学成绩为85分,而报教务处时误写成58分。事后发现有误,教授核对考卷确是85分,是助教填写有误,而报教务处之成绩单教授未有复核,致造成错误。教授向谢教务长请求更正,谢教务长答复此教授说早已通知成绩单报教务处就不能更正,否则不胜其烦,亦可能有人请托而要更正,结果教授向丁姓学生道歉,请他委曲一次去补考。

以上办事严正精神给我印象特深,所以我入社会做事,亦如此认真办理,效果很好,是谢老师的以身作则影响到我们。

谢老师四岁时父亲病亡,由母亲抚养长大,中学时入晋江培元中学,以半工半读毕业,因成绩优良,进入北京燕京大学,也是半工半读。毕业后曾任教职(在母校燕京大学教物理),1923年他得到洛克菲勒基金社的奖学金赴美留学(包括食宿、医疗费),一年就拿到硕士学位。1926年他得到芝加哥大学物理学博士学位,即回国执教。1939年到厦大任教,兼理学院院长,后四年任教务长兼物理学教授,1946年转往菲律宾东方大学任物理系主

任。1968年退休后至台湾,幸有当时实践大学创办人谢东闵先生为他在实践大学安排,除教授薪酬与津贴外供给食宿,由他每星期自由教物理及英文数小时,后过退休生活。我每星期日去探访一次,带些他喜欢的食物送给他,直至他1986年去世。他在厦大时,靠多年教书的薪水节省下来的积蓄,捐款给他的母校培元中学建一栋教学大楼,回馈母校,真是难能可贵。

我退休后因投资理财稍有获利,比未退休前收入高出很多,所有余力(保留养老所需后)帮助极需要的人或单位,所谓"雪中送炭"而不是"锦上添花",协助对象不分中外,如红十字会、世界展望会,捐款给受灾害非洲、叙利亚内战的难民、蒙古受风雪灾害很贫困的难民、受地震损害的灾民。我虽不信教,但亦每年小额捐款给台湾天主教安老院帮助贫困的老人,已有40多年;我亦有捐款给孤儿院,最多捐款还是回馈母校厦大贫困学生的助学金,这均是受谢老师虽不富有而捐款回馈母校的感动,母校厦大校歌中"爱无疆"的训示,以及《礼运·大同篇》中"不独亲其亲,不独子其子"的鼓励。总之,我的一生受谢老师的影响确是最大。

作者简介

周咏棠,男,1923年生,1944—1948年就读于厦门大学机电工程学系,获工学学士学位;曾任台湾油厂(制食油)公司工场主任厂长、副总经理,台湾好来化工公司(产制黑人牙膏)厂长、副总经理兼任子公司伸丰软管公司总经理,曾以九旬高龄被推选为厦门大学台湾校友会理事长,现任该会名誉理事长。

My Teachers of Xiamen University

公忠爱校　公忠爱国
——忆我的老师黄开禄教授

苏林华

1944年秋,我入学战时迁到闽西长汀之国立厦门大学,就读理工学院机电工程系,其时萨本栋校长应邀赴美讲学,校务由原理工学院院长汪德耀博士代理,并由教务长谢玉铭、训导长陈德恒、总务长彭传珍、人文学院院长周辨明、法学院院长黄开禄、商学院院长郑建峰和理工学院院长黄苍林七位组成行政会议襄助之。遇重大事务,所有13位系主任一行参加规模较大的校务会议,但行政三长和四位院长仍是本会议的基本与会者,可知其时这七位"长辈"对校务之处理有其重要性。

开学后,我们除每日忙于上课及考试外,每逢周一上午,大一新生全须参加集思堂前面小广场处的升旗仪式和"动员周会",由"七长"之一主持。久了,新生们不免私下比较,公认法学院黄开禄院长台风最健,因见他体格强壮、衣着整肃、步履有力,顾盼间有雄风,精神饱满,语调清晰有力之故。其时他也兼任我们1948级两个组约80人的导师,所以我虽未上过他的"经济学"课程,但广义上说来,他是我的老师。焉知三四十年后,我在美东宾州、美西加州得其身教言传,岂非偶然。

据悉,他原是印尼华侨,回国就学于清华大学,毕业后留学美国,在威斯康星大学得到经济学博士学位。1939年在陪都重庆执教时,经萨本栋校长大力延揽到长汀任教,其时年方29岁,是厦大最年轻之院长及经济系系主任(我1944年大一时,他也不过34岁;而萨校长1937年7月接掌厦大时则为35岁,是全国最年轻的国立大学校长)。

长汀岁月

其时中国对日抗战已进入最艰苦的第七个年头,虽1944上半年日军攻占粤汉铁路,陷东南各省于孤岛,但10月长汀机场落成,与大后方得以联系,厦大仍弦歌不绝。于此之前,厦大在40年代初期曾两度夺得全国学术竞赛冠军,黄师为指导者之一,居有功焉;此时他更在中山公园厦大校区创立"木屋学社",开课外研究经济学风气之先。

1944年12月时,邻省江西在其遂川、新城与赣州三地兴建大军用机场,作为美空军B-29"超级空中堡垒"轰炸机基地,使可攻击日本本土。日军得讯立即进攻,一一攻占之。长汀与赣州处闽赣两省交界处,立刻受到日军攻击之威胁,遂有迁校之议。

37年后,我有幸在1982年厦大台湾校友会出版之《国立厦门大学六十周年纪念特刊》内读到黄师一篇近万字长文《风声鹤唳忆厦大》(即他在1945年1月1日至2月17日48天间之日记),对黄师之"公忠体校"及"公忠体国"精神至为感动。兹举数项如下:

一、迁校

在汪代校长主持下,黄师多次参加行政会议和校务会议,甚至"应变委员会"后,校方决定迁校上杭及武平两县,因该两县区内并无大路,日军机械化部队无法通过,校方重要图书仪器则以小船运去;并先以长汀郊区河田乡为转运站,各项重要设备先移此处,伺机待变。

由于黄师夫人李家斌女士已有身孕,行动不便,遂有长汀籍学生邀请黄师与师母先搬到其乡间避难,为他婉拒。因他不能先行离校,致乱群心。但真到"国破家亡"之际,他决定配合军方对日军打游击战。这时他把福建省保安处处长黄珍吾将军送他的土制布朗宁手枪带着,且偕夫人在府背山处各自实弹试射(事见1月31日日记),为保家卫国预做准备。

二、招待盟友

由于长汀军用机场1944年10月开始启用,美国空军进驻,还包含了大批地勤人员;此外,为配合国军反攻,美国陆海军也有高级军官路过长汀,因此厦大留美教职员能说英语者组成"厦大盟友招待委员会"助之,黄师则为其要角。

例如,据其1月22日日记所载,是夜汪代校长在仓颉庙住所招待美海军部路过长汀之二军官,即哈比林上校与布兰旺上尉,邀黄院长参加。原来他们将去闽北山区布置游击人事,使美机轰炸东京降落时有人接应。交谈下,得知哈比林上校居然是黄师1936年在威斯康星大学时之同学,何其巧哉。

黄师在"动员周会"中,曾一再要求学生们遇到盟友时,用"Welcome"一语表示欢迎。在这期间,地方政府每有盟友造访,多求援于黄师,他均慨然以助,因这毕竟有助于抗战之故。

三、学术与求才

在此风声鹤唳环境中,黄师依然处变不惊,一有空闲,即为《厦门大学学报》撰写其经济学论文。而他主持的"木屋学社"依然每月聚会。

由于江西方面之战事,影响到学界人士不少。在赣州的国立中正医学院师生翻山越岭徒步搬到长汀,厦大与师生予以支援,如可共用教室等设备,宿舍方面只要是厦大学生之友都可搬入共住。黄师则更广纳学术界精英。现录黄师1945年2月15日日记如下:

"年初三。雨湿路滑。王亚南教授来访,乃自广东中山大学匆匆逃来闽省研究所者。我告以:'兄若不嫌,可到厦大讲课。因赣省中正大学之陈清华教授已答应来此,则厦大经济系将包罗东南一带各学派经济系人才,岂不

盛哉。'"

后陈、王两师均来长汀讲学,陈清华老师还教过我们机电系的"经济学",但一学期后即离汀;王亚南老师则持之以恒,先是自永安福建研究院前来讲学,后正式应聘经济系任教;战后黄师另有高就,推荐其系主任职务由王师接任。厦大复员回厦门,王亚南老师升任法学院院长;建国之后,出掌厦门大学,大展宏图。可见黄师当年慧眼识英才有以致之。

1945年8月15日,日本投降,国民政府自重庆还都南京,百废待兴。联合国在我国成立"善后救济总署",由清华出身之政务处处长蒋廷黻任总署长,他即邀黄师来任高职(另说是担任江西分署署长),遂辞厦大教职应聘之。黄师自1939年下半年到长汀任教,而迄1946年初离校,前后七年,故自此之后,这段厦大岁月时在其念中。

后蒋廷黻外调,黄师则川行于东南亚诸国之间,闻曾任联合国经济机构驻泰国总代表,后到新加坡为银行界高级顾问,并在当地讲学。

美东岁月

1980年初我应美国宾州伯利恒市富乐公司(Fuller Co. Bethlehem, Pennsylvania)聘为高级设计工程师,并正式移民。2月初拜访新泽西州厦大欧阳谧与刘景昭学长,承告黄开禄老师已辞其威斯康星大学教职,现在伯利恒市摩拉维亚学院(Moravian College)任教,寒假期间到中国讲学,夫人李家斌同行,他们示黄府电话,叫我留话待复。不久他俩回美,邀我到府一叙,遂前往拜谒他们,相见甚欢。

其时该市理海大学(Lehigh University)有中国同学会组织,除该校学生和校友外,也欢迎近邻各学院和社会人士参加,故黄师与我都是会员,每月聚会一次。如有郊游,黄师必叫我开车接送他,我亦乐此而不疲。某次到他家,还特地送我他在新加坡讲学时所著的《处处见孔子》一厚册。

1981年4月,我应北宾州Wilke-Barre火神铁机公司(Vulcan Iron & Steel Works, Inc.)之聘为总工程师,离开伯利恒。后因该地天气奇寒,次年我就改到四季如春的南加州一公司服务,但一直和黄师鱼雁不绝。他说7月间会到南加州开会,并小住一个月,因其子黄忠良在加州担任医师。信

中他列举其子和厦大诸生电话号码,叫我去找他们。

1983年下半年,他终于搬家到南加州,行前依依,还特地把美东之厦大师生及家属18位请到伯利恒家中相聚和道别,名单如下:沈维基(厦大讲师,时任宾州大学电机教授)、欧阳谧(助教,后留英博士)、刘景昭(助教)、吴厚沂、陈梅卿、庄昭顺、朱一雄、陈至德夫妇、曾庆沅、陶树人夫妇、陈文渊夫妇与力伯珍。可知他在厦大人缘之好。

美西岁月

1982年,我到南加州 Home & Narver 公司工作,最初企划水泥业工程,后被派往沙乌地阿拉伯国,主办海水淡化工程,故他来加州小住时未晤,但他来信劝我,说我在美国未入籍前,中东不可久留。

1983年,他终于搬家到南加州,在儿子家住。厦大学子多次与他及师母会聚,多在蒙特利公园市谢慎初学长家中,参加者除谢学长外,有黄沪生、朱博能、杨文骐、范廷珏、苏元章、黄士煌及我。6月底,他俩在河边市(Riverside City)买了大宅,离热闹区较远,但很宁静。有一次他忽来电约我去谈谈,我开了一小时车单独前往,还和他俩及三个孙子在游泳池边合影留念。

1985年5月24日他给我来信,一为预告将邀请美西厦大校友7月间到其新家会面;二则预告8月初要自洛杉矶机场飞上海,在复旦大学讲学两个月,继而前往福建、北京等地,1986年1月底才回美。于是1985年7月17日,在南加州近邻的厦大40年代学子及家人分别开车去其河边市府上团聚,他并在一中国餐馆订下宴席,大家共忆长汀岁月,且合照留念。

10月间,我原在美东的富乐公司叫我回任,担任海外部经理职务,负责支援中国水泥工业界,遂离开美西,以为今后和他不易见面了。但到了1989年5月初,在美东的美洲校友会吴厚沂会长来电,约我5月17日到纽约市某餐馆参加黄开禄院长夫妇八十双寿及其金婚庆宴。我遂开车越三州欣往夜宴。是夜厦大校友有:曾庆沅、吴厚沂、陈梅卿、鲍春英、陈文渊、林回今、黄奕聪、郑立谋、苏林华、潘晓和、陈至德、王振华、黄凤池。

每思往事,黄师在长汀七年抗战艰苦年代,公忠爱校、公忠爱国;离校

厦门大学长汀时期法学院黄开禄院长八十双寿及其金婚庆宴时和诸生合影

(1989年5月17日于纽约市)

后排左起：陈文渊、林回今、黄奕聪、郑立谋、苏林华、潘晓和、陈至德、王振华、黄凤池；

前排左起：曾庆沅、吴厚沂、黄师、师母（李家斌）、陈梅卿、鲍春英。

后，仍春风化雨，关心厦大学子。谨此对黄师奉上我最大之敬意。

作者简介

苏林华，男，1944—1948年就读于厦门大学机电工程系；曾任泰国TPIPL公司大水泥厂厂长、副总经理，现定居美国。

My Teachers of Xiamen University

师道永存

肖培根

从新中国成立算起，我可说是厦大的一位老校友了。星移斗转，离开母校迄今已有 62 个春秋，但在母校的情景犹历历在目，每一位老师的名字都清晰地浮现在我的脑海中，校长王亚南，理学院院长卢嘉锡，生物系系主任汪德耀，海洋生物专业的郑重、金德祥，动物专业的张松踪，植物专业的林汝昌，形态专业的赵修谦，植物生理生态专业的何景，生理专业的黄厚哲等等。他们不但教育和培养了我，而且对我以后的成长起到了决定性的作用。

俗话说"一日为师，终身为父"，古人韩愈也说"师者，所以传道授业解惑也"，都说明了师道的重要性。

回顾我在厦大的日子里，首先收益最多的还是树立了正确的人生观。记得当时最津津乐道的是："院长卢嘉锡，他 30 多岁便学有所成，已是知名的专家,他放弃了优厚的物质生活,选择了回国报效祖国的道路。"他已是我心中学习的榜样,逐渐我也懂得了要刻苦学习,争取名列前茅。因此有一段时间我经常早上五点便"挑灯晨读"了。

解放初始,整个学校的气氛充满活力,人人要求上进,通过"政治经济学"、"社会发展史"、"自然辩证法"的学习,我懂得了社会发展的规律,懂得了社会制度与生产力的关系,懂得了中国共产党推翻三座大山的意义……在这种校风的熏陶下,我在政治上要求进步,在学习上追求上进,不畏艰险,克服困难。后来我才理解到这就是我"人生旅途的原动力",才醒悟到它在"师道"中的重要作用和地位。

在大学要学习好专业基础知识和本领。我在三年级时又多了一个机会,即担任"植物生理生态学"的学生助教,负责协助实验工作。主讲何景教授不但是我的老师,而且由于帮他准备实验逐渐有了许多直接接触的机会。收益最多的就是我经常可以接触到西方最新出版的有关专著,培养我阅读和分析问题的能力,遇到不懂的问题和难题还可以和他讨论。

这方面的积累和知识,很快就应用到我以后的工作中。例如1958年,有一位名叫依丽诺娃的保加利亚女专家想看看野山人参的生长状态,在当地政府的帮助下,很快就找到了观察对象,并跋山涉水来到了所在地。我就用过去在学校学到的植物生态学的知识。先看野山人参的生长地形、生长的土壤,根系在土壤中的情况,周围的生态环境(特别是光照),共生植物(做了样方观察),并且绘制成图,拍了照片,回去后做了相关研究和总结,发表在《药学学报》(1962年第6期)中。由于野山人参的资源十分稀少,而且又是野外实地调查,因此这项研究工作迄今还为大家所关注。

说到人参,参加工作多年后,我还多次对栽培人参进行过调查。何景教授在编撰《中国植物志》"五加科"时,由于人参属植物在疗效上的重要性和分类上的复杂性,他也曾多次找我讨论这方面的问题,师生间建立的友谊长存!汪德耀教授每次来京都要找我小叙;而卢嘉锡教授不但记得我这个生物系代表,而且在以后的两次大型颁奖会上,为我颁奖时,还总会加上一句

"为厦大争光"的悄悄话。

厦大是我人生中的一个重要转折点,教育我要不断追求进步,积极上进。千言万语汇成一句话:"师道永存!"

作者简介

肖培根,男,1932年生,1948—1953年就读于厦门大学生物系,获理学学士学位;现为中国工程院院士,药用植物与中药资源学专家,国际著名传统药物学家,任中国医学科学院药用植物研究所名誉所长、研究员。

我的老师李文清教授

林 群

我是1952—1956年厦大数学系的学生,教我们有很多老师,其中李老师是我最后一年的专业课老师,所以接触多一些。

他毕业于燕京大学,又留学日本,属于厚积薄发的数学家。

他对陈景润学长很有影响,主张做大问题,特别是数论里的难题。陈景润的第一篇论文就是由他寄给他在燕京大学时的老同学、时任中科院数学所副所长的关肇直先生,再由关肇直先生转给数学所所长华罗庚先生。华先生读后大加赞扬,便邀请陈景润在当时的中国数学会上做演讲,并调他到数学所做研究工作。

此外,李老师对每个学生都分别给予专门化的指导。他指导我读关肇直先生在《数学进展》上介绍的《泛函分析与应用数学》一文,使我初步接触这个方向。他又把我介绍给关肇直先生,因此,我被分配到数学所工作。毫无疑问,他是我的第一位恩师。他也经常请我们到他家里吃饭,边吃边谈他对数学的见解。这些私下的交谈,可能比正课更有影响。前面我说了,他属于厚积薄发,所以希望学生们的知识面比较宽,对数学历史的发展也要有一定的了解。虽然我没有做到,但这影响了我一生。我现在也希望我的学生不要坐井观天,蹲在小专题里跳不出来,要关心大数学的发展。

他心胸开阔,现在还很健康。这恐怕是因为他不是把数学作为人生名利的敲门砖,而是作为自己的求知海洋。他勤劳工作,只是因为他喜欢这个工作。总之,他的身心都很健康。在这里再次祝他长寿!

作者简介

林　群,男,1935年生,1952—1956年就读于厦门大学数学系;现为中国科学院院士,中国科学院数学与系统科学研究院研究员。

几经风雨　　恩泽长存

周添成

1955年我考进厦门大学历史系。当时,为了全面学习苏联,各大专院校的第一公共外语纷纷由英语改为俄语,我们这一届新生正赶上这一浪头。在念大一和大二时,我们即修完俄语,使我多学了一门外语,并能用它来服务社会。尽管时过境迁,已经历了一个甲子年,但每当谈到俄语时,我的脑海里很快就会浮现两位恩师的身影,那就是黄希哲老师和邵循岱老师。

当年的黄老师风华正茂。他是厦门人,刚刚毕业于厦门大学英语系,留校任教。当时厦大各系科的公共外语一哄而上开设俄语,师资奇缺。黄老师十分聪慧,经培训后改教俄语,成了我的俄语启蒙老师。黄老师上课认真负责,对学生要求非常严格。为了教大家发那个卷舌音的俄语字母"Я"的发音,他耐心示范,逐个检查。记得叫同学站起来发音,黄老师发"Я",有的同学总是发成"L"或"D",黄老师就反复教,不断纠正,让同学反复练习,直到同学们都发得比较准确为止。学俄语,语法变化很大,要死记硬背,他对我们毫不放松,每堂课都要抽查,叫同学站起来背,背不出都要受到严厉批评。我就是在他几次批评之后才改正过来并迎头赶上,后来在俄语学习上取得很大进步。1963年在浙江兰溪一所中学任教时,我担任高一两个班的俄语老师,用我在厦大所学的俄语知识,用黄老师言传身教的教学方法,完成了教学任务,取得很好的教学效果。好几个同事当面夸奖我:"你这个厦大生,学的是历史,而既能教英语,又能教俄语,不简单。"

黄老师不仅在教学上给我们留下很深刻的印象,而且他的为人处事也是我们学习的榜样。记得有一次,班主任林老师安排我们到鼓浪屿开班会、搞活动,黄老师不是我们的班主任,但他家住鼓浪屿,就主动请缨帮忙。那天早上,黄老师很早就在菽庄花园等候我们,给我们当导游,作介绍,使我们的班会活动开得更活泼、更成功。当年,学校响应号召,一切向苏联学习,男女生都穿大红花衣服,跳交际舞,黄老师就教我们跳交谊舞。我们两个班60个人,只有一个女生,黄老师时而跳男步,时而跳女步,反复示范,反复指导,非常辛苦,但他总是那么耐心,那么认真,还整天乐呵呵的。他的一举一动对我影响很大,使我在当教师时,也懂得关心学生、热爱学生,与学生打成一片,受到学生的爱戴。

离开黄老师已半个多世纪,后来也总是无缘再见面,但是对他的思念常常涌上心头。去年,在《厦大校友通讯》上,我看到了有关黄老师的消息,黄老师已移居澳洲多年,在那里的一所学校任教,对厦大去的同学还是那么热情关怀,对厦大与澳洲大学的友好交往还在奔波出力。太好了!黄老师的健康、幸福就是我的心愿!

邵循岱老师是我大二的俄语老师。邵老师是福州人,已过知天命之年,翻译过多部长篇小说,其得意之作是《成吉思汗》,他把仅存的几本样书送给同学,我也得到一本。《成吉思汗》是一部鸿篇巨制,大约50万字。邵老师的文笔优美流畅,读之是一种艺术享受。正是他的学术成就,让我们仰慕已久,有机会听他讲课,我真感到是三生有幸。在大学里,满腹经纶的教授,讲起课来呆板、枯燥、乏味是屡见不鲜的。可邵老师,由于他知识渊博,精通俄语,上起课来流畅自如,形象生动,同学们都很爱听,尤其是对词语的运用,

讲得很透彻,朗诵课文时也不带一点乡土口音,听得我们十分神往。在翻译方面,邵老师强调要尊重原文,但译出来的东西又要中国化,这就要求译者不但有较高的外语水平,而且也要有较扎实的汉语功底。这些教诲对我后来搞翻译有极大的启发、帮助。在厦大读书期间,我一方面发奋学习外语(英语和俄语),另一方面尝试翻译。英译中方面,我与陈国强老师、叶文程老师合作翻译了《史前马来亚》;俄译中方面,有苏联著名诗人马雅可夫斯基写的《高尔基是怎么帮助我的》和俄罗斯寓言《狡猾的狐狸》,这两篇先后刊登在《新厦大报》上。为了得到邵老师的指导,我捧着这两篇译文连同原文登门请教。稿件不长。记得邵老师接过后,戴上老花眼镜,把稿子从头至尾看了一遍,然后说:"不错!"停顿了一会儿,又接着说:"要多读多看,夯实基础,不要急于发表。"遵照他的教导,我在厦大的最后一两年里,刻苦学习,看了不少英文和俄文的原著,为我以后的翻译工作打下了坚实的基础。我利用业余时间,先后翻译了外国小说、华侨华人问题的论著等70余万字,推动了本职工作的开展。

中华民族是懂得感恩的民族,"一日为师,终身为父"是老祖宗的名训。我忘不了黄老师和邵老师的恩德,也怀念所有教过我的老师。我们分别已经快60年了,几经风雨,但恩泽长存。在第31个教师节来临之际,我向黄老师、邵老师及所有老师送上最亲切的问候和最崇高的敬意!

作者简介

周添成,男,1934年生于马来西亚,1955—1959年就读于厦门大学历史系;1984年起任浙江省人民政府侨务办公室副主任,至1998年退休。

良师益友　学界楷模
——我的结构化学老师张乾二院士

吴新涛

张乾二先生是我大学时"结构化学"课程的老师，他治学严谨、教书认真并乐于提携后进，使从学者获益匪浅，我们之间的师生之谊延续至今已有半个世纪。除了师生之谊，张先生还是我加入农工党的介绍人，在参与统一战线工作以及为人处世方面，他待我以朋友之真情。张先生比我年长11岁，我们算是"忘年之交"吧。

张先生是一位很有学术个性和特色的人，他善于把那种以严格的数学演绎为特征的量子化学与比较直观的分子结构"物理图像"紧密结合起来，建立一种既直观而又严谨的量子化学研究方法，从而在"配位键理论"等方面做出了突出的贡献。他是群论在化学上的应用方面国内做得最好的专家之一。20世纪50年代后期，在卢嘉锡先生的指导下，他在从事教学工作的同时带领一个小组培养出磷酸二氢铵等人工晶体，成为我国人工培养晶体的最早开拓者，他指导的两位学生分别到福建物构所和山东大学创建了我国最早的人工培养晶体的研究群体。现在我国的人工晶体研究已经步入国际先进行列,一些领域还处于国际领先地位。回顾历史,应该说张乾二先生是我国人工晶体研究领域的"祖师爷"。张乾二先生在学术上直接继承了卢嘉锡先生的化学直观能力和唐敖庆先生的抽象概括能力,他的学术个性就是把两位前辈泰斗的特点融为一体,从而形成自己的特色。如果说,科学研究有捷径可走,张先生便是在吸纳和继承卢、唐两位大师特点的基础上走出捷径的成功者。而从接受教育的角度来看,张先生的中学和大学的母校(分别是集美中学和厦门大学)都是由陈嘉庚先生兴办的,可以说,张乾二先生是在陈嘉庚先生倡导和实践"教育兴国"中成长起来的最杰出的人才之一。我能够有机会接受张先生的言传身教真是此生之幸。

我是1956年考入厦门大学化学系的,那时候就知道学部委员卢嘉锡教授在化学系有两位既年轻又出色的门生(田昭武老师和张乾二老师)。张乾二老师作为名师高徒在校园中历来备受瞩目。

我直接受业张乾二老师是大学四年级的时候,他为我们讲授"物质结构"课程。深入浅出是他的教学特色和风格,任何艰深的问题经他一说就很容易理解,学起来比较轻松,大家都很喜欢听他的课。后来我们知道,张乾二老师为讲好每一堂课,事前都极其认真地备课。因为对张乾二老师的课有兴趣,同学们学得很认真。后来,张乾二老师指定我们年级的4名同学作为"物质结构"的学生助教,参与辅导1957级的同学。这4名同学是林连堂、王南钦、王银桂和我。这也体现了张先生教书育人的独特方式,使我们有幸在学生时期就得到见习助教的锻炼。

1960年我从厦大毕业,被分配到福州大学当助教,时值卢嘉锡先生调到福州大学任副校长。出于对名家的仰慕和进一步深造的愿望,我于1962年报考卢先生的研究生并顺利通过考试,但有一点需要提及的是,当时张先生也将我学生时的情况向卢先生推荐,所以说我考上研究生与张先生的举荐是分不开的。

还在大学时代,我就留意到张乾二老师很重视阅读外文版的专业书,这对我有重要的启示和影响。当时我国的专业书籍都是从外文版翻译过来的,学会看外文版书籍,对于从事专业知识学习和学术研究工作都十分重

要。"榜样的力量是无穷的",正是在张先生的带动下,我自己也渐渐养成了阅读外文原版书的习惯。研究生毕业时,我遇到了"文化大革命",1968年被分配到矿山接受"再教育",直至1973年调到物构所工作为止,其间历时五年之久。在那些年头,我没有从事研究的机会和条件,也就谈不上阅读外文原版书了,但为了保住自己的那点外文基础,我一直坚持学习英语,这种坚持在后来所从事的科研工作中发挥了作用,而这正是得益于先前张先生对我的影响。

张乾二老师于1988年至1992年兼任中国科学院福建物质结构所所长。他是我国

作者(右)与张乾二老师
(2001年8月12日于福建武夷山)

量子化学界的重要领军人物。他在任期间,不仅花大量精力组织所里的科研事业,而且为福晶公司的发展倾注了不少心血。他承上启下为物构所的发展做出了重要贡献。

张乾二先生是一位本色的学者,也是一位真正意义上的知识分子,他性情耿直,待人真诚,敢说真话,言辞幽默。他的这种性格让人觉得可爱、可亲又可敬,他的敢言与幽默常使我们联想到在世时的卢先生。显然,在继承卢先生的学术思想与研究特色的同时,张先生把恩师的某些性格特点也继承下来了。张先生是卢先生介绍参加农工党的,他似乎觉得自己也得培养个把民主党派的"传人",于是就介绍我加入农工党。他当过农工党省委会副主委,他说自己不适合当官,于是最终把我推上了农工党省委会主委的位置。

每当我回忆卢嘉锡先生创建物构所的艰辛、张乾二先生承上启下的努力，就感到自己身上的担子很重，也尽力把物构所的事情做好。后来我从物构所的副所长及学术委员会主任的位置上退了下来，物构所在洪茂椿院士、曹荣研究员等领导的带领下，已经晋升为中科院A类研究所并发展成为中国科学院海西研究院。虽然我现在不担任行政职务，但仍然指导学生从事科研工作，我将继续努力，不辜负老师对我的期望。

作者简介

吴新涛，男，1939年生，1956—1960年就读于厦门大学化学系；现为中国科学院院士，中国科学院研究生院终身教授，中国科学院福建物质结构研究所研究员。

师从田昭武先生有感

张朝炎

1957年大学毕业来到厦大,我便跟随田昭武先生任"物理化学"助教,前后八轮,直至"文革"。迄今已隔数十载,谨就记忆所及,简述彼时师从先生的感受与体会,以表仰慕、崇敬之意。

先生知识渊博,执教期间,不断探索教学内容的改进与完善,同时严格要求助教们,以求不断提高教学的整体水平。

先生授课从不照本宣科,而是按自己的心得和见解组织讲授内容,语言简练,逻辑严谨,极富启发性。他在讲公式、定理时,强调前提假设或做某些简化处理,再经逻辑推理得出结果,这些结果的应用自然就有限制条件了。

热力学第二定律及熵函数是物理化学教学中的难点,化学系的学生很不适应一般教科书中的讲述方法。学生中流传着顺口溜:"熵是个圆滚滚、老溜溜,只可意会、不可言传的东西。"经先生几轮讲学实

践,不断完善,建立了新的讲授体系,总的思路简述如下:

从学生已经熟悉的不可逆(自发)过程入手,讨论它们发生后有什么共性。通过计算发现,它们均使孤立体系热能有所增加,其增量多少似乎与各个过程的不可逆程度有关;进一步计算发现,这不仅与过程有关,还与温度有关。为了比较不同过程的不可逆程度,必须折算成同一温度下孤立体系的热能增量。我们取绝对温度为1°作为标准,经推理、演算,找出了普遍适用的折算方法,将不同温度下的热能增量折算为绝对温度为1°的热能增量,此量唯一与过程有关,它的大小可以判断孤立体系中进行的过程的不可逆程度,并定义此热能增量为熵变,由此立即得出孤立体系熵判别式。听先生这段讲学,不仅学到了知识,同时领悟到了逻辑推理的思维方法。这简直是一种享受,使人感到很顺畅,熵及其判别式出现是必然结果。我想只要学生专心听讲,应该会与我有同感。

作者(左)与田昭武先生合照

相平衡是授课的重点所在,如何辨认花样繁多的相图,学生往往无从入手,先生总结出辨认相、相态的一般规则,应用此规则,哪怕是错综复杂的相图,也能一目了然。

为了帮助学生深入理解讲授内容,除通常的习题外,围绕授课的难点、重点,先生还出了许多很有分量的思考题。思考题的答案初看似是而非,只有经过反复推敲,充分理解概念、定理等后,方能得出正确答案。

先生于课堂讲学的同时,还十分重视学生实验技能的训练。其中实验室主任是关键,需挑选化学实验方面知识全面、严于律己的人担任。主任先于其他任课教师,对每一个实验课题进行数据测定,并定出该课题准许误差范围;暑期带领全体任课教师,集中精力备课,测定每套实验装置结果,直到数据达标、写出实验报告并通过后方能指导学生实验。他们对学生的要求自然也是严格的。

先生重视助教素质提高,这也是提高整体教学水平的前提条件。他要求助教们,课前完成习题、思考题。在此基础上集中互对结果,并讨论各种可能的解法及最佳解题途径。每次考试前一天,助教们集中一室,按考试规定时间完成试题,除了如前所述进行讨论外,对考题文字的准确性也要推敲。通过这种充分准备,每轮考试都很顺利,其结果均能反应多数学生的学习情况。通过上述活动,助教开阔了思路,并提高了教学水平。先生还特别关心年资较高的助教的成长,期望他们能早日独当一面,因此给予更多锻炼机会,例如试出考题、经审核后做试题、选择物理化学中难讲的章节并在先生的主持下进行试讲等。

我经常向先生请教,通常他只点出关键思路,其余的由我自己去解决。初来厦大任教时,要求课前完成那些难度较大的习题、思考题,确实有些困难,我只能勤奋自学,反复推敲,从而提高了自学和思考能力。回首我的成长道路,每一步都得到先生的扶助与爱护,并深感先生执着于学术的精神、严谨的工作作风和对青年师生的拳拳爱惜之心。

作者简介

张朝炎,女,1935年生,1957年本科毕业于北京大学化学系,同年9月到厦门大学任职,至"文革"前任田昭武先生主讲的课程辅导及实验助教,"文革"后和田先生一起从事实验研究,任厦大化学系副教授至1990年退休。

1958,我的厦大记忆

张文海

我是1958年入校的,如此美丽的校园和海滩着实令人陶醉流连,课余可以趁着涨潮入海搏浪,或可趁着落潮光着脚丫在沙滩上捡那五颜六色的贝壳。

少时的我多幻想,十分憧憬将来的某天像峨眉山道士那样会"点石成金"。可能是由于当时国内"大炼钢铁"运动的需要,以文理科著称的厦门大学,依托原化学系的师资,新成立了矿冶系,经高考录取,我就幸运地成了矿冶系的首届新生,心中挺欢喜的。

炉火的洗礼

1958,那是不寻常的峥嵘岁月,中央在北戴河召开政治局会议,通过了《全党全民为生产1070万吨钢而奋斗》的决议,从此全国掀起轰轰烈烈的全民大炼钢铁的运动。

和全国其他高校一样，开学后我们这些新生就跟随老师和高年级同学开赴百里外的龙岩县马坑铁厂去大炼钢铁。那里有很多土高炉，因为当地有铁矿，加上从老乡那里收集来的破锅烂铁和木炭以及石灰石，一起丢进炉子就可以炼出铁了，就可以敲锣打鼓地去报喜了。

因为炼铁炉有 1000 多摄氏度的高温，起初，带队老师不放心我们这些刚刚远离父母的低年级学生去做这些活，只是让我们每人每天带上一把砍刀、一个行军壶和用草袋蒸的饭团，有时还会有一只小罐头，跟随两位老师早出晚归地上山去砍竹子或砍树烧木炭。因为近处的树木早就被砍光了，所以我们要进很深的山坳里，一路上常会遇到蛇和马蜂，两位老师就像母鸡带小鸡一般，一个打前，一个断后，护着我们披荆斩棘地小心前行。

经过一段时间的磨炼之后，我们终于盼来了可以跟随老师和高年级学生上炉前岗位的资格。但没想到是那般辛苦，我们要抬着沉重的铁矿石爬上那高高的竹编斜坡到炉顶上，到了炉顶还要迎着那吐着火舌的炉口，戴着护眼的墨镜和帆布手套，一铲一铲地往炉里抛矿石，那真是既艰难又艰险。虽然山风凛冽，我们却都大汗淋漓。一个班要上十多个小时，尤其是晚班更是难熬。特别是有的系的老师年纪还挺大的，真是难为了他们。于是我们同学就抢去老师的扁担，不让他们挑矿石，更不让他们去炉顶，只准帮我们装簸箕，或把大块矿石敲碎，但即使是这些也是很累的。

追忆那个年代是难忘的，但也十分感谢这场炉火的洗礼，它让我们得到了磨炼和成长，于我们之后的人生与成就都是一段宝贵的经历。

校园的硝烟

大约一个月以后，我们就离开马坑班师回厦门了。记得我们班级的宿舍在成伟楼，就在海边，开窗即见海，上下两层床，晚上有"哗哗"的涛声伴着入睡，真是惬意。

然而好景不长，8 月 23 日那天，校园附近突然响起了猛烈的炮声，后来

我们才知道是打仗了。之后的日子都是一天会拉好几次警报,警报一响,上课的老师就领着我们往校内的防空洞跑。那防空洞很是宽大,但可不是好待的,阴暗潮湿得很,尤其是那持续不断的抽风机的隆隆声更是叫人难以忍受,而且也不知道要蹲多久。

有一个礼拜天,我们不上课,警报又响了,我们三个男生没有按照规定去躲防空洞,而是悄悄地溜到了"邻居"南普陀寺的后山,那里环境多好啊!我选了块石头躺下,就美美地睡着了。不知过了多久,我朦胧地睁开眼,只见近在咫尺的竹子上缠着一条青竹蛇,它和竹叶浑然一色,大概也在睡吧。我知道那是有剧毒的蛇,也叫"五步倒",吓得气都不敢出就悄悄挪开了。听说那里后来还落了炮弹,想起来真是后怕。这事被班主任(那时叫年级指导员)知道了,我们被叫到办公室,并排低着头准备挨训。但只见老师望着我们,过了许久只是淡淡说了句:"回去吧。"是啊,不以规矩,焉成方圆。自这之后我是再不敢散漫了。

这被称为金门炮战,或叫八二三炮战的海峡两岸的相互炮击,似乎一时是不会停的,校园里的牛都被打死了,食堂就吃牛肉。为安全起见,中央决定厦大的学生立即疏散。于是这一炮把我打到了千里之外湘江河畔的长沙城,在今中南大学继续读冶金专业,只是明确了是有色冶金,一直到1963年大学毕业,也由此进一步定格了我从事"点石成金"工作的一生。

正如《万水千山总是情》那首歌所唱的那样,"聚散也由天注定"吧,就这样,我有了两个母校——厦门大学和中南大学。

我的凤凰花

凤凰花像一团火,它是我们厦门大学的"校花",它一年花开两度,一次是在6月前后,恰逢一届毕业生离校,校园中无处不充满着老师为即将远行学子的伤感;另一次是在9月前后,这又恰逢一届新生的到来,校园中无处不洋溢着新师生相识的欢快。所以凤凰花之花语为:离别、思念与火热青

春,它是有灵性的。

阔别母校一晃50载有余,感谢2015年6月詹心丽副校长一行从厦门乘火车专程来南昌看望,一路许多辛苦,勾起了我这尘封许久的记忆,今书之以怀念那校园里的凤凰花,怀念我厦大的恩师。

作者简介

张文海,男,1939年生,1958年入读厦门大学矿冶系;现为中国工程院院士,任中国瑞林工程技术有限公司总设计师。

璞　玉
——缅怀郑朝宗老师

刘再复

听到郑朝宗老师逝世的消息后,我独自坐在窗前,面对崇深的落基山呆呆地想念着。无尽的缅怀不知从何说起。自从1961年听他讲授"西洋文学史"至今,将近40年里,我的生命之旅就一直连着他的名字。他是一个真正影响过我、真正在我的心坎里投下过宝石的人。他写给我那么多书信,可惜大部分都留在沧海的那一边。尽管如此,他的名字还是伴随着我浪迹天涯。无论是飞行在白云深处,还是航行在波罗的海的蓝水中间,我都会突然想起他的名字。在天地宇宙的博大苍茫之中,他的名字和其他几个温馨的名字就是我的故乡。那时想起他是欣慰,此时想起则是悲伤。这么好的一位老师就这样远走了,满腹的心事再也无法向他诉说。

在北京时,我收到他的许多信,其中有一封是他最动情的信,这是他告诉我师母去世消息的信。郑老师平时给我的信如同他的文章,总是把热烈的心包藏在冷静的文字里,可是这一回,他却放声哭泣,每一行字都充满着对妻子的思念之情、内疚之情和感激之情。百日后,他又把悼念的文章《怀清录——一个平凡人的一生》寄来给我,其痛哭的泪痕犹在。在我的经历中,还没有见过一个人对妻子之死如此悲痛,如此把它看作是大事件。几十年的社会教育使我习惯于生活的革命状态,也习惯于把个人情感放在偏远的角落,而郑老师这封信却给我一次惊醒、一次人性教育:人间常情如此之真,真情真性如此之美,这种个体感情怎么可以忽略呢?郑老师是一个唤醒我人性底层美好部分的导师,他的教导不是通过他的言说,而是通过他的眼泪与深情。

郑老师在《怀清录》的哀悼文章中说他和师母乃是姨表兄妹。他们订婚后的第三年准备成婚,却有人散布流言说他有悔婚之意,这话传到师母那里,她异常镇静,只要求见面问个究竟。郑老师说:"云消雾散之后,她带着一颗真诚纯朴的心来到我家,以后不管发生什么情况,这颗心始终是坚如磐石的。"这几句话,移用到郑老师身上也是极其恰当的。郑老师说鲁迅是个"仁人",他自己也正是个"仁人"。他的仁厚之核,就是"忠诚纯朴",而且这核是坚如磐石的。郑老师到了晚年名声已很大,至少是福建人民公认的一个大教授、大才子了,但他对妻子依然像初恋时那样忠诚纯朴。他对妻子忠诚纯朴,对朋友、学生忠诚纯朴,对事业也忠诚纯朴。他和钱锺书先生的友情,已成为中国文坛的美谈佳话,其中的美,就是"忠诚纯朴"四个字的无限光彩。

郑朝宗老师和钱先生相处的日子大约只有一年半的时间。开始是清华园同一学系的一般同窗,到了1942年他赢得一个机缘,才成为钱先生的朋友。一经交往,郑先生立即进入钱先生的深层世界,并成为钱先生的莫逆知音。这不仅是因为郑先生眼光如炬,知道这位博学的朋友未来前程无量,更是因为郑先生有一颗纯朴之心,使他天然地排除骄傲、嫉妒等人性障碍,很快就发觉面前这位大才子身上有一种品格,即对人"不存势利之见"。"不存势利",便是高洁的人品。郑老师发现,钱锺书虽然天分高,但好学不倦,不论身处什么环境都手不释卷。勤奋,也是品格。这一年郑先生和钱先生两人真是以心发现心。一年之后郑先生离开上海时,钱先生赠予他的三十行五言古诗:"清华曾共学,踪跋竟相左……"就足见他们的友情之深了。这之

作者(左)和郑朝宗先生(中)合照(1988年)

后,郑先生和钱先生一别十年,中间经历了□战争、解放战争和新中国成立等历史沧桑,直至1953年他们才重新□□□了1957年郑先生却陷入政治劫难,而钱先生也常处忧患之□□□□如何浮沉,他们的友情始终坚如磐石。什么政治风烟都□□□□□□80年代,知识分子重见天光,郑老师把30年积淀下的□□□□钱锺书学问的研究。他在全国范围内,第一个别开生面地招收《□□□》硕士研究生。能想到这一点,正是历史的结果,即1932年郑先生进入清华园之后就开始形成的既深邃又纯朴的眼光洞察的结果。招收《管锥编》硕士研究生,不仅是郑老师人生中精彩的一笔,也是中国当代教育史上精彩的一笔。在北京时,为此事我多次自豪地对朋友说:"我的老师郑朝宗真出手不凡,一笔开了一代钱锺书研究的风气。"郑老师写下这一笔,与友情有关,但绝不仅仅是友情。《管锥编》深邃如海,一个只是在海边徘徊的朋友是不可能认识它的渊深的。郑老师不是海滨虚泛的赞叹者。他走了进去,并投下晚年最成熟的生命,实

实在在地下功夫阅读、钻研，用全部学识去领悟、去开掘。他在给我的信中说："你对《管锥编》一定要'天天读'。"我听了郑老师的话，从1982年至1989年几乎天天读。到了海外之后，我写作《人论二十五种》，其中的"肉人"、"忍人"概念和许多例子都得益于《管锥编》。在郑老师启迪之下，我两次读破《管锥编》，这确实使我的学术素养有所长进。我常想，郑老师自己更不知是如何天天读、天天思索？否则，他怎能写出《但开风气不为师》《文学批评的一种方法》《再论文艺批评的一种方法》《钱学二题》《围城》《汤姆·琼斯传》等《管锥编》研究的开山之作？这些文章数量不多，但都是高水平的"质"，都是《管锥编》精华的提炼，说它是《管锥编》的研究纲要，绝不过分。在《文艺批评的一种方法》第三节中，他列举的《管锥编》八项新义，倘若不是深邃扎实的研究者是绝对说不出来的。这八义包括：(1)学士不如文人；(2)通感；(3)以心理之学释古诗文小说中透露的心理状态；(4)比喻之"二柄"与"多边"；(5)诗文之词虚而非伪；(6)哲学家、文人对语言之不信任；(7)词章中写心行之往而返、远而复；(8)译事之信、当包括达、雅。郑老师也许正是受到"学士不如文人"的影响，因此喜写至情颖思之文，不喜欢做学士那样卖弄学问姿态的高头讲章，包括各类复制性很强实无多少见地的大部小说史、文学史，而他写的这几篇仅有六七万字的文论，其价值决不在百万字的高头讲章之下。

80年代里我和郑老师不断通信，而督促我细读《管锥编》、学习钱先生的学品人品是老师信件的主要内容。他几乎每封信都要叮咛此事。郑老师还写信给钱先生，说我是他"最可靠的学生"，他用"最可靠"这个词，使我感动不已，至今难忘。后来钱先生对我格外关怀、格外信赖（以后我会在纪念钱先生的文章中细说），除了我自身的心灵倾向与心灵状态得到钱先生的挚爱之外，自然与郑老师的竭力推荐有关。郑老师在给我的信中对钱先生一往情深，他对钱先生的评价与描述，每一句都是真挚的冰雪文字。其中有1986年1月6日的一封信，信上说：

> 你现身荷重任，大展宏才，去年在《读书》第一、二期上发表的文章气魄很大，可见进步之速。但你仍须继续争取钱默存先生的帮助。钱是我生平最崇敬的师友，不仅才学盖世，人品之高亦为以大师自居者所

望尘莫及,能得他的赏识与支持实为莫大幸福。他未尝轻许别人,因此有些人认为他尖刻,但他可是伟大的人道主义者。我与他交游数十年,从他身上得到温暖最多。一九五七年我堕入泥潭,他对我一无怀疑,六年摘帽后来信并寄诗安慰我者也以他为最早。他其实是最温厚的人。《围城》是愤世嫉俗之作,并不反映作者的性格。你应该紧紧抓住这个巨人,时时向他求教。

这封信中的意思,郑老师叮咛过我几回。他的提示我记在心里。一个品学兼优的文化巨人就在附近,高高的山岳就在身边,我记住了。郑老师对钱先生的崇敬之情感染了我,使我更认真地读钱先生的书。1986年初,我已经担任文学研究所所长一年多了,有许多事我都去请教钱先生。每次到钱先生家里,他和杨先生都非常高兴,除了谈工作,我们总要提起郑老师。郑老师的名字显然是条洁白的纽带,它的洁净与纯朴,使钱先生对我格外信赖,从为我题签散文诗集《洁白的灯心草》开始到破例出席我主持的三次大会(他从不参加任何会),都不同寻常。郑老师要我好好向钱先生学习,而我从他的教诲中首先学到郑老师的品格:他的朋友之爱这么真、这么纯。说知音难求,是像郑老师这种知音才真的难求,这是一种品格、学识、情感、境界都集于一身的知音,这是时间、空间、人间邪恶无法动摇与影响的磐石般的知音。

郑老师对妻子、友人、学术的真诚纯朴使我感动,而对于我——一个学生的真诚纯朴,更是让我感激。我在下笔写这篇悼念文字的时候,情感是双重的,一重是伤感,另一重则是自豪感。郑老师的去世带给我的忧伤不知道要多久才能抹掉?如果有一天,我回到母校厦门大学的海滨,在沙滩上悄悄落泪,那一定是我想念着那些爱我但不在人世的老师,其中首先是郑老师。除了伤感,我便觉得自己有幸成为郑老师的学生,一个有许多弱点和缺陷但却得到他的厚爱的学生。1988年,他已到古稀之年,而且身体很弱,但他还是要借文代会机会到北京。他说他不是想来开会,而是想"到北京看一老一少"。老的自然是钱先生,他在给我的信中说:"钱先生也在想念我,多年朋友至少得再见一次。"少的就是我。到了北京,一进我家,第一句话说的就是要见一老一少。看到老师稀疏的白发,看到他挤在我书房(兼卧室)的小角

落里说着这句话,我马上转过身去偷偷抹掉眼泪。妻子见我伤情,就连说郑老师精神很好。和他一起到我家的有陈荣春(泉州市长)、刘登翰和中新社的林华、王永志等好友。那天晚上,我特别高兴,很想对郑老师说你要多多保重身体,可是又说不出,反而是他老人家一再劝我:人到中年,工作又多,可千万要注意身体,不可太劳累。过了两天,我们又见了一次面。这一次我们单独交谈,他对我说了许多"私话"和"知心话"。每一句都真的是"语重心长"。他说的话很多,我印象最深的是要懂得"壕堑战"。他说:"你生性率真,敢于直言,不留余地,这是好的,但屡屡赤膊上阵,一旦中箭倒下,反倒可惜。"这一意思倘若是别人劝我,我可能要辩白几句,可能要说"我不赤膊谁赤膊?!"但由郑老师相劝,我便觉得他是从情感最深处关怀我,而且有道理。我的确锋芒太露,说话总想说个痛快、彻底,完全没有设防,这一面是失去自我保护能力,另一面也没想到别人能不能受得了。到海外之后,我身处异国校园,心境平静,想起郑老师,更觉得他的话是对我的至仁至爱,格外宝贵。说到这里,有人也许会以为郑老师在劝解学生明哲保身。不是的,郑老师对我的仗义执言、敢于批评是衷心支持的,他的信件常常给我力量。就在这次见面之后,他返回福建立即给我写信说:

  近在《人民日报》上见君一文,其中颇多创见,敢言别人之所未言,此种胆识至堪钦佩,想钱先生必与鄙意相同。目前国内为人门户之见仍极牢固,前途当仍有连续恶战,为维护真理,死生以之,此亦我国传统美德之一,宜加继承。所宜注意者,即勿让两面二心小人乘机撩拨,从中取利,是高明人,自知保卫,毋庸愚之喋喋多言矣。

  郑老师劝我注意"壕堑战",并非让我回避真理,而是教我如何更好地"为维护真理"去做"死生以之"的奋斗。这与鲁迅主张"壕堑战"而铮铮硬骨犹存是一个道理。

  郑老师对我的关怀与厚爱从学生时代就开始了。大学三年级时,他开始讲授"西洋文学史"。尚未听课,我就听到其他老师介绍说,郑先生有学问,但他是个摘帽"右派分子",只能接受知识,不要私下交往。我当时是个乖孩子,绝对听党的话,也就不敢私下拜访。这一点使我离开厦大之后几十

年一直悔恨不已。年纪轻轻为什么就这样胆小、听话,坐失求教的大好时机?太没有出息了。今天我更是把这一点视为青年时代的一个错误。幸而在课堂里,我洗耳恭听郑老师的课,常常听得入迷,课后又绝对按照他的指教阅读所规定全部必读的书目,从《伊利亚特》《奥德赛》到《神曲》《浮士德》《唐璜》等等。下课时间我总是要到讲台前问他各种问题。有一回我问到"托尔斯泰批评莎士比亚有没有道理?"他愣了一下,认真地看了我一眼,那目光的温馨和喜悦,永远使我难忘。郑老师对学生极为严格,必读的书非读不可,他的考试也极严格而别开生面,让我印象最深的是他会出一系列的填空题,例如《俄狄浦斯王》的作者、《复活》的男主角,都属于填空对象,倘若没有认真阅读就混不过去。期末考试时他出了更多难题,结果得五分的同学极少。我因得益于高中时就读了许多西方作品,加上特别喜欢郑老师的课,就学得特别开心,成绩优异。期末考试时,我分析哈姆雷特形象,把背诵的段落加以引证,使得郑老师非常满意。他甚至激动得情不自禁地在我的考卷背后题了诗。此事是考试之后许怀中老师告诉我的,他说,这次你的"西洋文学史"考得特别好,郑先生高兴得题起诗来。然而,因为郑老师是个"右派分子",不可接触,我竟然无法到郑老师家去问及此事。这件事一直鼓舞着我,赴北京时,我把郑老师的"西洋文学史"讲义装进箱子里,在大北方的灯光下,一次又一次翻阅。一捧起讲义,我就想起郑老师题诗的事。这不是为自己受到欣赏而自美,而是我从中看到一种人与文化的炬火:一个老师可以为一个学生的好成绩如此真挚地兴奋,可以如此热血翻腾而难以自禁,这是何等伟大的教育者人格?何等伟大的教师性情啊!

作者简介

刘再复,男,1941年生,1959—1963年就读于厦门大学中文系;在校期间担任鲁迅先生创办的文学刊物《鼓浪》的主编,是著名作家、学者。

钟 情
——记厦大外语系黄国雄老师

陈慧瑛

爱情是个永远确定的记号，
它藐视着风雨，它永不会飘落，
爱是北极星，漂泊的船都靠它导航。
它价值无穷，虽然它海拔之高能测量。

——莎士比亚

此岸·彼岸

从前，他喜欢一个人到海边来，在黄昏，夕阳将落未落时……

地处东海之滨的厦门大学，濒临着一片蓝色的海湾，四周几处明礁，像一朵朵黑蘑菇，飘落在蓝玛瑙似的海面上……

他喜欢在退潮的时候,沿着校门外撒满五色贝壳的沙滩,慢慢踱上礁盘,独自静静地坐在那儿,凝望那一脉悠悠的斜晖晚照。

不是他喜欢孤独——他的确是孤单的:已经年过半百,两鬓含霜了,却没有爱人,没有儿女;父母兄弟姐妹又天各一方……

他常常望着,望着近水、远山,沙鸥点点……如烟的往事,便会潮水般缓缓、缓缓地漫上心田。

他是黄国雄,台湾省台中县鹿港镇人,1924年出生于福州一个医生家庭。当时父亲由台湾总督府卫生局派往福州博爱医院工作,是名重一方的良医,因为常常被日本人请去看病,所以讲得一口流利的日语。国雄是家中长子,父亲凡是出诊,总带着他,以后又让他去日本人开办的小学读书,自然而然地,他也讲得一口好日语。

后来,抗战胜利了,他们举家迁往台湾。

他在台北二中(今台北成功中学)毕了业,又在台北经济专门学校读了三年书。1946年11月,他考上了教育厅的公费生,被录取至厦门大学商学院会计系。

父母深知"赐子千金,不如教子一艺"的道理,但毕竟从来不曾分离,遥遥两岸一水隔,至少一年后才能相见,父亲犹可忍耐,母亲却是一把鼻涕一把眼泪,难舍难分。

他呢,虽然长成个小伙子了,但谁不留恋依偎在父母膝下的安宁和幸福呢?何况,故乡是那么美丽迷人!与家人分别那一刻,他忽然深切地想起儿时的春天——花红了,草绿了,一家人一起去放风筝,大大的花蝴蝶风筝在和煦的春风里飘啊飘啊!他仰着脸儿对母亲说:"飘到福州去吧,去找外婆!"妹妹却嘟起小嘴喊起来:"不,飘到福州去,把外婆接过来!"

母亲的老家在福州,听了他们兄妹的话,她忍不住噙着泪花俯下身来,亲亲他,再亲亲妹妹。

是啊,船儿将带走他甜蜜的童年,带着他到那陌生的彼岸。望着母亲的泪眼,他有些辛酸。但知识是诱人的,青春的追求是诱人的,那未知的彼岸也是诱人的,他边上船,边向母亲招手:"妈妈,别难过!明年放寒假,我就回来看您!"母亲仰起头来,擦着泪:"雄儿,明年除夕,全家等你回家过年!"正是橙黄橘香的深秋,轮船驶出港口好远了,国雄还望得见码头上,飒飒秋风

里,母亲正依依地向他挥着手巾……

他来到了风光如画的厦门大学。环境和知识对他来说都是新鲜的,他起早贪黑,一头扑进功课中去,忙中日月急,转眼一年过去了。

寒假到了,外地学生人人收拾行装,准备回家欢度春节。他原也打算回台湾去——临行时答应过母亲的,要不回去,一家人会多么难过!可是,他想,难得有个假期可以好好温习功课,来日方长,明年再回吧!母亲会理解儿子的向学之心的!他摊开信笺,给母亲写了封信:"妈妈:见信如见儿……"

一年级,二年级,寒暑交替。为了利用假期继续深造,两年间,他不曾回家一次!

他上大学三年级时,正好是1949年。到暑假的时候,台湾来的学生几乎都走光了。一些同乡劝他:"国雄,走吧!明天就要开船。再不回去,就走不成了!"

他仍惦着学业,心想:"干脆毕业了再回去吧!"果然不久以后,解放大军南下,国民党占据了台湾孤岛,家里的信息、汇款全断了,他再也无法回家了!

经济上青黄不接,读书就困难了。怎么办呢?厦大外语系教美国史的外籍老师孟居仁,给厦门港的居民办了个暑期扫盲班,介绍大学生们去那儿上课,搞半工半读,他便参加了这个暑期扫盲班。

孟居仁看他英语不错,又介绍他上鼓浪屿美国牧师曼安理家里,让他用英语教曼安理汉语。

国雄觉得这差事不仅可以谋生,还可以锻炼英语口语能力,也就答应下来。

终于读完四年大学,毕业了!可是,有家归不得。昔日台北码头与家人一别,望穿秋水,再难相见。

啊,此岸望彼岸,盈盈一水间。

几十年来,他总是盼着,盼着有一天,有一条由此及彼的桥。

他常常会记起克雷洛夫的名言:"现实是此岸,理想是彼岸,中间隔着湍急的河流,行动是架在川上的桥梁。"他想:"用我的行动,来架这座桥吧!"

爱，是无私的

大学毕业后，他被留在厦门大学会计研究室当助教。

那时候，他正年轻，在厦门没有家庭、没有亲人，无牵无挂，精力充沛，正是干事业的时候。他兢兢业业地当了五年会计系助教，被提升为讲师，业务上正初露头角。可是，厦大南洋研究所需要有人去翻译资料，结果把他给调去了。他没有二话，离开自己心爱的专业，一去就是两年。

后来，厦大设立了东南亚经济专业，学校又让他改行，到那儿去教日语。他深深感到遗憾——会计专业搞了十年，丢了多可惜！然而，他还是到东南亚经济室去了，一心一意为学校培养日语师资。其时，厦大副校长王洛林、原经济系系主任袁镇岳、南洋研究所所长汪慕恒等同志，都是他教授的日语班的学生。

在东南亚经济教研室干了两年半，外文系需要日语教师，学校再一次将他调往外文系。

当时，各系教师正评工资，经济系的同志说："你反正要走了，到外文系评吧！"外语系的同志说："你刚来，下次评吧！"

30年间，由于几经辗转，他的职称评不上——不管业务多么拔尖，还是个老讲师！工资提不了——和他同等条件的教师，早已提了好几级，他还是原地踏步！

别人为他抱不平："黄老师，你一会儿调这儿，一会儿调那儿，哪班车也搭不上，真亏！"他只是淡淡一笑："只要国家需要，我都无条件服从！"

1964年，学校号召教师到闽西山区搞社教——那时候，闽西山区的生活十分贫困，到那里搞社教是件苦差事。领导给了任务，他仍然是没有二话，打起铺盖就上了路。住在黑得伸手不见五指的土房里，干着力不从心的重体力活，有人叫苦连天，他却咬着牙、淌着汗，一步一个脚印地跋涉在闽西山区险峻的羊肠小道上。

多少年来，评职称、提工资一次次落空，他从不计较；艰苦的工作、繁重的劳动，只要推给他，他总是默默地接受。

在那场人妖颠倒、指鹿为马的空前浩劫里，有人造谣他来自台湾，是特

务；有人诬陷他父亲给日本人看过病，是汉奸；也有人攻击他和美国人曼安里、孟居仁曾有过来往，里通外国……他一下子成了罪人！房间被抄了，吃饭专人送，上厕所有人跟，一步也不准出门，"造反派"串通了逼他的口供，黑帽子一顶顶压下来，最后，他被关进了牛棚！

在那些乌云压顶的日子里，他痛苦地反问自己："难道我真有罪？"

回答是肯定的："不！我无罪！我热爱自己的祖国、热爱党、热爱人民。20多年来，我忍受了背井离乡、抛亲别友的痛苦，克服了种种个人的艰难和欲望，兢兢业业地工作着。上万个工作日里，我没有请过一次病假、事假，几十个寒暑假，我总是忙于备课、辅导学生、培训师资，不曾休息一天，不曾离开校园一步……我把我全部的青春和爱情，献给了祖国的教育事业，我问心无愧！祖国呵，我相信，阳光总要驱散乌云！我相信，您一定会为您忠诚的儿子作证！"

他抹去了一颗滚到腮边的苦泪，悄悄地走出厦大囊萤楼的牛棚，来到海边，那一派广阔无际的蔚蓝，使他的心陡然开朗。

隔离审查了七个月，终究也查不出什么名堂，只好把他下放。他再次来到闽西上杭，来到他曾经朝夕相处的农民中间。纯朴的农民，给了他亲人的温暖；艰辛的汗水，使他忘却了心灵的忧伤；他努力"改造"自己，一次次被评上了"五好干部"、"五好社员"！

1972年，厦大外文系准备建立日语专业，调了年轻的大学生小纪来当党支部书记。小纪的日语还太嫩，需要有人来帮他。人们又想起了黄国雄，想起他那娴熟的日语、优秀的教学法和全力以赴的工作作风。

就这样，他从山区被调回了学校。

从此，小纪就搬进了他的房间里。日日夜夜，他一面协助小纪筹备日语专业，一面把自己的外语知识传授给他。

小纪经过他的悉心培养，已经能够担任日语专业高年级的课程，其学术论文《关于日语一方奥秘的探讨》被日本交流基金会收入了论文集。如今，小纪是厦大外文系副主任兼日语教研室主任，早已搬出了黄老师的房间。然而，黄老师还是将房间的钥匙交了一把给他，让他随时来家中翻阅日文图书、资料。

十年来，他像无私的泥土，培育了一批批林木；他像谦逊的绿叶，成就了

一朵朵鲜花：

1982年毕业的王平平，想报考研究生，从杭州寄来一封封请教信，他一次次不厌其烦地作答；

南洋研究所的福建师大毕业生郁贝红，日语音调不行，教学有困难，他花了大量心血教郁音调，结果郁贝红考上了北京语言学院日语培训班；

厦大分配到北京航空学院的李大清，要求回母校进修日语，他积极通过组织帮李联系，李大清回来后，他又让他住在自己的寝室里认真加以辅导，终于李考上了日语专业研究生，李的论文《和制汉字》也得到了日语界专家的赞赏；

他利用业余时间，热心地指导青年教师搞科研，和他们一起编出了《日本语成语集》，并译出了《恶魔的盛宴》。

在"衣冠楚楚"的厦大校园，他显得分外朴素，平时，总是穿一件白色夏威夷T恤衫、一条灰蓝色长裤。

在生活上，他不追求时髦。但在教学上，他却努力标新立异、大胆革新。

他认为过去的日语教学法太烦琐，通过艰苦的探索，他对教材进行了简化、条理化，讲究音调、音流，并自费编了一套新教材在他授课的班里推广，收到了良好的教学效果，也得到了日本语言专家的肯定。

他执教35载，在两个人一间的集体宿舍里住了30年。

那一年，有一位外地姑娘仰慕他的才华学识，敬佩他的人格风范，深深地爱上了他。然而，因为没有房子，他一直不敢答应姑娘前来厦门做客的要求。两年过去了，他已年近花甲，同事们打算腾出一间空房来帮他。没想到，姑娘却已琵琶别抱了！当他接到女方委婉诀别的信时，不知怎的，他想起了裴多菲的一首诗：

> 谷子成熟了，
> 天天都很热。
> 到了明天早晨，
> 我就去收割。
> 我的爱也成熟了，
> 很热的是我的心，

但愿你,亲爱的,

就是收割的人!

他叹了一口气:"姑娘没有错!爱成熟了,我为什么不去收割?"他有那么一瞬的悲伤和凄凉,可是,一听到学生来叩他的房门,他那不知疲倦的心,又觉得充实、圆满!

每逢佳节,他也会深深地怀念故乡,怀念亲人:"白发苍苍的母亲,如今怎么样?同胞手足,是否天各一方?那水碧泉馨的阳明山,那波光潋滟的日月潭,那瀑声泉语的娃娃谷,那雾社的樱花、兰屿的彩蝶,还有,那少年时代娇小的女伴……这一切,谅必无恙?!"

但是,当他走进书房,看见那一架架旧籍新书,他的心便又沉进了事业的汪洋!

居里夫人说:"人类也需要富有理想的人,对于这种人来说,无私地发展事业是如此的迷人,以至他们不可能去关心他们个人的物质力量。"

他便是居里夫人笔下的那种富于理想的人!

对祖国、对人民、对事业他怀着一种执着而博大的爱情。这种爱情,使他摒弃了个人的恩怨得失、离合悲欢,使他的灵魂逐渐净化、升华成为美的结晶!

他的一位学生曾问过他:"黄老师,你孑然一身,一无所有,却一年 365 天忙到头,究竟是为什么呢?"他微笑着,眸子流漾着一片柔和的光辉:"你可知道?爱,是无私的!"

别了! 自由女神

一封来自大西洋彼岸的电报:"母病危,速来相见一面!"

啊!真是晴天霹雳!两年前,他的弟弟黄国彦从美国回祖国讲学时,还一再向他提起:"母亲思念您几十年了,希望有生之年能和你相见!"

难道,病魔即将夺走他朝思暮想的母亲?!

他匆匆向有关方面办理申请出境手续。

不少人都私下议论着:"黄国雄这一去再也不会回来了!"

也难怪人家猜测——在大陆,只有他孤零零的一个人。他的大弟、大妹和小妹在台北,二弟、三弟、姐姐在美国。他去了美国,就是想回来,兄弟姐妹舍得放他走吗?

可他呢,在车旅倥偬的临行之际,却给系党总支写了平生第三份入党申请书——第一份写于1952年,"三反五反"之后;第二份写于1976年,台籍干部在省委党校学习的时候。

他把入党申请书郑重其事地交到外文系党总支书记手上。

"人家风传我将一去不返,请您别听信流言!我一向热爱祖国、热爱共产党;我一定会回来!"

波音737载着他飞往旧金山。经过了漫长的12小时的空中航行,本该歇口气、浏览一下这美国东部的良港名城再继续前行,然而,他无心欣赏这如画的美景,一心想着辗转病榻、思子心切的母亲! 他心急如焚,恨不得转瞬就与母亲相会!

然而,距离是无情的现实,他不得不又熬过了漫漫10小时的航行,从旧金山飞到亚特兰大,又从亚特兰大飞抵北卡罗来纳州的罗利市。

飞机即将着陆,他真是百感交集:"33年了,母亲老病交加,那就不用说了,总算有幸即将相见;弟弟和姐姐,是不是已面目全非?"他揣想着与母亲和同胞手足相见那又惊又喜的一幕,不知不觉地,眼泪如泉水一般涌出……

他快步走出机舱。

可是,茫茫异国,全是陌生的面庞。

一位精干文雅的中年妇女走到他身旁。

"您是黄国雄先生吗?"

他忙点头。

"我是黄国彦的太太。我一眼就看出您是国彦的哥哥!"

原来,他从未曾谋面的弟媳妇、美国国际商用机器IBM公司的顾问工程师黄铃代亲自驱车来接他!

他顾不得客套和寒暄,一把握住弟媳的手、急切地问道:"妈妈呢?妈妈的病怎么样?"

弟媳别转了头,进了小车,边踩油门边说:"大哥,上车吧,回家再说!"

他忐忑不安地下了车,跟着弟媳走进私家别墅。一进客厅,雪白的灵堂

赫然入目——胰腺癌已夺去了慈母的生命！

他一下子愣住了："啊，母亲！难道命运如此不公？！我紧赶慢赶，万里迢迢而来，就是为见您一面！哪想到，来迟了一步，却已是尾在人亡。33年的别离，33年的相思，33年的辛酸、委曲和悲欢，万语千言、千言万语，母亲呵！这一切的一切，和谁诉说？！母亲呵！您怎不能再等待几天，却忍心撒手归去……"

他欲哭无泪，只觉得身子轻飘飘的，眼前一片乌黑，一阵晕眩，便昏厥过去！

生离死别，幽冥永隔，真叫他悲恸欲绝！姐姐和弟弟们告诉他，母亲的灵柩已用飞机运往故乡台湾去了，他又是一场凄伤的呜咽——难道，连慈母遗容，也无缘瞻谒？！

他住在弟弟家里，家中的一切都是电气化。清晨，弟媳烧好牛奶、烘好面包，亲亲热热地端到他面前，出门有汽车代步，弟弟们亲自带着他去逛大街、看市容。

他冷静地欣赏着这里的异国风情：耸入云霄的摩天大楼，豪华的超级市场，令人目迷心醉的摩登女郎，霓虹灯下五光十色的酒吧、夜总会、俱乐部、大餐厅，还有高速公路上流星闪电般的各式汽车汇合的彩色河流，那是一个声、光、色交集的充满刺激的社会！他想，和中国相比，这里的确有着明显富足的物质文明。

他的家人呢，二弟黄国士在北卡罗纳州搞技术工作，三弟黄国彦也在那儿当教授，姐姐黄国英在尤巴市当高级美容师，侄儿、侄女、甥儿、甥女全都大学毕业了。家景是优越的，不愁吃不愁穿！

然而，他心里却觉得空荡荡的，在这遥远的他乡，生活固然是优裕的，但他每日无所事事，闲得发慌。他想起在厦大的时候，每一分钟对于他都非常珍贵！他做完了许多工作，还有许多工作等待他去做。他想起了他正在编写的教材，想起了他的研究生们，也想起了爱迪生的那句"人生太短暂了，事情是这样多，能不兼程而进吗"，心里真是焦灼不安。

他失眠了。

在晚餐饭桌上，他几次欲言又止。他知道说出来会遭到家人的反对，但他终于忍不住了："国彦、铃代，我要回去了！"

"回哪儿去呀?"弟弟、弟媳同时睁大了眼睛。

"回祖国!"他坚定地、不容置辩地回答。

弟弟和弟媳着实不理解——这儿生活多舒适!哥哥60岁的人了,已是桑榆晚景,国内无一亲人,回去干吗呢?

弟弟劝他:"大哥,你先休息休息,实在闲不住,你原来学的是会计专业,这儿的会计师挺吃得开,我给你找个工作吧!"

他摇了摇头。

弟弟又说:"要不,你再学习一点美国法律,自己开办一个会计事务所,那就可以赚更多的钱!"

他仍然沉默。

弟弟、弟媳苦苦相求:"大哥,你独自一人在国内,没亲没故的,有个头痛脑热,谁来关照?我们兄弟姐妹都在一起,有个照应,多好!"

他开口了:"我的研究生没人带,我的教材也还没编完!"

弟弟火了:"你拼命干了几十年,党员也不是,教授也不是,家没有,连个单身宿舍也没有,你图什么?你别以为没有你,地球就不会转动!你走了,自有人顶你的位置!"

他摇了摇头:"我的信仰在祖国,我的事业在祖国。一个人没有事业和信仰,就失去了生活的意义!"

弟弟毕竟生在台湾,长在美国,他不容易理解哥哥对祖国那种执着的痴情和爱恋,他只是希望年纪老大的哥哥留下来,共享天伦。

兄弟俩各执己见,第一次在餐桌上不欢而散。

夜里,他躺在舒适的席梦思上,遥望着窗外北美寒夜清冷的星空,他想起那不愉快的晚餐。他理解弟弟、弟媳挽留他的好意,但弟弟却难以理解他的心胸和志向。

是呵,留在美国,可以安享天年,也可以挣一笔大钱。然而,那毕竟不是他所向往的啊!

"我唯一目的,是为人类谋些福利。我不希望发财,只要能够为人类做些有益的事,那便是我唯一的酬报了。"英国化学家戴维的这句话,才是他的心愿!泰戈尔说:"鸟翼上系了黄金,这鸟便不能再在空中翱翔了!"难道,他

要为自己套上黄金的枷锁,埋葬自己心爱的事业吗?!

他记起了矗立在纽约港的美国象征——"自由女神"塑像。塑像的底座,有著名女诗人艾玛·拉扎鲁斯的题诗,诗中有这么几句:

> 把那些无家可归、饱受风波的人们,
> 都送给我吧!
> 我站在金门口,高举火炬,
> 向他们欢迎!

他想:"难道我是无家可归的可怜的弃儿,必须依附在这'自由女神'的膝下?!啊!不,我的身后,有伟大的中华——我亲爱的祖国!在自己的国土上,我有我的事业、我的理想、我的寄托、我的喜怒哀乐!慈母般的祖国需要我!学校需要我!学生需要我!在这繁华的'自由女神'的国度,我只是匆匆的过客,我必须早早回去——回到我那日夜怀念的故国!"

第二天,台湾的弟弟妹妹们也打来了长达七分钟的长途电话。

又是一次催人泪下的哀哀苦劝。小妹妹说:"哥哥,你既然不愿留在美国,那么,你回台湾来吧!这儿是我们的故乡,这儿有父母的陵墓,这儿有你熟悉的山川和青少年时代的朋友,这里也有安逸的家和优越的生活!"

他听着听着,百味交集的泪,一串串滴落。"是啊!那里有父母亲的墓园,我应该去祭扫;那里的手足亲朋,我渴望能团聚;还有那双溪的杨柳、芝山的灵泉、桃花渡的柔橹、阿里山的云海……33年了,我多想去重访!而且,听着小妹亲切的声音,令人情不自禁地回想起那只在北投飘放的蝴蝶风筝,回想起那一片充满天伦乐趣的童真。"

"然而,现在还不是回台湾的时候。祖国的'四化'大业正需要我,我要用我的汗水和智慧来为那一座民族统一的金桥垒石添砖。"他强咽下那一滴滴思乡思亲的辛酸泪,婉转地谢绝了台湾骨肉同胞的深情呼唤!

美国的弟弟依然不同意让他回国,他竟绝食抗议。最后,他致函厦门大学党委,学校党委为他的爱国之心、报国之情深深感动,破例给他寄来了返回祖国的飞机票!

于是,他迫不及待地启程了。

为了节约路费,在天寒地冻、大雪纷飞的隆冬,他连续坐了三天三夜的汽车,横穿整个美洲大陆,由美国东海岸的罗利市来到美国西海岸的尤巴市。

在尤巴市工作的姐姐,想再一次挽留弟弟。然而,他却是如此坚定,如此归心似箭,简直一天也不肯停留! 一到尤巴市,就立即让外甥用汽车把他载往旧金山机场。

"啊,别了! 繁华的、陌生的、并不属于我的美国! 啊,别了! 山川秀丽、旅居着我的骨肉同胞的美国! 啊,别了! 屹立着'自由女神'的大西洋之滨的美国!"

银鹰高高飞起,飞向太平洋,飞向东海,飞向祖国!

波音机缓缓地驶近上海虹桥机场,他的心头忽然涌过一阵温馨的感情。"啊,祖国——母亲,我终于归来! 您忠贞不渝的儿子,终于回来了!"

当他跨进上海市区时,正是一年一度的除夕,千家万户,亲人团圆,长街里弄,爆竹声声,他急不可耐地购买了上海直达厦门的火车票。

在充满欢歌笑语、喜气洋洋的新春佳节里,他踏进厦门。"啊,美丽的厦门岛,我回来和你团聚! 啊,我的学生们,我回来和你们团聚!"

他一走进厦大校门,一群群研究生、一群群年轻教师立即把他团团围住!

"早盼着你回来了,黄老师!"

他听了,有一种甜甜的滋味,从舌尖流到心里。这位远渡重洋回归祖国的台胞赤子,这位优秀的人类灵魂工程师,竟抑制不住自己,像孩子似的哭了!

美丽的金秋

他历尽了春的风雨,夏的炎热,如今,在人生的秋天,他也迎来了金色的丰收。

他已经是一名待批副教授了,终于离开了那简陋的集体宿舍,搬进了明

光雪亮的新居。

在幽雅别致的小客厅里,在典籍如林的书房里,触目所及的仍然是他的论文手稿、学生的作业和来自五湖四海求教的信件。

他用自己的爱国情操,向党递交了一份最完美的入党志愿书——1982年12月,他,祖国优秀的儿子,终于跨进了多少年来朝思暮想的党的大门,成了一名光荣的中国共产党党员!

35年的汗水,凝成了红绸彩缓和金光闪闪的奖章——连续两年,他被评为厦门市职工劳动模范,受到了市委的嘉奖并晋升了工资!

35年的忠诚,化作了飞丹流艳的光荣证——1983年,他北上京华,参加了中华全国台湾同胞联谊会召开的"台湾同胞为祖国做贡献"交流大会。1984年,他光荣地出席了中共厦门市第六次代表大会。

35年的积累,孕育了一篇篇才学横溢的学术论文——《浅谈日语的音调》《日本"常用汉字表"的日汉读音法对比》《日语单词的音调》《日语语流的音调》等等。

墙里开花墙外香。《厦大学报》《厦门日报》《福建日报》《羊城晚报》《光明日报》纷纷报道他,报道他教学的业绩、创新改革的成果;报道他数十年如一日地热爱党、热爱祖国、热爱教育事业的高尚品格。

他已颇负盛名了,然而,他仍在不断奋进。近年来,他不仅亲自带过研究生,编完了《新编日语教材》第四册,还准备把国内出版的日语工具书,根据中国人学习日语的需要,扬长避短地进行加工改造。

他勤勤恳恳、兢兢业业、忍辱负重、劳而无怨,数十年如一日地钟情于祖国,把自己最纯真的爱情,全部献给了国家、献给了人民、献给了他为之奋斗不息的教育事业!

而祖国,也把最美丽的金秋,赠送给她赤诚的儿子!

他仍然喜欢到海滨去,在黄昏,夕阳将落未落时。

他孤单一身,却并不寂寞,一届又一届的学生,与他同在;永恒的事业,与他同在。

他一无所有,他的一切,全献给了祖国。因此,他和祖国一样富有!

"我的慷慨像海一样浩渺,我的爱情也像海一样深沉;我给你的越多,我自己也越富有,因为这两者都是没有穷尽的。"

莎士比亚的名言,正是他的心声。

他已经离开了这个世界,但他与厦门大学同在,与祖国的青山同在!

作者简介

陈慧瑛,女,1946年生,1962—1967年就读于厦门大学中文系;曾任厦门市人大常委、人大侨台外事委员会主任、厦门市作家协会主席,福建省文联委员、省作家协会主席团成员,是当代著名散文作家、诗人。

我的海外教育学院老师

苏凤喜

我是厦大的"老"学生,也是厦大的"新"学生。

这话何解呢?远在高中毕业隔年(1963年),我就开始报读厦大海外函授班(后来改称"海外教育学院")。每当一收到有关教材后,我就认真作业。那时候互联网还没出现,做好的作业,只能通过邮寄回给有关老师批改。开始时一切还算顺利,只是邮件一来一往,颇为费时。

可是,没过多久,发现情况有变,因为迟迟没收到作业,自然也无从缴交习题。我去信询问,回复的是:"练习题早已寄出多时,为何不交作业?"我心里在想,这中间会不会出了什么差错?加上自己刚刚开始成为上班一族等种种因素,只好停学。

直到多年之后,才从一位担任公务员的朋友口中获悉其中缘故。她是负责一切境外寄来的各种书刊的检查工作,当时教材的邮寄受到限制。其实这些作业又不具任何政治因素,或许是基于一些客观因素吧(马来西亚和中国建交于1974年),当时除了书刊的入口限制外,就算居住海外的华人欲前往中国,无论是探亲、从商或旅游,都必须具备一定的条件。

忆及20世纪90年代末,我再次受邀出席院庆,当时坐在我邻座的,是来自印尼的林联兴先生(当时我并不知道他是印尼一位成功的华人企业家,只觉得对方是位和蔼可亲的长者,详见注),因为他的一句话,让我萌生起重新修读未竟的函授课业的念头。当时林学长问:"你修完函授的课业了吗?"我摇摇头。接着对方以鼓励的语气对我说:"我刚在不久前修完了学院的本科课程。人生很短,要把握。你看,我现在都已经70多岁了,论经济是不成问题,但这些都是身外物,我觉得读书是件很快乐的事,我希望你也将课程继续念完!"这番情真意诚的话,让我深受启发,我比他年轻十多岁,他可以,为什么我不能呢?回国后,经过一番考虑后,冲着学长这一席话,我很快就跟学院的负责人联系上了,并表达了自己续读的意愿。不久之后,就收到了有关部门的复信,接受了我的请求。

为了加速课业的完成,我最终决定前往厦大住校上课学习,近水楼台,有师长在旁指导和学习的资源,相信学习效果会事半功倍。

值得庆幸的是,学院还保留了我当年的一些课业成绩。2004年,我终于完成了我的本科论文《马来西亚华人与华文教育》,并顺利地通过了论文答辩。相隔将近40年,我从一个"新"学生变成了"老"学生,但我也深深感受到了"有心不怕迟"的甘甜美味。

其实,之所以在接近知天命之年重新回到学校念书,并非是为了那一纸文凭,而是为了圆一个未遂的梦想。高中毕业那年,原本想前往新加坡的南洋大学深造,无奈重男轻女,犹有封建思想的父亲有所反对不得不放弃,但内心却有一个声音告诉自己:有生之年,非要完成这个梦想不可。

本科毕业后,一些老师曾鼓励我继续修读硕士,然后博士课程,向林联兴老学长看齐,特别是蔡师仁老师,更是激励有加。不错,学海无涯,可惜人生苦短,去日无多,想做的事不少,对于文学创作,情有独钟,鱼与熊掌,只能

取一。

1991那年,有生以来第一次踏上中国土地,父母亲的故乡福建泉州。那一次是受厦大海外教育学院的邀请回校出席院庆,记得我们受到领导和学院老师们的隆重招待(包括来自泰国的同学),有院长庄明宣,老师蔡师仁、詹心丽、周世雄、吴锦忠等。此后多次受邀参加校庆、院庆或参加东南亚华文文学研讨会,渐渐地与这些老师们结下深厚的情谊,特别与蔡师仁和詹心丽两位老师更是投缘。

我在厦大求学期间,面授的都是一批年轻老师,也许他们第一次遇到这样的一个年纪比他们年长多多的"老"学生,甚至一个个都可以当我的"孩子"。而我本身却抱着"年龄不分先后,智者为师"的自在心态。感谢他们的大度与包容,在课业上除了尽心指导外,在生活上也不时给予嘘寒问暖。这里要特别感谢黄香山、王治理、王丹红、连志丹和我的论文指导老师陈荣岚等老师们的不吝指教。虽然在校的时间不算长,但是,他们的耐心和细心,却让我们这些海外学子心怀感激。因为有了他们的奉献,让海外的华裔多了一个学习的管道。

生活在资讯爆炸的今天,在互联网推波助澜下,远程教育已经成为一些有志于进修人士的最佳选择,但对于学习者和领航人(老师),都面临着一种前所未有的挑战和考验,少一分耐心都不行,很多人都可能半途而废。我为自己拥有如此机遇而深感欣慰。

最后,我要特别感谢亦师亦友的蔡师仁和詹心丽老师,每次见面大家都有谈不完的话题。20多年过去了,彼此的情谊并没有丝毫改变,尤其是蔡老师,当他知道我的孙子蔡宇宣,继奶奶之后选择厦大作为深造之所时,更是欣慰,并郑重叮咛:"有什么需要或遇到任何困难,叫他一定要来找爷爷。"

多有人情味的厦大人啊!

注:林联兴,印尼华裔企业家,近90高龄。1998年获得厦大海外教育学院的中国语言文学系本科学位;2000年则毕业于中国交通大学于新加坡开设的管理学院硕士课

程;2005年,他以77岁高龄在上海交通大学获得博士学位。林学长为人好学、乐善好施,厦大的联兴楼即其捐献的善举之一。因为他的一席话,让我圆了梦,成了厦大人,无疑的,他也是我厦大的另一位"老师"。

作者简介

苏凤喜,笔名爱薇,女,1963年起就读厦门大学海外中文函授专业,2004年获文学学士学位;现为马来西亚专业作家。

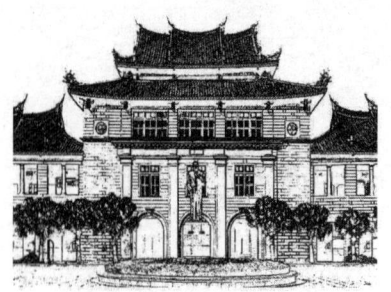

白云红叶著秋光
——记叶品樵老师

徐兰芳

往事如云烟，叶品樵老师在我流年记忆中留下的一些细节，有如白云漂浮在蓝天上，尽管时过境迁40多年了，仍觉得很美，一直不会忘记。

记得1973年9月3日，我告别了锻炼四年的广阔天地，怀着兴奋无比的心情，从闽北山城邵武，来到了美丽的海岛城市——厦门，去实现我梦寐以求的理想：上大学，上厦门大学。

那天，天空晴朗。初秋的厦门，海风吹拂，空气清爽，我从火车站乘坐厦门大学"迎接新生专车"前往厦大。刚进入校门口，就看到沿路火红的凤凰花一团一团，像火凤凰的羽毛丹冠，耀眼夺目；欢迎新生入学的标语还贴着，一派喜气洋洋的景象。眼前的一切令我激动不已、热血澎湃。突然间意识到将在厦大谱写激情燃烧的岁月新篇章，来自邵武深山老林的我，一时思绪万千，如梦如幻。我当时还在朦朦胧胧中，蓦然听到陌生而亲切的呼唤："徐兰芳，你迟到了,呵呵。"应声望去,一位英俊潇洒、学者模样的先生热情走来。虽不知他的身份,但直觉告诉我,他一定是一位令人尊敬的老师。那他为什么会认识我呢?正在我疑惑之际,他和蔼地说:"你很奇怪我为什么认识你,是吗?因为我看过你的档案,还有你的请假电报。"他还笑呵呵地说:"这是当老师的基本功。"要认得人,得事先备好课!这一招在我毕业后留校当教师的生涯中也派上了用场。他的友善,让我顿时解开了谜团。他就是我在厦门大学认识的第一位老师——叶品樵老师,时任厦门大学经济系主任。

当年我是一位上山下乡的知青。由于地处闽北山区,交通不方便,而且在收到厦大录取通知书的前夕,我去省里参加知青代表大会,省里的大会结束后,又辗转到地区和县里继续开传达会,回到生产队已经是8月底。此时厦大的"录取通知书"已静静地在生产队队部躺了近20天。打开一看,9月1日前要报到。想着要交接工作,还要到县里转组织关系,9月1日之前到学校报到肯定是来不及了。于是,就给经济系发了一封请假电报。我9月3日到学校,当晚,赶巧来得及参加在建南大礼堂举行的迎新晚会。

40多年过去了,当年入校的第一天,在校门口认识的第一位老师,他的一句温馨的话,至今还那么让我记忆犹新。有一个成语"一叶知秋",用来形容"见微知著",叶品樵老师就有这样的特点。他能够通过一些微小的细节,让学生们感受到他的周到、他的亲切,感受到来自老师的温暖。

在之后的就学期间,因叶老师很忙,而我们又时常开门办学或参加社会实践调查,与叶老师不常见面,只有在系里开大会或学生干部开会时才能见到他。

1975年邓小平继任中共中央副主席和国务院第一副总理,开始主持党中央和国务院日常工作,根据毛主席提出的要安定团结、要把国民经济搞上去的意见,排除"文化大革命"的干扰和破坏,明确提出了要进行全面整顿的指导思想,大刀阔斧地对全国各方面的工作进行大整顿。这一年夏天,1973级经济系的学生去漳浦县搞"社会教育"活动,由系主任叶品樵老师亲自率领。学校强调,所有的学生都必须参加。但我因在这之前跟钱伯海老师去省内其他地县搞"国民经济综合调查"(这是国家计委给厦门大学的一项特殊课题和任务),所以不能及时和全系师生一起参加这场"社会教育"活动。待"统计课题调查"初步完成,我们赶到漳浦时,"社会教育"活动已接近尾

声,正是各片区师生集中汇报"社会教育"活动成果的时候了。

那天,我来到漳浦县"社会教育"总部,远远地就看到叶品樵老师那熟悉的身影,还没等我走近,他已大步流星向我走来,笑呵呵地说:"徐兰芳,你又迟到了。"我也笑笑地回答:"是啊,又迟到了,又被叶老师发现了!"周围的同学们听了也都跟着哈哈大笑。之后,叶老师拍了拍我的肩膀,把我拉到一边,询问我们有关"国民经济综合调查"课题工作的完成情况。他说:"你很幸运,跟钱老师去做调查,他是这课题的专家,而且国家计委这次给厦大的任务很特殊,是很难得的机会。"我也认真地回答叶老师:"谢谢系里给我这一宝贵的机会,我学到了很多课本学不到的知识,更主要的是,钱老师还教育我怎样做人。"叶老师听了很欣慰,接着他又严肃地跟我说:"'社教'这一课,你不能缺,要向早来的同学了解情况,甚至可以向他们借笔记看看。"我答应了叶老师,很好地补上了"社教"这一课。

韩愈的《师说》写道:"师者,所以传道授业解惑也。"在我求学期间,虽然没有直接听过叶老师的课,但是叶老师作为系主任,我们向他学习了日后走上社会、在自己人生道路上所需的许多道理。

一晃将近三年,就要毕业了。在我们临毕业分配时,教研室和系里的领导到各班级、各小组听取学生对分配工作的意见和想法。万万没想到,到我们学生小组听取意见的竟是系主任叶品樵老师。在小组会上,我的表态很简单:"我来自知青,我服从组织安排。"叶品樵老师在同学们都表态之后,向大家讲解了当年大学生分配的政策和去向,希望同学们都能服从学校安排,当然如有特殊要求或自己有何特长都可以提出来,供学校分配工作时参考。他还举例说:"比如徐兰芳,你如果觉得适合当老师,可以要求留校。"叶品樵老师的举例让我吓了一跳。后来我并没有向学校提出任何要求,但我确实留校了,当了13个年头的人民教师。承蒙各位尊敬的师长和亲爱的学弟学妹们的厚爱,在校期间,曾被评为"教书育人先进工作者"、"三八红旗手"等光荣称号,深感幸运。在此特别感恩母校,感恩师长。

在厦大任教的13年期间,我和叶品樵老师的接触更多了。他也更关心我了,关心我的业务、教学情况,也关心我的成家立室之事。1988年,我外派到香港中银集团,之后在香港某上市公司任职高管,这期间已经升任为厦门大学党委书记的叶品樵老师,在我人生路上的每一段,无论是顺畅或曲

折,都一样时常支持和鼓励我,是我的良师益友。

秋天因为什么而美?秋天因为收获而美,天高气爽而美,因为白云、红叶而美。叶品樵老师就是为厦大收获季节添光增彩的一朵白云、一片红叶!

作者简介

徐兰芳,女,1949年生,1973—1976年就读于厦门大学经济系计划统计专业,获经济学学士学位;现任厦门大学旅港校友会理事长、中国高等院校香港校友会联合会副会长。

永远的怀念
——回忆葛家澍教授

王少华

2013年11月25日清晨,我被急促的电话铃声惊醒,打开电话,耳边传来管理学院刘峰老师低沉的声音,他告知我厦大文科资深教授葛家澍先生逝世的消息。接完电话,我呆坐了半晌,39年前,葛老师当年的模样清晰地浮在眼前。

1974年秋天,我入读厦大经济系会计专业。虽说再次走进校门的机会来之不易,心中的兴奋难于言表,但彼时崇尚的是"学会数理化,走遍天下都不怕",我被分配到会计专业,心中难免带着一丝遗憾。开学伊始,每人获发一个算盘,第一堂便是"珠算"课。听着班上个别有基础的同学把算盘打得噼啪乱响,我这位"初哥",逐个搬动着算盘珠子更是手忙脚乱。此际身后传来一个沉静的声音:"你以前是干什么的?"我回答:"我以前不是干这个的。"顺着声音回头一望,看见一位穿着中山装的老师,中等个子,不胖不瘦的身材,一派慑人的儒雅。事后听说,这位便是我国会计界泰斗、鼎鼎有名的葛家澍教授,我不禁暗暗怪自己有眼不识泰山。

当时大学复课才第三年,经济系里只有会计、统计、财经、政经四个专业,每个专业开一个班,也正因为这样,我们才有了与几位德高望重的教授近距离接触的机会。记忆深刻的是葛老师为我们上了一堂"会计学原理",他那略带苏州口音、不疾不徐的声音,竟把我们预计会枯燥的会计学,讲得声动有味、峰回路转。每逢葛老师出现,课前课后总被学生包围,还是那淡淡的声音,轻轻一句便使大家茅塞顿开。

我家在厦门,每逢周末便急急地走到南普陀寺对面的公共汽车站乘车回家。当时鼓浪屿岛上还有一批厦大教师宿舍,葛老师也住在鼓浪屿。我经常在同一路汽车上巧遇葛老师,起初只是恭敬地打个招呼便无话,但时间长了,我的话也开始多了起来,从班上的趣事聊到社会上的问题。当时正是"四人帮"当道之时,也不知为什么我竟口无遮拦,时而肆意批评,时而露出鄙夷之情。葛老师总是不搭腔,也不制止。不知是否从他脸上隐隐的笑意中得到了鼓励,我总是叽叽喳喳,一路讲到汽车到站、告别下车为止。在我读书的那段日子里,印象很深的是有几次学校大喇叭突然响起沉重的哀乐。一次是在清晨操场上,晨运之中听到周恩来总理逝世的消息,热闹的操场刹那间静止,每个人都定格在哀乐之中,眼睛里充满了泪水。另一次是在图书馆里,大家从埋首的书本中被喇叭声惊起抬头聆听,广播里传来毛泽东主席逝世的消息。不久后,在宣布"四人帮"倒台的那个晚上,记不清是自发的还是有组织的,厦大学生高举火把冲出校门,在市区的街道上欢呼游行,回到宿舍时,每个人的衣服都湿透了。

毕业后碰巧我到香港定居的申请也获批准了。那时国内尚未改革开放,就连身边儿时的玩伴都说,移民香港与"叛国投敌"仅一线之差。我不好意思与同学朋友一一告别,便悄悄地离开了厦门。十多年后,在20世纪80年代后期,国内改革开放已进行得如火如荼,母校与加拿大某高校的交流来

往非常密切,我当时也担任了厦门大学旅港校友会的理事。在一次接待由加拿大经港返厦门的母校代表团时,我很意外地遇见了葛老师。记得在寒暄了几句后,葛老师问我:"你也是会计专业的?我有个学生叫王少华,听说来了香港,也不知过得怎么样了?"我说:"葛老师,那就是我呀!"葛老师惊讶地端详我一阵,才说:"是还有一点当时的影子。"也难怪,我已经从当年梳着两条辫子、瘦削的姑娘,变成了两个孩子的母亲,是一个烫了一头短发、薄施脂粉、身材发胖、香港人口中的"肥师奶"了。在香港重逢,我们师生俩都十分高兴,那几天我陪着老师们在香港四处游览,尽了一番地主之谊。

作者(左)与葛家澍夫妇

在往后的20多年间,每逢我返厦门,一年总有一两次上葛老师家里拜访。葛老师和师母总是亲切地招待我,那真是我的快乐时光。在家中,我们一起欣赏老师和师母的老照片时,有趣的发现我竟在他们结婚的那年出生。我们曾一起张罗着为他留学返国的学生寻找工作,后来也一起为人家因两地分居酿成婚变而扼腕叹息。随着数码时代的来临,有一次葛老师兴致勃勃地在家中演示他的计算机程序,他说:"是学生帮我装的。"他脸上满意的

笑容,至今仍深印在我脑中。随着时间一年年的推移,国内改革开放一步步的深化,我们谈话的内容也由公司里做贸易的繁忙变成了投资办厂遇到的种种困难。闲聊中,和读书的时候一样,葛老师总是三言两语,便拨开了我在改革开放这一条崭新的道路上偶然对前景看不透的迷惘。20多年间,我见到的葛老师总是一贯的风轻云淡,不变的宽容、睿智和儒雅。这大概就是深水无波吧?我总记得他谈到学生们取得的种种成绩时脸上的骄傲,却一次也没听他提到过自己的学术成就和国家、母校赋予他的种种荣耀。每次离开葛老师的家,我总是如沐春风,带着净化清晰了的思绪,重新上路。

据说师母曾经是葛老师的学生,她圆圆的脸上永远挂着无忧的笑容,望着葛老师笑得开怀,不难想象她当年一定是位可爱的漂亮姑娘。有人说,女人的温柔和暴躁很大部分由她的另一半所造就,我相信这句话。两位老人相敬如宾,一室的阳光与温暖总让我乐而忘返。一直到那年,听说他的二公子英年早逝,葛老师也进医院动了手术。为人父母,我深深体会到白发人送黑发人那种锥心的痛,但在我去探望他时,葛老师还是一如既往的平静,只字不提自己的心痛和病情,只是不停地赞扬他的主治医生的仁心仁术。当时葛老师腿脚已不如往日灵活,师母送我到电梯口时,低声对我说,葛老师心情不好,有时坐在沙发,良久不说一句话。说着,师母和我的眼眶都红了……最后一次,我捎回儿瓶安神的中成药,带药去探望葛老师的同事回话说,葛老师一切安好。本打算初春回厦开"两会"时便去看望他,没想到就此永别。

我1974年入学至今40年,同班的同学大都已过了退休之年。同学中从政、做高管、经商皆有之,大概极少人是在会计岗位上退休的。由此可见,大学是座知识宝库,但不仅仅只在于职业上的训练。大学教育的意义在于它同时赋予我们独立思考的能力,教导我们客观地对待事物,理清混乱的思想,弄清复杂的社会,树立正确的价值观,从而跨越专业技能,在人生的道路上走得更远。而在这其中,我们的导师带给我们的是无穷的榜样的力量。葛老师硕果累累的学术成就,以及他那些已经成为社会各界栋梁之材的满

门桃李,为他在这个世界上留下了浓浓的印记。他驾鹤西去,带走了我们心中的云彩。能走进母校,遇见了葛家澍教授这样的恩师是我今生的恩赐。带着无尽的怀念,在我的人生中,葛家澍教授永远是我面前的灯、路上的光。

作者简介

王少华,女,1974—1977 年就读于厦门大学经济系会计学专业;厦门大学王清明游泳馆捐赠者;现任厦门大学旅港校友会荣誉会长、香港福建社团联会副主席、香港厦门联谊总会理事长、中国高等院校香港校友会联合会常务副主席、中国妇女发展基金会副理事长、全国妇联执委、厦门市政协常委、港澳委员召集人。

立德正己，写就一生无愧年华
——追忆我的导师余绪缨先生

陈国钢

  导师余绪缨教授离开我们已经八年了，八年前的教师节前夕，我清楚地记得那是2007年9月8日星期六的晚上，我接到他女儿的电话说余老师患肝癌住院，第二天我就急急忙忙地赶赴厦门，一下飞机就在当时的校党委书记朱之文（也是余老师的学生）的陪同下一起到医院去看他老人家。老人家见到我们非常高兴，拉着我的手问长问短，询问我的工作、生活，并一再叮嘱我好好工作，堂堂正正做人，公公正正做事。由于第二天我还得赶回北京赴美国出差，出门前我还答应回国后再来看他老人家。

  这次见面是我在余老师生前和他见的最后一面，没想到还在纽约时就听到他老人家过世的噩耗，我悲痛万分，提前回国赴厦门参加他的葬礼，送老人家最后一程。

  余绪缨先生一生从教于母校厦门大学，长期担任厦门大学教授和博士研究生导师，所育弟子无数。

在"文革"后20世纪的70年代末,年近六旬的他又专门致力于现代管理会计的基本理论建设,从无到有,创建了具有中国特色的现代管理会计理论与方法体系,开拓了"广义管理会计体系"研究的新领域,因此成为中国管理会计学科的开拓者和奠基人。

先生著述等身,在一般会计理论、成本管理会计和企业理财等领域都提出了许多独树一帜的学术观点。这是学术界的普遍共识,在此,无须赘述他的学术成就。但凡著名学者均在"学问"背后充满"情怀",而不仅仅是简单的"著述等身",先生自然也不例外。相比较而言,"及门弟子"有更多机会与他接触,从而能够"身临其境"地体会到他"学问"背后的"情怀"。作为开门弟子,我写这篇短文时,还想通过余绪缨先生的几位"及门弟子"的追忆,还原他鲜为人知的"情怀",展现其独特的师德师风。

坚持真理,修正偏差

作为一名著名学者,余绪缨先生最难能可贵的是他勇于实事求是地修正自己的学术观点。他一生都强调:学者不仅要有科学知识,更要有科学精神。他对指导学生尤其是博士生历来强调"坚持真理,修正偏差"的科学精神并身体力行。博士生胡玉明回忆道,20世纪60年代至70年代,以美国为代表的西方管理会计领域出现"数学化"思潮。受此影响,20世纪80年代初期,余先生认为,现代管理会计所用的数量分析方法日趋精密化,是现代管理会计已进入一个新的发展阶段的重要标志,标志着现代管理会计从描述性科学向精密科学转变。而这种转变,实质上是现代科学发展的一个共同趋势。然而,进入21世纪之后,他认为,不能笼统地说"数学是科学的语言",严格地说,数学只能理解为自然科学的语言,而不是一切学科的语言。管理会计的研究对象涉及人及其价值取向,与文化密切相关。人及其价值取向受到众多因素的影响,而且极为复杂、多变,难以甚至无法量化并纳入定量分析的数学模型。由此,他进一步认为,管理会计运用数学方法虽然可以较大程度地弥补一般定性分析的不足,但不能夸大其作用,应该尽量避免滥用数学方法的倾向。

作为一位管理会计大师,先生这种敢于与时俱进地修正自己的学术观

点的科学精神,不仅难能可贵,而且还富有前瞻性。正因为他自己修正了管理会计的"数学化"观点,才开启了其管理会计"人文化"趋向的开创性研究。他对管理会计的人文化趋向的独到见解,对现在乃至未来的管理会计研究都具有重要的引领作用。他始终认为任何学者都不拥有真理,只是虔诚地追求真理。任何学者在虔诚地追求真理的过程中,都难免有所偏差。因此,任何学者都应该虚怀若谷、与时俱进地完善或修正自己的学术观点。

立德正己,诠释立身与为学之道

余绪缨先生一生立德正己,严于律己,诚以待人,坚持"三不"(不投机取巧、不趋炎附势、不随波逐流)原则。每次他到北京参加政协会议,我和孙宝厚都会去看他,老先生总会教导我们"立身之道",认为"做人是立身之本","一个人在社会上安身立命首先必须摆正德与才的关系",青年学子要成才,不仅要有学问,要在自己所学的专业领域有较深的造诣,而且还必须有较高的道德水平。一个成才的知识分子,要有胆识,能充当社会的良心、国家的良知;要有修养,坚持私德与公德的统一;要重诚信、重荣辱、重气节,具有"天下兴亡、匹夫有责"的博大情怀。先生这些肺腑之言对他的学生产生了极大的影响。博士生刘运国回忆道:"在博士毕业后,我被单位派遣,参加中央博士服务团,挂职内蒙古。老人家教育我说:'好,好,多到国家需要的地方,为国家服务。'并不断警醒我:'在官场,千万要干净做事情,真正为国家、为民族做点事。'"

据博士生陈佳俊的回忆,先生也非常强调"为学之道",认为"学风"是一个学者学术生命的重要组成部分。一个有成就的学者必然有其独特的学风。青年学子要学有所成,必须从培养良好的学风开始。"无为而学"是治学的最高境界。学者治学,必须摆脱进仕的功利性的追求,摆脱名缰利锁的束缚,在一种淡泊自守、心平气和的精神状态下进行学术研究,才能破除浮躁(心浮气躁)、浮泛(浮光掠影)甚至投机取巧的学风。先生后来根据其多年来倡导的"立身与为学之道",专门整理了一篇题为《立身与为学之道:谈青年学子的成才之路》的文章,使更多青年学子领略其独特的"立身与为学之道"。

言传身教，谆谆教诲

余绪缨先生常常借用历史学家范文澜的"板凳宁坐十年冷,文章不写半句空"教导其博士生,做学问的人要耐下心来坐十年冷板凳,毫无怨言;写文章要从实际出发,实事求是,独立思考,不能人云亦云。宁可坐十年冷板凳,也不能写半句没有依据的空话。时至今日,不论是系里的同事,还是研究生,对先生在浮躁的社会环境下,甘坐冷板凳、一心做学问的治学精神无不赞赏。

除了吃饭、睡觉、散步,其余时间他分秒必争,孜孜不倦地伏案工作,或是阅读国内外经典文献、最新研究成果,或是奋笔疾书、著书立说,将自己重要的思想、思路甚至思维火花记录下来,或是在对学生论文详加审阅,总之是眼手脑一刻不停。先生常说:"古人云,一寸光阴一寸金,寸金难买寸光阴。我年纪已经大了,更得加倍抓紧时间才行啊。人说学海无涯苦作舟,读书学习既是工作也是生活,我不觉得苦反是乐在其中啊,真要我停下来,我倒真会不习惯。"

作为博士生导师,先生教书育人的特点是"言传身教,身教重于言教"。对此,博士生胡玉明深有体会。胡玉明回忆道,先生特别侧重于道德品质和刻苦、扎实、严谨学风的培养,要求学生从严要求自己。他信奉"严字当头"、"严师出高徒"。但作为一个教师,对人严,首先要对己严。因此,他在为人、治学、处世等方面都首先严于律己,对自己提出高标准、严要求。在对己严的基础上,他对学生提出"三严"要求:(1)政治思想上从严。要求学生加强道德品质的修养、提高自觉抵制和坚决反对社会上各种不正之风的能力。(2)学风上严管。对学风不正的种种表现,敢抓严管,使之树立良好的学习风尚。(3)对好的苗子各方面从严要求。他要求博士生,既要能横向比较,能与国外同一层次的学位并驾齐驱,又要能运用所学到的先进理论与方法分析、研究、解决我国现代化建设中的现实问题。

甘为人梯，尊重学生的选择

余绪缨先生在提携后学方面堪称楷模。他作为学术带头人，总是甘当人梯，善于为青年教师和研究生"开路"，从不计个人名利得失。在他承担的各类科研项目和主编的各种教材、著作中，都有意识地吸收年轻教师和研究生参加，使他们从中得到锻炼和提高，加速他们在学术上的成长。

作为博士生导师，他在博士生招生过程中，重视博士生的学术研究能力，公平待人，从不歧视非名校背景的同学。就像伯乐一样，去发现一匹匹有真才实学的"千里马"。像孙宝厚、于增彪等超过半数的事业有成的弟子都是外校或外系的生源。博士生刘运国深情地回忆道："我报考那年竞争非常激烈，与我一同竞争的考生同学几乎都是厦门大学会计学的硕士、厦门大学的老师，或者厦门大学毕业的MBA学生。因为我高中毕业后读的是中专，没有正规读过本科。在电气自动化专业中专毕业后，我在工厂工作了8年，业余时间读完'工业经济管理'的大专后直接考取了'会计学'硕士研究生，硕士毕业后到高校从事会计学的教学与科研工作。对于能否投入余绪缨先生的门下攻读管理会计的博士生，自己信心不足，但先生丝毫没有看不起我，他对我们考生一视同仁，在面试环节，由于我工作经验丰富，回答得还不错，他老人家还给了我面试最高分数，并最终录取了我。这是我人生的里程碑，也是我终生难忘的事情，先生把我带入了一个崭新的学术世界。"

在博士研究生的培养过程中，余绪缨先生对硕士、博士研究生研究质量的要求非常严格，全程培养，严格抓好进口、出口关。对于博士招生环节，他虽80高龄却仍全程参与、亲自出题、批卷、面试；对于博士生论文的选题、大纲、初稿和终稿，他都亲自审阅、亲自修改，这对怀着强烈的学习和研究兴趣的博士生而言是极大的鼓舞和鞭策，也使他们收获颇丰。刘运国回忆道："我的博士论文初稿在交给先生后，他在一个月内就找我去面谈怎么修改，我看到他在我的论文稿上密密麻麻的批注，深受感动。他还帮我删除了两个不必要的章节。这些都对我们今天作为博士生导师产生了重要影响和示范带动作用。"

先生表面上看起来很严肃，内心却充满温情。他的博士生完成学业之

后,要么到实务界工作,要么到高校工作。根据博士生陈志升的回忆,尽管有时先生希望其博士生到高校工作,但只要博士生做出了自己的选择,他总是尊重学生的选择并尽力促成学生的意愿。他还特别关心其博士生的职业发展,经常亲自为学生推荐工作岗位,甚至挑选服装、提供路费。博士生陈龙深情地说:"我毕业前要到上海的新工作岗位面试,余老师得知我缺少御寒的衣服,当即拿出自己女儿的皮大衣给我穿,又拿出一沓钱说:'这一千块钱,你拿着路上花,所谓穷家富路,千万别委屈冻着饿着自己。'我激动得眼含热泪地接过了那饱含恩情的衣物。"

其中影响最广、最令人感动的是余绪缨先生建立"余绪缨奖学金"的事迹。先生常说,人的生老病死是自然规律,希望长江后浪推前浪、科研事业后继有人,希望学术生命超出自然生命。每逢先生的生日,弟子们都会想方设法准备一些贺礼,但他从来不收。2001年,他80岁大寿,学生们决定无论如何也要送出一份礼物,便拐弯抹角地打探他最想要什么。他的回答是:"对我来说,学术生命比生理生命更重要。"最后,学生们想出了一份最合适的礼物,就是筹集资金设立"余绪缨奖学金",用于奖励品学兼优的厦门大学学子。先生指导过的博士生和硕士生们纷纷响应,"余绪缨奖学金"的启动基金很快到位,并从2003年开始颁发。先生在世的时候,每年都要亲自给获奖学生颁奖,并作诗勉励获奖学生。

上述事例只是余绪缨先生师德师风的"点滴"例证。虽然,老先生离开我们八年了,但他这种师德师风却潜移默化地影响着一代又一代的会计人。这正是他留给中国会计学界的一笔宝贵的精神财富。

寥寥数语,难以表达我们这些及门弟子对余绪缨先生的思念和崇敬之意,愿他老人家在天堂能够欣慰地看到弟子们所取得的成绩,我们也定将不负他的期望,将先生的立身与为学之道传承发扬。

作者简介

陈国钢,男,1959年生,1977—1987年就读于厦门大学会计专业,获学士、硕士、博士学位;现任新华人寿保险股份有限公司副总裁兼CFO。

恩师情谊 铭记心间
——记杨聪凤老师二三事

苏金旺

三载寒窗若昨天,江湖闯荡卅余年。
师生情谊永难忘,遥寄短文贺寿全。

命运转折 恩师慧眼

1977年3月,我很荣幸地考入厦门大学中文系,就读汉语言文学专业。这对我们祖祖辈辈都是种地农民的家庭来说,真是大大的喜事。当我接到"厦门大学入学通知书"那一刻,老实巴交、一辈子种地给人干木匠活的父亲也十分高兴。父亲一生辛勤劳作,农忙时下地干活,闲时外出帮人盖房、做家具,一生育有7个子女,我是老三,老大和老二为了生存,不得不辍学回家务农。母亲由于养育子女,劳苦伤身过早去世。面对这种家庭境况,父亲多么希望有一个儿子有出息,离开农村的艰苦环境去外面闯荡,让知识改变一下命运。而我被录取的这一刻,终于实现了他老人家的一线希望。所以,他笑了。他从前弓下的腰,瞬间平直了许多,走路也不那么沉重,眉头也不那么紧锁,好像天一下子蓝了许多,连自家养的鸡、鸭、狗、兔也好像有了灵性,比平时欢实了许多。

带来这一切的变化,当时代表厦大到闽西各县市招生的杨聪凤老师的功劳着实不小。

我在1973年高中毕业后,大队缺少文化人,大队支书要我任会计、文书兼团支部书记,还要给大队办的小学六年级任代课老师,可以说是身兼数职。全国恢复高考前,大学招生是"社来社去",即哪里入学毕业后仍回哪里去。1975年,我曾与小学同窗郑某一同考厦大,由于我急切地想尽早离开农村,考生体检时,心跳过速,一下子就被刷出来。而考进厦门大学中文系1975级的郑某在读了两年大专毕业后,自然回到了我们大队办的小学任教。

1976年是我人生最后一次的高考机会。记得年底去县城考试,语文考题为"粉碎'四人帮',形势大变样",因我平时做了较充分的准备,这次高考,自我感觉语文考得不错。对我来讲,由于中小学数学成绩一直还好,数学不用忧心考不好。但那年招考,我报的专业并非厦门大学中文系,而是财会系。也许是因为我的作文成绩好,以及我的家庭状况引起恩师的重视,或许是杨老师的独具慧眼,硬是与漳平县(现漳平市)高招办抢生源,把我直接招进中文系。据后来县高招办透露出的消息,有关领导原要把这一名额让给本县某位领导的一个女儿。杨老师则表示,如果这个生源不是我,漳平就浪费一个厦大的招生指标,而该指标就有可能安排给龙岩地区其他县市考生。可以说,正是杨老师坚持秉公办事、择优录取,改变了我一生的命运。

不是家人　胜似家人

由于杨老师的眷顾,我在厦大就读时,师生之间自然联系不少。三年的学校生活,杨老师给了我无微不至的关怀。

我们1976级属"文革"结束后的最后一届工农兵学员,入学虽说有考

试，但本身所处家庭的政治背景因素也很重要。我们大多数同学也有地方组织推荐入学的背景，家庭贫困，根正苗红。在校读书期间，多数同学靠国家助学金补贴完成学业。我作为来自闽西革命老区又是从农村考上的生源，国家每月发给19.5元的生活补贴。这在班上的60名学生中，除了带薪带职学员已是最高补贴了。这些钱除用于伙食费外，还要买书、购物等。当年的食堂一日三餐的费用基本上花几角钱或一块多就够了。早餐一两份咸菜，中餐不到3角就能够买到带几片肉的菜。但由于同学们年轻，在学校运动量也大，饿得快，经常饥肠辘辘。每到上午上完最后一节课，各自拿着饭盆往食堂方向跑，以便早点排上队，等着打饭吃。一到周末，我们几位闽西同学经常跑到附近部队的老乡连队改善伙食，有时也上轮渡码头水警部队的老乡那里蹭饭。

而我最多的去处，则是当年在厦门水牛城街15号503室的杨老师家。三年里，周末隔三岔五，我就会跑到杨老师家串门。杨老师总是做地道的厦门菜款待我，最拿手的就是厦门春饼（春卷）。春饼是厦门传统小吃，也是传统节日的食俗，用面皮包着各种菜肴食用，配料有笋、豌豆、豆干、蛋丝、虾仁、肉丝、海蛎及胡萝卜等，营养丰富；吃起来脆嫩、清爽，鲜美可口，齿颊生香。

除了蹭饭外，我有时还会给老师添麻烦。记得有一次上街，为了省脚力和公交车票钱，我借了杨老师刚买不久的凤凰牌女式自行车进市内。当天返校后，我没有及时还车，而是放在了我们所住的"红卫二"（现名"芙蓉二"）宿舍楼道。没过多久，这辆崭新的自行车竟然被小偷骑走了。当时我四处寻找，可怎么也找不着。要知道当时购买凤凰、永久牌自行车可是要购车券才能买到的。我急得团团转，不知道怎么办才好！没有办法，没有购车券，我只好回老家找人帮忙弄了一辆永久牌男式自行车给杨老师代步。对这件事，杨老师不但没有责怪我，还尽力安慰我。

杨老师虽不是亲人，却胜似亲人，师生情还体现在对我的高度信任上。杨老师的儿子钟晓阳，当年也才五六岁。有一次学校放寒假时，她很放心地让我带上晓阳回漳平乡下老家小住。农村有跳蚤，没几天，就把晓阳咬得全身起了大包。我只好托开蒸汽火车的朋友，通过货车的守车车长，把晓阳送回厦门，杨老师却并未怪我粗心。

除了日常往来外,杨老师对我的学习也非常关心。我们1976级中文系的班主任为郑松琨老师,辅导员是陈培爱老师。杨老师则是1977级中文系的班主任,只是我们班"现代文学课"的任课老师,但我平时经常上杨老师家借书、抄讲义等,从中受益颇多。

如今回想往事,真是感慨万分,师生缘分,不是一朝一夕,而是日积月累,历久弥深,十分难得且珍贵。

相隔千里　珍惜前缘

我自1980年2月毕业离开厦大,到北京工作已有35年了。35年来,我与杨老师的师生情谊仍延续着。

大学毕业时,我被分配到林业部,据说拟任部长秘书。我在林业部实习了8个多月,中纪委组建后到各部委挑选年轻干部,把我调到了中纪委工作。不久后,杨老师与法律系教授张立来京出差,他们不住高级酒店,而是住进了由我安排登记的中纪委招待所。该招待所处在东城张自忠路7号的一处大四合院内,条件一般。但杨老师认为环境幽雅、整洁安静、进出方便,尤其是收费便宜,可以为学校节省出差经费。后来杨老师几次来京出差,找的都是条件很一般、收费不高的招待所住下。甚至有一次,她来京整理老作家草明传记材料,干脆在我家客厅的沙发上歇息了几宿。

今年1月29日,1977级中文系的一位系友打来电话,说杨老师来北京出差,住在北四环一带,是否有空一起去看望。我觉得杨老师年逾古稀,北京与厦门相距甚远,来一回不容易;现今我也已到退休年龄,师生重逢机会只能是见一次少一次,有机会还是要多见见面、叙叙旧。那天我的车号正逢限行,傍晚自驾车停到四环外,再换乘公交车。赶到杨老师下榻处,看到的是一个不引人注意、位置偏僻的普通宾馆;老师吃得也很节俭,每次不是北京的炸酱面,就是家常的青菜、水饺。这回进京,杨老师虽因连日出行都挤公交车而略显疲惫,精神状态仍不错,见了我俩满心欢喜,抚今追昔,依然爽朗健谈,告辞时还顶着冬夜寒气,非把我俩送到公交车站不可。老师这种生活简朴、待人诚恳热情的高尚品德永远是我学习的榜样。

如今我自己也已步入退休生活阶段,虽然远渡重洋,受聘于布中合作委

员会任政府高级顾问,仍在为布中友谊做一些力所能及的事,但一生没有什么大的追求,在北京工作几十年,从中央到部委机关,再到国企就职,终究没有什么丰功伟绩和惊人业绩示人,只求平平安安过好每一天。在第31个教师节即将来临之际,略拾往事片段,以表达我对杨老师的尊敬与爱戴。

作者简介

苏金旺,男,1954年生,1977—1980年就读于厦门大学中文系;现为高级国际商务师,任(巴布亚新几内亚)布干维尔自治区政府、布中合作委员会高级顾问。

My Teachers of Xiamen University

先生的小客厅
——怀念应锦襄、芮鹤九先生

吴立平

毕业离开母校已经33年了,这期间,母校最令我牵挂和最常造访的便是应锦襄、芮鹤九先生家的小客厅。我1978年2月入校时,这间小客厅在"老白城"的平房里,后来搬到了"凌峰"。20世纪80年代中,厦大"新白城"宿舍建好,这小客厅又从"凌峰"搬到了"新白城"9号楼的一层。学校分配给教授们的是那种三房一厅的老式住宅,所谓的"厅"完全不是今天"客厅"的概念,面积只有大约十平方米,实际上就是一个通往包括厨房、卫生间在内的所有房间的宽敞过道。可就是这样的一间小客厅,却让我和我的许多同学、朋友以及无数学弟学妹们深深迷恋,津津乐道,魂牵梦萦……当大家得知这个小客厅的女主人应先生和男主人芮先生相继离世,再也无法在那里见到先生的音容笑貌时,无不哽咽挥泪,扼腕痛惜。先生的弟子们和故旧写下了许多情真意切、催人泪下的悼念文字,其中有大量篇幅无比深情地写到了两位先生的小客厅。

这究竟是一间什么样的客厅呢?如果由我来回答这个问题,肯定带着我个人浓厚的主观感情色彩,不免有其片面性。所以我尽可能收集了一些别人有关这小客厅的文字,一同来回答这个问题,以便读者能更加准确、全面地了解这间小客厅和它的主人——我们最敬爱的应先生、芮先生。

先引用一位学妹对客厅的描绘:"……客厅同样精致,沙发上随意躺着两只小熊娃娃,据说是别人送给应先生的先生的。听我老师说,两位老人都特别乐观,芮先生因喉癌手术,现在只能用食道壁发着气声说话,但是老爷爷的精神很好,不只乐观,还有童心吧,我想。沙发对面有个很大的陈列柜,上面放着好多闪闪发亮的小摆设,我没有去细看,但是能够感觉到很有欧式的、复古的风格。另一侧是一台看似古老实则强悍的唱机,从黑胶碟到磁带到 CD 通通搞定,里面放着一张 80 年代出品的黑胶碟——《罗马尼亚进行曲》。客厅两面墙上挂着应先生、芮先生的照片和两幅画,一是水墨丹青,一是油画,却毫不突兀,相得益彰。但我们不在沙发上聊,而是在门口的一张小桌子旁,两把椅子,还有一张造型别致的藤椅(我就坐在这上面哦),一杯清茶,就这么说开了。"(引自子程序《拜访应老师》)

可以看出,这小客厅陈设简朴,可它却因为有着学识渊博、通今博古的主人,而成为传授知识的课堂。我不知有多少学子,在这里听过先生的谆谆教导,和先生一起讨论过学术问题和人生感悟。先生退休前,他带的研究生在这里上课。先生退休后,在这里为一批研究生和本科生开讲座。先生开玩笑说这是她开办的"私塾"。

一位"私塾"弟子写道:"……我成了先生的'私塾'里当时最小的学生。今天回想起来,我肯定这是一笔难得的财富。每周讨论一篇小说,让我这个怯怯的大三生早早体验了 seminar 的方式,在思维和表达方面提高了不少,这也使得我能够顺利适应研究生阶段的学习。再者,文本分析的功夫原本是中文专业的必备素质,但是目前的教学情况却很难手把手地教给学生这一项,尽管我们有'文学史理论'课甚至有一门名为'作品选'的东西,但说实在话,分析与批评大多还是靠学生们自己摸索;有幸在应先生的客厅里,我补上了这一课。在这里,还认识了一些志同道合的朋友,享受着一个积极而热烈的交流氛围……应先生曾说,讲课的目的当然是最后把人讲懂。理论

之于她不是文本的解剖刀,而是贯穿整个分析直至得出结论的全过程。你甚至不能单独抽象地说她用的是什么理论,她就是那么像讲课文一样,像讲故事一样,时行时止,时而引经据典,时而字斟句酌,时而入乎其内,时而出乎其外,峰回路转,柳暗花明,一路下来,豁然开朗。"(引自子程序《纪念应先生》)

　　30多年过去了,我的同班同学朱水涌(原厦大人文学院副院长、博士生导师)虽说已经退休,可是他还清楚地记得他的第一次造访:"我怯生生地走到老白城老师的家里,那时的老白城是一些很旧很老的平房,但住的是厦大德高望重的教授。我进去时,老师正与朱虹老师在谈《红楼梦》,她微笑地站起来:'水涌,你来了,你今天的发言很有感受,我就让小弟叫你来家坐坐。'她端了一杯加蜜的冰水给我,让我坐在两位老师的身旁,她说:'我们在谈《红楼梦》,你先听听,这是一座探索不完的王国。''红楼'是一座王国,这自然是我这个从小镇上来的大学生从未领悟到的话语。那天,老师要求我在大学期间读300部作品,大部头小说或七八句的诗歌都可以,她问我:'能做到吗?'我点点头。那一天晚上,我这个从未和一个大学老师如此亲近过的小镇青年激动得一夜难眠。从此,我的一生开始有了一位知识生命的慈母,也有了一位叫我学会喝酒的永远是那般耿直爽快的芮老师。"(引自朱水涌《生命的再启示》)从此,无论是"老白城"、"凌峰"还是新白城9号楼,他成了应先生小客厅的常客。

　　这小客厅是个高雅的"文艺沙龙",也是不设门槛的"白城茶座",它是我们心灵的温馨港湾和花园。在应先生家中,这间小客厅也担负着餐厅的功能,在那里我们不仅享用了饕餮的精神大餐,也享用过先生亲手烹饪的精致家宴。我的老师,曾任厦大中文系主任的郭启宗教授说:"我是应老师最老的学生,我1956年考上厦大,应老师1958年到厦大中文系任教,我们相处也有53年了,接触较多。应老师的家长期以来高朋满座,有著名学者,也有工人、农民,这让我敬重她,她也对我很好。以我们53年的交往,我觉得应先生值得这么多人敬重。"(引自许永惠《永远的白城——应锦襄老师追思会纪实》)

　　我的师妹林丹娅(厦大人文学院博士生导师)写道:"这么多年,去应老师家,吃她与芮老师做的饭菜,喝她泡的茶,品尝不知从什么地方送来的稀

奇点心,有时疏有时密,也不知有多少回。她的为人为事看到眼里记在心里的事情很多很多,积攒起来像一朵祥云,氤氲笼在应老师的花园上空,数也数不清,它也构成了包括我在内绝大多数人无法企及的真善的高度与厚度。我相信大多读书人都以刘禹锡《陋室铭》中的'谈笑有鸿儒,往来无白丁'为自得,以为那是种高雅高贵的、很值得高傲的生活境界。可后来我从应老师那里才深切地感到,真正的高雅与高贵是什么。应老师出身江浙名门,家学深厚,其父即为留美博士,本人生长于上海,20世纪50年代初毕业于复旦,后考入清华研究生,师从吴组缃等名师,全国院系调整后,即毕业于北京大学。这样的出身与出师,已然注定她才学的不同凡俗,而何况她才识高拔,敏思厚学,文学造诣极深,凡事自有精见卓识,照常理推测,她最有理由清高,最有本能万人不入她的眼!可她没有,完完全全地本本真真地没有。我不知道她是如何拥有这样伟大的情怀与境界的。作为教授,她真正做到有教无类;作为常人,她真正做到有交无限。她安放我们中间的花园,真正地不设门槛、没有歧视、没有偏见,无论精英鸿儒还是平民白丁,无论年长还是年少,无论近亲还是陌生人,只要你诚心地走进花园,你一定会得到一份无法忘怀的美丽与熏陶。"(引自林丹娅《应老师的花园之一:写在应老师离开的时候》)

我的1979级师弟汪舟回忆:"应老师家是我和一些同学喜欢造访的'文学沙龙'。在那里,我们一边喝茶喝咖啡,一边听应老师谈论对文学的见解,气氛轻松愉悦。应老师的丈夫芮老师同样热情好客,常常会留同学吃饭,几道小菜、几杯小酒,其乐融融……如今,应老师走了,我们再也听不到她那爽朗的笑声,听不到她那带着文学意味和人生智慧的言谈;我们再也享受不到在她的客厅和花园里所营造出来的那种温馨雅致的情调,再也品尝不到应老师和芮老师为我们准备的虽然简单,却又很有特色、很可口的菜品和点心。应老师那种淡定脱俗的气度,那种文学生活化和生活文学化所散发出来的魅力,以及师生互动所产生的那种心灵上、精神上的愉悦与感动,已经成为一种美好的回忆了。"(引自汪舟《生命依然在延续——悼念应锦襄老师》)

还有一位年轻的师妹说:"我在那个被很多人在悼念文中提到的小客厅里,几乎是很少讲话的,因为我的大脑全部拿来听了,那是我灵魂的沐浴室,

我的其他一切器官都是完全放松的,除了大脑在飞速地旋转:吸取、记忆、联想,反复在自己和世界之间回旋,在时间和空间之间飞跃,在昨天和明天之间沉思……我是毕业半年之后,在厦门流浪的日子里,一个极其偶然的机会,幸运地结识了这位德高望重的老教授,当时她已近八十高龄,那时我对她的一切一无所知。但是在第一次见面之后,我对于她的白城茶座的向往,便一发不可收拾,其感觉如久旱遇甘霖。她关心我的思想,关心我的独立性,也关心我们的成长。她对于社会和人类的热爱也是孜孜不倦的,'她有一种很人间的情怀,爱所有的生命,认为所有的生命都是应该被关心和照顾的',从她身上很容易感受到盛嘉老师讲的那种知识分子的影子(具有渊博知识、强烈社会责任感和人格正义感的人叫知识分子),也许正是由于这种知识分子的情感,平凡如我这样的学生,仍然可以像其他一切名誉一身的学生一样,到那个令人神往的白城茶座里一坐几个小时。"(引自余帅歌《想念应老师》)

迷恋应先生家小客厅的,绝不仅是他们弟子们,因为我是那里的常客,我在那里见过许多著名的学者:草婴、谢冕等等,认识了许多来自各地、从事各行各业的人士,遇到过两位先生被下放龙岩农村时的乡里乡亲,还有来自港台和国外的学者、友人……

我在这小客厅里认识的《厦门文学》编辑、作家王莹写道:"应先和芮先早就是我们生活的一部分。起先是我常常在她家闲坐,海阔天高聊到深更半夜,然后很奢侈地打车回杏林。有了车之后,老公来接我,他是与文学离了十万八千里的人,却与应先芮先好得不得了。'他们太有趣,太有意思了',他说。他有时会出其不意地给先生买一些很实用的器物和很孩子气的圣诞礼物,应先生很喜欢,总是说,要专门为他做一次菜,请他吃饭。我说不是吃过无数次了么,她一本正经地说,那不算,要单独做。我不敢说是应先生的弟子,因为我是个没有什么学历、没有什么学问的人,也的确没有那么好的运气,正儿八经坐在厦门大学的课堂上听先生讲课,但我在应先生的家里总是像一尾快乐的小鱼,什么话都是可以说的,而先生学识渊博似海,妙语如珠,任何时候都令你乐不思蜀。"(引自王莹《我相信应先生不希望看到我呼天抢地》)

应先生、芮先生不仅学富五车,热情好客,关爱学生,还都烧得一手好

菜。在"私房菜"时髦的时候,我曾同两位先生开玩笑,说他们可以开一家"教授私房菜"馆子,我们都来参与,有钱出钱,有力出力。凡在这兼做餐厅的小客厅里吃过饭的,无不对先生的"私房菜"念念不忘,津津乐道。"我有时下午会找应先生聊天。应先生十分好客,对我十分热情,每次都拿出点心请我,还亲自烧水泡茶,斟给我喝。有几次还特地打电话邀请我去她家吃饭,应先生亲自下厨,用微波炉烤出鸡丁来,好吃极了。去她家听课的学生有时也在她家吃饭。"(引自石兆佳《回忆应锦襄先生》)

我的师妹李晓红(厦大人文学院副院长,博导)回忆:"……每次到应先生家上课时,大家很雀跃,不仅是精神享受,而且先生常常有好喝的茶、好吃的茶点招待我们。而且应先生还经常请我们这些研究生打牙祭,她知道我们少油,知道大家喜欢吃红烧肉,故每次都一定会有好吃的红烧肉。有一次我惊讶地发现沙龙的女主人应先生居然在厨房里忙碌着,我问她:'应先,您也会做菜呀?!怎么我以前都只看到您在客厅里与我们聊天呢?'应先生说:'你们是我的客人,当然是我来接待你们呀!如果芮先生的客人来了,就是我在厨房里了!'"(引自李晓红《生命早有她的式样,我唯有临摹——追忆我的恩师应锦襄先生》)

现任中国艺术研究院影视研究所研究员的李清,是应先生的研究生。她记得:"每次应老师讲完课,芮老师就笑眯眯地上来对我们说:'你们跟她学,也跟我学学。'然后把我们引到饭桌上,摆上几个酒杯,给我们斟上酒,就着桌上的花米和小菜,就喝起来。这些酒有时度数很高,我平生第一次感受到酒能像刀子一样从喉咙割下去。后来毕业后有一天,我顿悟到东北的'烧刀子',大约就是形象地形容酒性烈,像喝刀子一样锋利。芮老师成功地把我和子潮培养成了能喝酒的弟子……三年的时光,不知在芮府吃了多少的饭,过过多少快乐的节日,留下多少难以忘怀的回忆。有时我和丹娅从外面回到宿舍,就会看到门上贴着芮老师的字条,要我们回来后去他家吃晚饭。我们一声欢呼,就蹦跳着去享受美食了。到了芮府敲开门,芮老师就乐滋滋地迎上来:我又创造了一道作品。然后就把自己新发明的菜肴给我们端上,这时应老师往往也亲自指挥保姆炒上几个菜来招待我们。印象中应老师最拿手的是拌沙拉,那可真是我吃过的最美味的沙拉。"(引自李清《我的导师应锦襄先生》)而李清说的另一个"能喝酒的弟子"盛子潮(厦大中文

系1982级研究生,前浙江文学院院长,国家一级作家)也坦言:"1982年,我从一所小城的大学考研投奔到先生门下,先生家的客厅成为我心灵的栖息地。先生在客厅为我和师兄以建授业解道,一年后加上师妹李清、师弟朱双一,后来先生的先生芮老师也像学生一样听课。每到结束时,芮老师都会问一句:'结束了吗?'在得到肯定的回答后,便孩子般地叫嚷:'喝酒,喝酒。'于是,我们就去'地窖'选酒——那'地窖'藏着多个品种的酒,打开冰箱取下酒菜——冰猪头肉、酱萝卜之类,此刻,先生以慈祥的目光看着这一群长不大的孩子,有时她也喝上一小盅,于是笑语混合着酒和烟的味道在先生的客厅里弥散。而我的酒癖大约就是那时种下的。"(引自盛子潮《泪湿衣衫悼恩师》)

更难得的是应先生1959级的学生郑波光老师,在自己2007年4月14日的日记里,居然记下了菜单,"应锦襄、芮鹤九老师伉俪中午在他家设家宴,一色江浙家乡菜。我记性不好,回来晚上边看电视边回忆,居然完整回忆上来八菜一汤,八菜:1. 意大利咸肉;2. 青豆;3. 鸡卷;4. 糖藕;5. 糯米肉丸;6. 茄子;7. 短炸卷;8. 黄桥烧饼;一汤:黄酒焖鸡汤。黄桥烧饼是女儿来看望带来的,昨天刚走。最特色的糖藕是最地道的家乡菜(这是应老师特别强调的,她对这道菜情有独钟)。"(引自郑波光《应锦襄老师音容宛在》)

不过这间小客厅最吸引人的是它的主人应先生和芮先生的人格魅力。"应老师出身名门,优雅高贵,从容大气,有名门之后所有的优点,却没有名门之后惯有的缺点;她是学者,学贯中西,造诣精深,有学者所有的优点,却没有学者身上惯有的缺点;她是教授,教书育人,诲人不倦,有教授的所有优点,却没有教授身上惯有的缺点;她是女人,美丽可亲,品味超凡,有女人身上所有的优点,却没有女人身上惯有的缺点。"(引自作家黄静芬在应先生追思会的发言)"因为她的一辈子就是在不断地学习中度过,而她以她的人生、她的生活昭示给你的就是:像她那样活着,才是美好的一生!她用她的生活告诉你:不停地读书、不停地学习已经成为她的生活方式,也应该成为你的生活方式!她用她强大的气场,让一代又一代的学生们聚集在她不大的白城客厅,流连不已!"(引自李晓红《生命早有她的式样,我唯有临摹——追忆我的恩师应锦襄先生》)

两位先生生前教书育人,为这个社会奉献了一生、一切,就连死后,也将

遗体捐献供教学科研之用。正如师妹丹娅所说,他们的一生,"无论从境遇还是身体上来说,其实都是倍受困扰而不尽如人意的,但她付给这个人世的,却是最完全彻底的美好,没有丝毫的保留……包括她最后捐献给医学做研究的遗体,没有一种出自本真本善的大悲大爱,又岂能做得到这一切啊。"(引自林丹娅《应老师的花园之一:写在应老师离开的时候》)

　　两位先生笑面人生,也笑对死亡。应先生说:"不去思考死,因为我不以为死是终结。每个个体人生,都不过历史长河中一滴水,它虽渺不足道,但任何千古长流,都是以它而成的。巨浪飞沫,各有现实意义。就是最微小的水珠,对干涸的河床来说,都有重要的湿润作用。"(引自应老师给南燕的信)难道不是吗?受他们的雨露甘霖滋润的满天下桃李,枝繁叶茂,硕果累累,正延续着他们不朽的生命。

　　虽说"新白城"9号楼的那间小客厅依旧还在,陈设也不曾改变,但它的主人——我们最敬爱的应先生、芮先生已经远行。"即便是在厦大这样的高校里,应老师这样出身名门,出师名校名师,同时自个又学问精到、境界超拔的老师或许还有得找,但一如她这样可以在众多的学生与文友中,置放下一座无比美丽温馨而富有营养的心灵花园,则几乎没地方找矣。"(引自林丹娅《应老师的花园之一:写在应老师离开的时候》)这也正是我对那间有应先生和芮先生的小客厅,如此眷恋,如此难忘的原因。

作者简介

吴立平,男,1954年生,1977年12月考入厦门大学中文系汉语言文学专业,1982年2月毕业,获文学学士学位;曾在福建省政府办公厅、省华福公司、厦门建发集团任职,现已退休。

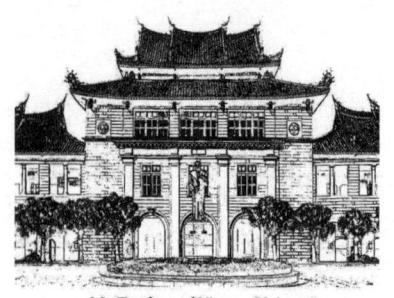

师道垂仪范 艺坛留正声
——深切怀念虞愚教授

朱守道

1978年春,我考入厦门大学中文系,成为1977级中文系的一员。在四年大学生活中,我认识了许许多多位老师,其中有为我们传道授课解惑的,有负责班级管理、主持支部工作的,也有校、系行政领导。我们作为"文化大革命"后首批入校的学生,年龄偏大,阅历较广,求知欲望很强,以其特殊的成熟和敏锐,善于思考,敢于尝试。四年来我们得到了许多位老师的关怀、帮助和指导,与老师们结下了深厚的师生情谊。30多年过去了,每每想起,我们从心底里感恩母校,感谢师长,怀念那一段令人难以忘怀的厦大岁月。

虞愚先生祖籍浙江山阴,出生于福建厦门,是地地道道的闽南人。闽南一带,自古就有尊师重教、敬惜字纸的风俗。入学之前,我常听老人谈起闽南的几位著名文化人,工诗词、精书画、通国学,文章好得不得了,虞愚先生就是其中一位。虞先生早年研究哲学,著有《因明学》《唯识学的知识论》等专著,声名大噪,成为中国因明学研究的领军人物;他在古典诗词领域的创作和研究成果,一直是后学们经年苦修、翘首以求的硬功夫。虞愚先生以书法艺术驰名书坛,他曾作一幅"辉光天在抱,钩索月窥橡"对联,荣获全国书法展第一名;他撰著的《书法心理》是在中国书法界很有影响的一本学术论著。全国许多古刹殿堂,悬挂着他题写的书法墨迹。在母校建南大礼堂前面的上弦场上,也镌刻着虞先生的一对楹联:"自饶远势波千顷,渐满清辉月上弦"。相传在上弦场建设初期,校方征集联语,要求嵌有"上弦"二字。虞先生顺手拈来即成佳句并自书其联,为母校大增其盛。此地也成为厦大学子们拍照留念的一处景观。因他名望很高,各地常常请其出山授业讲学,先生游历四方,每到一处,人们便奔走相告。

  因酷爱书法的缘故,我对虞先生崇拜莫名。第一次见到他是在入学之后,我与几位书法爱好者前去探访,在场的还有许多慕名而来的学生,听他讲述书法、讲述书坛上的人与事。当时我请他指点我新写的两张书法作品,虞愚先生没有计较我的莽撞和急躁,热情地鼓励我说:"有这个爱好很好,要坚持下来!"没想到他如此随和,不摆架子,令我生发出几分崇敬来!

  那一年,虞愚教授在中文系讲授"中国书法"课程,我们在台下济济一堂,聆听虞先生多年研究书法艺术的心得体会。这是中文系学生的福分,让别的系羡慕得不行。应大家的要求,在一个风和日丽的上午,他带领我们1977级中文系同学到南普陀寺院和五老峰上观赏书法楹联、匾额与石刻。年过70高龄的虞愚先生领头走在最前面,我们紧随其后,老人兴致勃勃,指点寺院宏堂上弘一大师撰写的几幅联语让我们看,如数家珍地给我们细细道来;峰回路转,他指点五老峰上多处碑刻,介绍每一件书法的风格特点,告诉我们如何用宣纸把石刻锤拓下来,把古人的书法带回家。他所讲述的这些书法知识,对我们这些初步接触书法艺术且朝气蓬勃的文学青年来说,感到非常新鲜和好奇。尤其是第一次深入到寺院里实地观摩,野外踏青,更增添了几许神秘感。我注意到寺院的和尚们,对虞先生很是客气和尊敬,后来得知,虞愚先生早年在厦门大学心理学系读书时,晚上便到南普陀寺院为闽南佛学院的学生们教授国文,白天当学生,晚上做先生,整个大学时代都是靠这样勤工俭学来维持。由于他食宿在南普陀寺院里,寺院的上上下下,无

一不熟识。

四年大学生涯,是我书法艺术得以积累、涵养的一段重要时光。听虞愚先生谈书艺、谈传承、讲故事,得到了他的许多点拨和提示。虞先生曾说,学书法在有了一些基础后,练习的时间太少不行,有机会就要多训练多写,要有一定的"量"作支撑,常练手就不生。高人的指点,往往点到为止,话不须多,有一两句就够了。在大学二年级时我开始积极参与校学生会工作,许多写写画画的场合,袖子一撸也敢上台,颇有点初生牛犊不怕虎的味道。在接受任务、完成工作的过程中,我得到许多锻炼的机会,在艺术的历练中渐渐成熟起来。大三时我参加全国首届大学生书法竞赛,获得了二等奖,这对我是很大的鼓舞和促进。虞愚先生在书法艺术方面的指导,让我受益颇多。

1982年,我从厦大毕业后分配到教育部工作,此时虞愚先生已调任中国社会科学院哲学所研究员。当我到教育部报到后,安排好住宿,第一件事便是去看望虞愚先生。按照他的寓所地址我寻觅而去,找到宣武门西砖胡同,沿着窄窄的胡同往南行走,到了法源寺,有人指点,他就住在附近。我在一条小胡同里找到了他的家。虞先生精神抖擞,乐观开朗,见到家乡人,格外健谈。我汇报了我以及同学们毕业分配的情况,虞愚先生很是高兴,说了许多勉励的话。我见面请教,谈母校情况,谈闽南风情,更多的是谈书法艺术。我向他请教了许多书法创作和理论上的问题,还拿了我在报纸上发表的一篇关于他的书法评论,请他过目指教。虞愚先生看完后亲切地笑了,可能是因为我的评论还很幼稚,还没有说到点子上。虞先生要我代向其他同学问好,要我们注意适应北京干燥和寒冷的气候,尤其是南方来的同学要多注意。一番言语包含了老师对学子们的关爱之情!

在他那里,我读到了一些碑帖,了解到书法艺术研究的最新成果,体验到书法艺术之海的浩瀚和深邃。虞愚先生建议我多读古代碑帖,增加艺术方面的积累,看多了就能融会贯通。一次我向虞先生讨教,说近期参加一些书法展览,经常遇到书写内容不对口的困惑,习惯于在古典诗文联语中选择内容,有时贴切,有时却文不对题。虞先生告诉我,书法艺术是一门综合性很强的学科,牵涉到文学、史学、哲学、美学等方面知识。要尽可能地自作诗文,自撰联句,我手写我心,这样最好。虞愚先生的要求让我顿时感到汗颜,我赶紧告诉他说现在还拿不出手,一提自作诗词便心怯。虞愚先生笑着说

可先易后难，诗有主题，大的方面对了，格律如平仄、对仗等要慢慢来。

虞愚先生把书法视为生活、生命的一部分，但他始终以一种高雅、散淡的态度为之，陶冶性情，抒怀写志，馈赠亲友，不以书法为谋生赚钱的工具。虞先生书法多为行楷，少有纯粹的楷书，也少有纯粹的草书，因为这两种书体都有一定的成规和戒律，有悖于他的写意精神，其行楷书法有着很大的容量，可在其中自由行走。其特点一是格调高古，气息流畅。虞先生早期书法从北魏名碑入手，取其雄强厚重，古拙大气，参悟弘一法师书法的章法结构，在安排上字字独立，距均拉大，排列疏朗，极富安静、冷峻之态。二是刚柔相济，自成风范。虞字在其结构上以斜取势，中宫紧结，四周开张，在一个字中浓墨重彩突出一个重笔，运用粗细相间笔调的反差，体现出刚柔相济的和谐之美，刚健而不流于粗犷，给人以峭拔、劲健、俊爽之感。先生写字，并非笔笔送到，常常笔断意连，用省笔来突出字的神态，自有一种气脉相承，形成冲淡洒脱、纵横跌宕的虞氏风骨。

虞先生尤其喜欢作五言和七言对联，字少宜大，易于自如挥洒，表达诗人书法家的胸襟和情怀。作书时一任情绪，感觉而行，重整体，讲气势，以羊毫写大字，取羊毫的丰腴滋润来写北碑的劲峭刚悍，下笔有如天外飞石，势疾力猛，而收笔时，因羊毫的柔软而倾全身之力往上提，全身常是不由自主地往上跃起，这与许多书法家埋头书写的碎节奏、细调整不同，在收笔处虞先生挥毫甩笔时的斩钉截铁、略带有夸张的向后倾斜，产生了强烈的动感，给大家留下了极为深刻的印象。一张普普通通的宣纸，在整个书写过程中，融入了他对自然、社会、生命的思考，加之特有的造型符号和笔墨韵律，成了虞先生特有的思维方式、人格精神与性情志趣相融合的一种艺术实践，彰显出汉字所独特的艺术之美，展现了中国古老历史文化的积淀和深邃，产生了强烈的艺术魅力。

虞愚先生曾说："科学求真是理智边事，艺术求美是感情边事。二者以关系的全体言之，理智是一端，感情又是一端；执其两端，性质迥异；合其两端，理智与感情，科学与艺术，树立圆满的人生，犹如鸟之双翼，车之两轮，缺一不可，分割不得。"我理解，作为具有逻辑思维的因明学，可视为虞先生的正业，而诗词、书画等，皆为学者的余事。然"余事"并非不重要之事，实乃人生所不可或缺之事。一个圆满的人生，既需要具有"理智"的科学，又需要

具有"情趣"的文学艺术。而这二者如此完美地统一在虞愚先生身上，成就了他这样一位杰出的学者和艺术家。王国维先生曾说"一事能狂便少年"，一个人不管年龄多大，若能对一件事情由执着到痴醉，进而到迷狂的程度，他便如少年模样，童心不减，仪态翩翩，永远年轻。虞愚先生所能又何止于一事，诗心长在，翰墨情怀，人生如此完美，令人赞叹！

　　虞愚先生离开我们已经整整15年了，他曾经居住的北京寓所已经彻底拆除，代之以高楼拔地而起。每每经过念及老人曾落户此处，今日不复追寻，令人嘘唏不已！当我提笔录写这段文字，便不禁怀想当年一段艺术之旅、一段师生之谊！虞先生的闳富学养、远见卓识以及他的人格力量，依然给予我深深的启发和思索！

作者简介

朱守道，男，1955年生，1977年入读厦门大学中文系，获文学学士学位；先后在国家教育部、中共中央宣传部工作，现任全国人大常委会办公厅正司长级干部、中央国家机关书法家协会副主席、中国书法家协会理事、中央文史馆书画院研究员、第九届全国文代会代表。

印象张亦春老师

江曙霞

我人生履历中重要的铺写和积累的阶段均在厦门大学完成：学士、硕士、博士学位在厦门大学获得，助教、讲师、副教授、教授、博导，系厦门大学授予。厦门大学之于我的人生是非常重要的，我的脑海中珍藏的关于厦门大学的记忆，不仅有热烈而青涩的青春年华、如同手足的同学深情、不能割舍的母校情结，更有深沉而厚重的师生情谊。自1978年春天入读厦大财金专业，迄今近40年过去了，有关厦大老师的人和事的记忆却从未褪色，历久弥新，他们一直是我从教、从政的榜样和动力。

我在校期间，张亦春老师是我们的任课教师，又是院系行政领导。特别是1987年，在洪文金老师仙逝后，张老师延揽我入师门，成为我的博士生导师。因此，张老师无疑是我所敬重的厦门大学师长中至为浓墨重彩的一位。

作为其门下学子，尽管笔拙，我仍然愿意以"印象张老师"作一素描,以抒学生对先生敬仰之情怀。

建设学科,不遗余力

张老师1983—1991年任财政金融系主任,1991—1996年任经济学院院长,1996年创办厦门大学金融研究所并任所长至今。

1983年厦门大学金融系获得硕士学位授权点,1986年获得博士学位授权点,1987年金融学和财政学联合申请财政学国家重点学科获批,2001年金融学单独成为国家重点学科。

上述两条轨迹,放在一个坐标系上,可以描述出张老师对学科的重要贡献。我们似乎又看到校园里张老师那瘦削、匆忙的身影,定格在几个镜头上。

镜头一:申请博士点时,张老师忙得上火牙疼,夜深了,张老师还在系里,一手捂着肿胀的腮帮,一手操作复印机,亲自赶制申报材料,令人感动莫名。

镜头二:学校迎接"211检查"时,张老师在学院上下仔细检查,腋下夹着公文包,一手掐着香烟,一手拿着烟灰缸,以防烟灰烟蒂掉落在已经打扫得纤尘不染的大楼里,其神色之严峻、形象之滑稽,令人忍俊不禁。

镜头三:金融系80周年系庆时,年事已高的张老师,他斜倚着,微闭着双眼,一手是只剩下余烬的香烟滤嘴,一手是已然发烫的手机,亲自部署系庆的各项重要活动,邀请相关部门领导、兄弟院校代表莅临或贺词贺电。张老师废寝忘食,以工作为乐,以学科建设为终身事业,令人敬佩不已。

不知熬过多少个不眠之夜,不知拨打过多少通长途电话,不知召开过多少次大会小会,不知读写过多少份文件表格,更不知经历过多少成功和失败的酸甜苦辣……张老师自1960年从本校政治经济学专业毕业留校至今,为学科建设奋斗、奉献,殚精竭虑,含辛茹苦,"衣带渐宽终不悔,为伊消得人憔悴"。

奖掖后学，提携晚进

从教 50 余载，张老师培养的本科学生不计其数，硕士生 111 人，博士生 86 人，现在还有在学博士生十余人。每一位学生都和张老师有着真挚的感情，甚至是抱着深深的感恩之心，因为先生热爱学生，奖掖后学，提携晚进，竭尽全力，从不计得失，不图回报。

张老师热爱学生的情怀不是一般人可以比拟的，也不是我等晚辈出于敬佩就可以轻易学得来的。因为不管是入学、就业、婚嫁、升迁，还是有什么困难，学生们若求助于张老师，他都"来者不拒"。有时候，求助的是学生，有时候，求助的是学生的学生，甚至是学生的学生的学生，或者关系更远者，他都然能以极大的热情和百倍的努力去为人排忧解难，雪中送炭；去为人锦上添花，成人之美。更神奇的是，张老师帮人还总是能成事。我曾经对此非常困惑不解。然而和张老师接触的时间长了，看见张老师经手的"案子"多了，也就明白了其中的奥妙：张老师帮的人多了，其中很多人回过头来也帮张老师帮人。先生所为大概就是"我帮人人，人人帮我"的现实版吧。

当然，张老师奖掖后学、提携晚进实际上也是他建设学科的"手段"，这才使他如此"神勇"——为青年教师写推荐函、争取课题、介绍出版社、安排岗位、申报职称……张老师几乎无所不为，无所不能。其热情和执着，甚至超过当事人。

有一件事至今让我莞尔。镜头回放至 1982 年底，当时我在厦门大学读硕士。忽然听说张老师在四下为我张罗"厦门对象"，以留住我这"宝贵的"师资生源。无奈我只好主动"坦白交代"我的男朋友系何方人氏，事情才得以"平息"（当时年轻人谈恋爱不像现在这样引以为荣而"招摇过市"，通常是如"地下工作者"一般"潜伏"）。

由于张老师的热心，学生们和先生之间发生的这类趣事实在是不胜枚举，留给学生们许多温馨的回忆。

与时俱进，学而不倦

张老师的电子邮件经常在凌晨发出，作为张老师的学生，被先生的"夜半铃声"闹醒也没什么稀奇，因为他老人家就如同"80后"、"90后"们般习惯"昼伏夜出"。让我们讶异的不单单是先生的精力如年轻人一样充沛，还有他与时俱进的"潮人"本领。改革开放之初，张老师才从行政转教学，但他很快以其热力四射的激情、风趣生动的比喻、深入浅出的案例教学，还有丰富的肢体语言，加上抑扬顿挫的"福州普通话"，在教学风格上独树一帜而广受学生欢迎。随着改革开放向纵深发展，社会主义市场经济体系建设的推进一日千里，中国金融学科的知识体系推陈出新，金融实践更是日新月异，张老师无论是对"银行是一门大学问"、"金融是现代经济的核心"的理论论证，还是对股票市场、证券交易、独立董事这些改革开放后全新的实践，都身体力行，神游其中。以张老师为总召集人的九院校共同承担的教育部重点项目——"金融学课程体系和教学内容改革研究与实践"，获得中国高等教育国家级教学成果一等奖。

张老师一直活跃在国内外金融领域，他是中国教育家协会理事、亚洲太平洋地区金融学会理事、中国金融学会顾问、中国国际金融学会常务理事、享受国务院政府特殊津贴专家，是河北大学、湖南大学等多所院校的兼职教授，还担任中国管理科学研究院、中天证券研究院特约研究员等职务。由于他出色的工作，张老师获得无数荣誉，其中有全国自学考试先进工作者称号、香港科学院荣誉博士等，2001年和2005年他两次荣获厦门大学教师最高奖——南强奖一等奖，2011年入选"中国杰出社会科学家"，2013年荣获刘鸿儒教育基金会"中国金融学科终身成就奖"。为带动全系教师和学生共同努力，张老师设立了"张亦春奖教奖学金"，以资鼓励厦门大学金融系在职在岗的教职员工，以及本系各类研究生和在校本科生为金融学科发展奉献心力。

张老师为中国金融学科的发展和厦门大学金融学科的壮大做出了巨大的贡献。厦门大学金融学科一直跻身于国内高校金融学科前列，师资队伍阵容强大，这里凝聚着张老师的功劳和苦劳。正是先生作为学术总带头人，

多年来带领着金融团队的老中青,秉承"自强不息,止于至善"的校训,以将厦大金融学科的成就发扬光大为己任,团结拼搏、努力耕耘的结果。先生是厦门大学金融学科的"大树",以其浓浓的树荫荫蔽着莘莘学子,实至名归。

作者简介

江曙霞,女,1955年生,1978—1984年就读于厦门大学经济系财政金融专业,获经济学学士、硕士学位,1987—1993年在职就读于厦门大学金融系金融学专业,获经济学博士学位;现任厦门市政协副主席。

缅怀恩师汪德耀

王 奋

第一次见汪先生是在大三"细胞生物学课"上。

传说中的汪德耀先生给我们上第一堂课，宽大的教室座无虚席。密密麻麻坐满慕名而来的师生。先生以他惯有的洪亮嗓音，深入浅出地介绍了细胞生物学的定义及历史。他娓娓道来，诙谐有趣却极具逻辑性，不知不觉两个小时过去了，先生仍然滔滔不绝，似乎没有下课的意思。

直到他的助手提醒，他才说，今天就上到这里，下次接着来。

汪先生给学生上课永远不知疲倦。几年之后，我考取了他的研究生，汪先生更是经常超时授课。往往是烈日当空，台下学生饥肠如鼓，台上先生依然抑扬顿挫、铿锵有力地谈细胞的超微结构和液泡系的演变……我后来和他熟悉了，曾玩笑地问他为何上课喜欢超时。他却认真地说："我们荒废的时间太多了，中国的细胞生物学水平太落后，与先进国家差距太大了。"他希望我们尽快掌握细胞生物学的基础知识,以便赶上世界水平——超时上课,实不得已而为之!

在之后的研究生学习及留校工作期间,无论是课堂提问或私下交流,先生都倾其所有,尽力传授细胞生物学的知识和他那独特的见地。汪先生总是希望所有的学生能尽快学有成就,尽快地"超过"他,希望大家尽快在学术上成熟起来,能独立开展高水平的细胞生物学研究……我想这或许就是厦大细胞生物学研究能够一直处于国内前沿、迅速赶上世界水平并在某些领域领先的缘故之一吧。

汪德耀老师(左五)与学生们,右三为作者

先生生性乐观豁达,颇具幽默感。真正近距离走进汪德耀先生,是在1982年。那是一个炎热的夏天,我们几个刚接到被录取为汪德耀硕士研究生通知书的同学,同时得到汪先生因急性胰腺炎住院的消息。据说病情相当严重,有一定的生命危险。

我们几个怀着忐忑不安的心情,立刻赶到第一医院特护病房去看望先生。出人意料的是,未进病房就听到他那爽朗洪亮的笑声。先生在病房里

与朋友侃侃而谈,神采飞扬,完全看不到任何"病重"的迹象,难道医生的重症诊断错了吗?

我们几个学生被老师们安排陪护汪先生过夜。当晚送走最后一批看望他的客人之后,先生便与我们谈起今后的学习计划。谈到兴起,先生咂咂嘴吧,说病房条件很好,也挺舒服,要有冰镇西瓜那就更好了。于是我们便去问护士可否让先生吃西瓜。护士很生气,责问我们是否知道先生病情的严重性。急性胰腺炎是非常危险的,怎么能让他随便吃东西?过后我们问先生当时是否知道他自己的病情。他说自打一进医院医生就已清楚告知,但是他对自己的病情非常乐观。他说一生经历的困难比这严重多了,如此小小疾病不在话下,"任何时候都得乐观对待,才能处之泰然"。汪先生回忆往事,谈到抗战胜利后,厦大百废待兴,从长汀搬迁回厦门,面对无钱、无人、无运输工具等重重困难,都一一挺过来了。先生说,任何时候他都坚信,只要你在精神上不被打垮,再大的难关都能闯过去。"文革"时期所受的各种磨难,始终也没让他对生活失去信心,"即使住牛棚,也得找点儿乐趣"。他说有一次被造反派从生物馆高高的阶梯踢下来,先生幽默地说:"我胖啊,裹上棉袄就势滚下也挺有意思。"

他说,乐观、积极应对、配合医生治疗才是对付疾病的最佳手段。

果然,先生的病情一天天好转。接下来的几个月,先生被安排在鼓浪屿干部休养所做恢复治疗。我们上课地点改在我自幼生活的风景秀丽的鼓浪屿。在那波涛汹涌的鹭江边、高大的布满须根的榕树绿荫下、聒噪的知了声中,面对轻拂的海风,先生意气风发、情绪饱满地引领我们进入那无边无际的学海。

坚持高水平的、严谨的科学研究和追求完美是先生给我最深刻的印象。

先生早年留学法国里昂大学和巴黎大学,在著名的胚胎生理学家万特倍尔教授(P. Wintebert)和巴哈博士(M. Parat)指导下从事细胞学研究工作,在细胞器的研究上有相当高的造诣。学成回到当时灾难深重的祖国,一心想着科学救国的先生,开创并奠定了国内细胞生物学的基础。

在培养出大量人才的同时,他坚持进行细胞结构及细胞超微结构的研究。在经费紧张,材料及信息匮乏的年代,他持之以恒地利用有限的仪器与资源,做出了相当有水平的研究工作。作为他的学生,我们都很惊讶他为何

会如此了解最新细胞生物学动态。后来才知道,在那困难的条件下,他总是央求亲戚朋友从国外回来时给他带最新的细胞生物学教科书和期刊。从这些有限的资料,加上敏锐的思维及准确的判断,使他对这门学科的新进展了如指掌。可谓"秀才不出门,全知天下事"。

他对我们要求非常严格。当时,他要求我们几位研究生翻译法文版的《细胞超微结构》一书,用意就是希望我们能利用各种有限的资源掌握学科的发展动态。他从研究生阶段开始就孜孜不倦地研究细胞液泡系的结构。他不止一次地说液泡系绝对不像大家所说的是一种简单的相同的结构,而是一系列复杂的不均一的、功能独特的细胞器,弄懂它们就能清楚地知道许多目前还不知道的细胞功能。他的这个前瞻性观点在后面的几十年内得到不断的验证。近十几年来,风靡一时的细胞自蚀体的发现及它们的重要生物学功能便是其中的例子之一。

1988年夏天,近90高龄的先生应邀访问了位于美国纽约州北部我就学的研究所(W. Alton Jones Cell Science Center),并做学术报告。

先生全然不顾长途跋涉的劳累,刚住进酒店便要我帮他放第二天演讲用的幻灯片。他戴着老花镜将幻灯片一张一张地排序、一遍一遍地重复,不断地琢磨具体要讲的内容。他说,只有认真地组织、更有头绪地演讲才能让听众更好地理解厦大细胞生物学的研究成果。出来一次不容易,必须尽最大的努力让国外同行们了解中国国内的研究水平。

第二天,他的演讲非常成功。许多教授都对其表示非常敬佩及惊讶,对我说:"你的老师真tough!这么大年纪竟还能做如此深奥、如此具有前沿性的研究,而且讲解得如此透彻。"他们都认为在当时中国的科研条件下,厦大能做出这种具有世界水平的细胞超微研究真是不可思议。汪先生的这种执着认真的科学研究态度直到现在都还在影响着我。

先生对学生的好真是没得说的,他总是做出最无私的付出、最贴心的关怀。

在那动荡年代刚结束的时候,厦大细胞生物学实验室的研究水平虽然居于国内前茅,但人员奇缺,学校同意细胞室留下几位刚毕业的本科生及硕士研究生来帮助先生重振科研事业。这对细胞研究室来说可是及时雨。不过,当时国内的学术环境,教学水平,以及做科研的条件比较落后。这批学

生留在学校并不利于自身成长,而且"近亲繁殖"也会给他们的学术前途带来一定的负面影响。

开阔视野、出国深造对学生自己的学术发展可能是最佳选择。所以当有学生向他表示希望出国深造的愿望,汪先生总是表示无条件的支持并给予推荐。他说虽然他急需人手做他的研究课题,但培养学生更为重要。所以总是忍痛割爱,他说他的唯一希望与要求就是大家学成之后能尽力回馈学校及祖国。

正因为他的这种无私的态度和为学生着想的做法,他带的大量研究生都能迅速地成长起来,遍布世界各地,有的已经成为学科带头人。先生桃李满天下,他自己的实验室却总是处于人员青黄不接的状态。然而正因为这样,他的许多学生后来都十分关注母校的发展,从各个方面回馈、支持和帮助母校的教育及科研事业。

汪先生爱学生、保护他的学生是很出名的,对此我深有体会。

那时年轻的我常口无遮拦。在当时的政治条件下,有人对我的出国资格提出质疑,以至于校长都曾表示要重新审核。当天晚上,汪先生得知消息后,立刻打电话给校长,说他要连夜从他那位于五老峰山腰的住处下来,去校长家,当面解释及汇报我的情况。校长一听,忙说:"现在天黑山高路远,您老下山太危险,要不我上山去拜访您吧。"

就这样,先生向校长仔细、全面地介绍了我的具体情况,因为他的努力我才能顺利地办理出国手续。而当年的我,全然蒙在鼓里,还以为自己一帆风顺呢!很久以后,我才从其他渠道听到这件事,向汪先生道谢,他却淡淡地说所有的老师都会这么做的。

我深深地体会到汪先生保护学生的做法源于我历史悠久的母校厦门大学尊重知识、尊重教授、爱护学生的优良传统,在汪先生身上闪烁着慈爱的光芒。也许正是他这种对学生一如既往的关怀和保护,汪先生得到了所有他指导过学生和许多其他厦大学生由衷的爱戴及敬重。尤其是长汀时期的学生,至今仍有许多人著文纪念他。他的学生们自发组织并捐献时间和金钱成立"汪德耀及王文铮生命科学奖学基金会",每年都以汪德耀先生的名义赞助生命科学学院的部分清寒的优秀学生。

这是我们对睿智、慈爱的导师汪德耀先生最深刻的纪念。

如今，厦大决定同意由汪德耀及王文铮生命科学奖学基金会为汪德耀先生树立雕像的提议，并决定将雕像安放在即将建成的生物博物馆。同时，将在翔安新校区的图书馆设立一个永久的汪德耀展厅。得知此消息，我倍感欣慰。这不仅表达了我们对已故恩师的缅怀之情，还可以帮助现在和未来的莘莘学子全面完整地了解厦门大学近百年的历史，激励全体师生和校友为建设一个更美丽、更杰出的"南方之强"而努力。

作者简介

王　奋，男，厦门大学生物系1978级本科生、1982级硕士生；现就职于Center for Cancer Biology and Nutrition Institute of Biosciences and Technology Texas A&M University System Health Science Center.

My Teachers of Xiamen University

我和恩师吴水澎的缘

王 华

每年毕业季,看着一个个青春洋溢的毕业生从我手里接过毕业证书时幸福的样子,由衷地说出"谢谢老师"时,我的心里有说不出的自豪和喜悦。每每这时,我总会想起母校,想起恩师吴水澎。

师兄弟们都知道,吴老师对生活崇尚简朴,对学术精益求精,对工作倾心尽力,对他人豁达宽容,对学生宽厚慈祥,对家人慈爱有加。师兄弟们还说,吴老师是菩萨心肠,要是学生有困难,只要被吴老师知道了,他都会亲自过问,想办法帮助,甚至是动员师兄弟们来帮忙。大家私下聊,只要老师关注了,只要老师说话了,只要老师吩咐了,困难十有八九是可以解决的。可以说,我们都被吴老师惠泽过,无论是学术上还是生活上。细细想来,我和吴老师有过三段无价之缘,这可是值得娓娓道来的。

1978年9月,在凤凰花盛开的季节,我从一名下乡知青变成了当时被人称为"时代骄子"的大学生,这个跨越是草鞋和皮鞋的分水岭,帮我们这一代人"换鞋"的是邓小平——一个让我们终生感恩的伟人。说实话,从我跨进厦门大学的校园,我就喜欢上了这所学校。从庄丹老师、石建兴师兄的热情问候,从红砖墙琉璃瓦的恢宏建筑,从厦大海滩巨浪拍岸的轰鸣,从南普陀寺伴随夕阳渐远的禅钟,有一种奇特的气质吸引着我,我很迷恋。这种独特的文化影响在我的四年大学生涯日久弥深,以至于后来我继续深造时不再考虑选择其他学校,这是后话。非常幸运而且令我们骄傲的是,给我们1978级会计专业上课的都是中国会计大师,葛家澍、余绪缨、常勋、黄忠垫、黄道标、李百龄、吴水澎、陈守文……一大串响亮的名字,让如今的会计学子们羡慕不已。现在的大学里名教授给本科生上完整一门课的还真是不多了,而我们的课程却都是名教授一门课一门课地上,现在想想也忒享受、忒幸福了。记得"会计学原理"这门课是葛家澍老师和吴水澎老师亲自上的,葛老师把"资金运动理论"挖掘得很深很透彻,吴老师把"复试记账理论"讲得出神入化,令我们终生难忘。更幸运的是,我的学士毕业论文指导老师就是吴老师,与我同为吴老师指导学生的还有曹星海同学。第一次与吴老师面对面谈论文时,我心里有些紧张,毕竟第一次写论文,不知所以。可是吴老师没有枯燥地说教,而是像讲故事一样把如何收集资料、如何构思论文结构等等,很清楚地交代给我和曹星海。因为讲得很细致,把我们想过的和没想过的都讲到了,所以我们几乎没有问题可问。我发现吴老师两只双眼皮的小眼睛挺明亮的,那满是"地瓜味儿"的普通话听起来还是蛮亲切的。我与吴老师从此结下了不解的师生之缘。

到了1985年,我在江西财经学院(现江西财经大学,以下简称江财)当老师已经3年。那时江财的年轻老师中有一股"考研热",有的想借考研改变不称心的第一学历,有的想借考研远走高飞另奔前程。我也下定决心考研,一是可以提升学历,二是可以由此寻找新的机会,至于考哪所大学,我心里早有谱了:回母校深造。经过大半年的准备,在1985年那个寒冷的冬天我参加了考试,考试后自我感觉不错,心里就多了几分期盼。后来听说因招生名额减少,竞争激烈,我开始着急,担心落榜。加上江财为留住人才、稳定师资队伍,出台了只允许青年教师报考委培研究生的政策,我就更着急了,担心两头空:计划内名额进不去,委培指标摊不上。情急之下,我就给当时

已经是会计系系主任的吴老师写了一封信,表达了我想读研的迫切愿望,而且考试分数很不错,请他看在"老学生"的份上至少录取我为委培生。信发出去后心里非常不安,这般鲁莽直接写信给吴老师请求帮助是否太不礼貌了?我想象不出吴老师读信以后会是什么反应。从这以后我就一直在忐忑中纠结,也不记得吴老师有没有给我回信。终于,在当年7月份放暑假前我收到了录取通知书。我很高兴,也很感激,我知道吴老师一定在名额紧张的情况下考虑了我的请求!在读硕士研究生期间,吴老师虽然不是我的导师,但他时时刻刻关心着我。身为系主任的他,虽然非常繁忙,他仍然坚持亲力亲为,给我们上课、指导硕士论文、主持答辩,对每一位学生都关爱有加,令我们受益匪浅。在读研究生期间的另一个意外收获是,我与苏锡嘉、林湜、岳方等1978级财会的老同学再续了三年同窗之谊,而余恕莲、车幼梅、李慕寒、袁新文四位原同班同学因为早我们一年读研究生,竟然成了我们的师姐师兄。这么多老同学重新聚首母校,说明这所大学对她的校友有着极大的感召力。

令我感叹的是,我与吴老师的缘后来还有继续。2005年,我在暨南大学已经工作了13年。因为教师晋升教授需要具备博士学位的要求渐渐成为高校的趋势,加上从教多年也需要一个充电加油时间,年近不惑的我萌生了再回母校攻读博士学位的念头。厦大的会计专业全国一流,名师荟萃。一般考生在选择报哪一位博士生导师时确实会犯难。而我没有过多考虑就选择了吴老师,因为我心里的感觉就是和吴老师有缘,他语言朴实、为人和善、待人真诚的形象一直扎根在我脑子里。在读博士期间,虽然我是最年长的学生,吴老师依然对我严格要求。他要求我第一年必须脱产读书,扎扎实实多读文献,写好读书报告,做好理论准备,选好研究领域方向,为博士论文写作奠定基础;第二年可以半脱产,学习工作两头兼顾,最要紧的是把论文选题确定;第三年要全心投入论文写作,保证论文质量。他还告诫,论文写作过程是一个非常痛苦的过程,要有脱三层皮的思想准备,否则难以完工。那三年,我按照吴老师的要求一步一步走来,尤其是写论文的那一年,经常是昼夜颠倒,痛苦几宿又亢奋几天,反反复复思考琢磨、修改斟酌,最终通过了吴老师的审查。我记得,吴老师对我精心点拨,还为我的论文选题和写作专门举行过小型研讨会,集思广益,给我很多启发,为我开拓更广阔的视角。

当我戴上博士帽时,脑子里充满了对吴老师的感激。

在我读博士的时候,吴老师担任厦大副校长职务。繁重的行政工作让他很疲惫,但他从来不忘记做老师的本分,始终把学生放在心头,从不拒绝学生上门求教,把大部分休息时间都让给了学生。吴老师不仅在学术上引导我们走向高峰,更重要的是吴老师一直谆谆教导我们做事先做人、做人德为先的道理。他常说,他是一个农民的儿子,能走到今天,要感恩这个时代、感恩厦大母校的培养、感恩家人的陪伴和关爱、感恩学生的关心和支持。在吴老师身上,我所感受到的善良、质朴、宽容、仁爱,是够我学一辈子的为人之道。

我和吴老师的缘是一辈子的,吴老师于我之恩永远无以报答。祝福吴老师和师母健康长寿,家人永远幸福!

作者简介

王 华,男,1956年生,厦门大学会企系1978级本科生,厦门大学会计系1985级硕士生、1995级博士生;现任广东财经大学校长。

怀念我的老师黄良文

王 杰

2014年11月15日，我最尊敬的老师、我国著名的统计学家和统计教育家、厦门大学教授黄良文老师不幸因病与世长辞。

我最后一次见到黄老师，是在2012年8月5日厦门大学计划统计系毕业30周年的座谈会上。那时老师身体和精神都很好，只是感到他讲话声音略带嘶哑。后来才知道，老师患喉癌已有很长一段时间了，喉咙一直有异样，但没有被及时确诊。2014年3月，因呼吸困难，老师住院做手术后，才被查出喉癌。他的喉管被切开，自此失声。9月15日，老师再次住进了医院。直至9月17日，我才在我班微信群中，得知上述消息。三天后，发布这些消息的王美今同学，恰好来杭州。我从美今口中，了解了老师病情的有关情况。22日，回到厦门的美今和沈恩杰两位同学，代表我们全班同学，去医院看望老师。美今转达了我对老师的问候，听美今说起我的一些话题,老师高兴地竖起了大拇指。在那之前两天,去医院看望老师的方平同学,也说老师虽不能言语,但思维清晰、精神不错。我们都默默地为老师祈祷,盼望老师病情好转。想不到,离这不足两个月时间就传来了噩耗,想不到老师走得那么快,就这样永远地离开了人间,离开了我们。

黄老师是我国老一辈的统计学家。1950年,他从厦门大学本科毕业后,以第一名的成绩考取了厦大经济研究所的研究生,师从我国著名经济学家王亚南。研究生毕业后,他就分配在厦大统计系担任统计学秘书。直到逝世前,他一直在厦大统计系辛勤耕耘,毕生献身于我国统计学研究和教育事业,为祖国培养了一代又一代的统计人才。

黄老师一生勤奋治学,潜心研究,在统计学的许多领域都有深厚造诣和重要贡献。我在大学学习时,黄老师教我们的"基本建设统计学课程"。当时我们就知道,黄老师是我国投资统计学的权威专家。早在1952年,黄老师就白手起家,在我国最早开始研究从苏联引进的基本建设投资报表,并且结合我国投资统计工作的实践自成学科体系,成为我国投资统计学最具知名度的学者。20世纪70年代初,黄老师与钱伯海教授等一起,引进和研究西方国家的国民账户体系SNA,成为"文革"期间我国屈指可数的GNP和GDP研究的亲历者之一。他先后发表了《略论最终产品和最终产值》《第三产业统计的理论问题》,为开创和推动我国新的国民经济核算做出了重要贡献。改革开放初期,面对统计学教材缺乏而需求旺盛的形势,黄老师参与了《社会经济统计学原理》《社会经济统计学》《统计学原理》等多部教材的编写,深受师生们的好评。他编写的《统计学原理》,创造了统计学界的一个纪录——总发行量超过300万册。20世纪70年代末,黄老师积极参与计量经济学在我国发展的奠基性工作,并倡议发起组织中国数量经济学会,他也成为我国最早招收计量经济学研究生的导师之一。

黄老师身为著名统计学家、资深老教授和博士生导师,虽然在学术上取得丰硕成果,却非常谦虚,从不在学生面前夸耀自己。记得1983年6月,我去参加全国第一次投入产出应用讨论会,期间有好几位全国有名的计量经济学家听说我是黄良文老师的学生,都对老师在我国计量经济学发展中的

贡献表示敬意,作为学生,我这才知道黄老师这方面的学问也很了不起。他对学生、待众人都十分可亲可近,没有一点架子。凡是与他相处过的人,都会感到他是一位外表敦厚、性格谦和的好老师、好学者。前年,在黄老师从教60周年之际,我的同学、国家统计局副局长谢鸿光写了一篇献给老师的文章——《我的老师,心中的佛》,这道出了我们的心声。确实,在学生眼里,老师就是笑口常开的"弥勒佛":在课堂上,他对学生严格负责,但在平时,他对学生都是面带笑容,十分真诚。

大学四年,我与黄老师的交往并不早,也不算密切。那时,黄老师是统计系副主任,是厦大统计学最著名的几位教授之一,但直到大学三年级,黄老师给我们教"基本建设统计学"课程时,我才开始跟他有近距离接触。"文革"后1977级、1978级的两届学生,岁数相差很大,我在班级里年龄较小,学习也不怎么用功,跟其他同学相比,我给黄老师留下的片断印象是微不足道的。而老师给我的印象是特别和蔼可亲。他教书很认真,但并不为难学生。当时我们做学生的最怕考试,而黄老师说,考试只是一种形式,只要你们不是太不认真,通过我的考试并不难。黄老师果然说到做到,他的课程考试几乎没人不及格。

大学毕业后,我被分配到浙江省统计局工作,与黄老师的交往反而多了起来。毕业后的头几年,黄老师参加全国统计学学术会议、统计学教材编写编审会议或到各地讲学,多次到过或路过杭州。当时黄老师已是很有名望的教授,我只是一个刚参加工作的年轻人,但黄老师却很看得起我,每次到杭州都会直接或通过"文革"前毕业的厦大计统系学生通知我。最初我去黄老师下榻的旅馆看望他,还略为紧张,怕没有话题,但与之交往后很快发现,其实老师很健谈,和学生聊上一两个小时也只能算小谈。这除了说明他知识渊博之外,还可以看出他拥有一颗倾听和包容的谦逊之心。当我汇报自己对统计理论问题的一些想法时,黄老师说,在政府统计部门工作,将统计理论与实践结合起来研究一些问题,是很有意义的,也能出成果,他要求我平时多用心思考和研究一些问题。话虽不多,但语重心长。在黄老师的教导和鼓励下,我开始尝试写一些文章。后来几次见到黄老师,向他谈起自己

的研究心得,尽管这些心得相当肤浅,但他听得非常认真,也很有耐心,从不轻易打断。即使有些观点与黄老师不同,他也不介意,而是平等地交换看法。

黄老师在学校和全国学术团体中的职务不算太高,但是他在学生中的影响与威信大大却超过了他的级别。他的威信,来自于他真诚坦荡、豁达乐观的做人本色。我在与黄老师的交往中,也常常被他为人师表的人格魅力所感动。记得有一次,老师参加《社会经济统计学原理》编审会议后回厦门,在杭州中转,住在杭州火车站附近的红楼招待所。晚上我去看他,分别的时候,黄老师送给我一本他编写的《社会经济统计学原理》中"抽样调查"一章的打印稿。他对我说,我去看他之前,他已把书稿中打字员打错的几处公式符号和错别字都改正好了。看着他端正遒劲的笔迹,我十分激动。他那种老一辈学者一丝不苟、严于求精的学风,使我永远学习,难以忘却。记得还有一件事:1986年夏天,我参加在宁夏召开的全国统计科学讨论会,与另一位我敬重的老师钱伯海分在一个小组讨论。钱老师是小组召集人,他觉得我递交的论文有些问题,在小组第一次讨论时点名批评了我。其实,钱老师这种学术上直抒己见、不顾师生面子而只论曲直的科学精神,是非常可贵的。能当面聆听钱老师的批评指正,更是我的荣幸。但那时,我年轻不懂事,感到有点委屈,当天晚上去看望参加会议的黄老师时,像诉苦似地把这事告诉了他。黄老师听后,劝导我不要把这事放在心上。他说,做学问要有宽广的胸怀,虚怀若谷,并善于从别人的批评中改进和完善自己的思想。这是他所钦羡的治学、为人之道,也恰是他的自况。黄老师在我国统计学界大名鼎鼎,但没有一点大学者的"派头",他谦虚近人的作风,堪为一代楷模。

20世纪90年代中期之后,黄老师来杭州的次数越来越少。相反,我去厦门的机会倒是增多了。每次我到厦门,无论是开会、出差,还是参加同学会,都会由老班长恩杰陪同,去老师家看望老师。老师看到我们过去,就泡茶、切水果,很热情地招待我们。其中有两次,黄老师刚送走别的学生,就来迎接我们,坐而小谈,老师红光满面,谈兴甚浓,毫无倦意。黄老师从教60多年之久,桃李满天下,又是顾念师生友谊的性情中人,我在想,步入晚年的

黄老师，在淡出教学工作之后，除了学术工作，做得最为忙碌和认真的事情，便是接待络绎不绝地看望他的学生。对于喜爱学生的黄老师而言，这已是另一种教育学生的方式。黄老师浑身洋溢着真挚、纯朴、睿智、豁达的精神，他永远是我们心中的佛。

作者简介

王 杰，男，1978—1982年就读于厦门大学经济系计划统计专业；现任浙江省统计局党组副书记、副局长、巡视员。

椰风频送爽　情雨长流香
——在菲律宾承恩黄炳辉老师抒怀

谢如意

愚忝为温陵故土的一个学子，在凤凰花盛开的1978年的春天，沐浴恢复高考的春风，幸与厦门大学中文系的黄炳辉先生在鹭岛初缔师生之缘。

在毕业离开母校23年后的2005年的夏天，乘承国务院侨办选派的东风，又与黄老师邂逅于美丽的千岛之国菲律宾，继续着承恩师长的善缘。如今虽然十年飞渡如过眼云烟，但对黄教授在菲律宾待我师恩日深，形如舔犊的往事刻骨铭心。

"曾惊秋肃临天下，又遣春温上笔端。"在这又一个凤凰花开、热情如火的季节里，我忍不住重温旧梦，飘飞记忆的丝丝缕缕。

黄老师当时作为菲律宾侨领陈永栽先生聘请的私人老师，偕其夫人在陈先生家已过了几个年头了，他们亦师亦友共品书香，如切如磋中华文化的精诚合作。2015年10月29日，黄老师在菲律宾首都马尼拉赠给我一本《老子章句解读》，这就是他们合著的大作,从中可欣赏到他们的多方精彩。

如果说,黄老师与陈先生这独树一帜的师友合作,彰显着陈先生作为菲律宾侨领的"儒商"风范和黄老师的深厚的学术功力,这两者的有机结合,锻造着中菲友谊的别具一格的师友传奇,那么,黄老师在菲律宾主动热情地为我这个初出国门、年逾"知天命"的老学子给予的种种关爱垂恩,则不仅是对我这个外援"菜鸟"的雪中送炭,而且是对优秀的中华文化的言传身教,堪为我细细品味,奉为楷模!

我没有忘记在马尼拉客居的日子里,是黄老师在大清早就驱着专车,特地从他居住的地方赶来看望我,并请我和他一起出去喝早茶、进早餐。期间不仅让我品尝菲律宾的特色珍馐,而且向我告知许多菲律宾的风土人情,为我在异邦服务指迷引路。

韩愈说:"师者,所以传道授业解惑也。"看黄老师的待我之行和赠我之书,是对此论很好的注脚!特别值得一提的是,在履职期间忠心尽职为人师长传道授业解惑已足珍贵,而在这课堂之外、异国之中邂逅,他仍一如既往播泽垂青,这无疑是格外施恩,特令人感动的了!如果联想社会上个别为人师者"挂羊头卖狗肉"不务正业、想方设法"宰"学生一把而逃之夭夭"船过水无痕",甚至是诲淫诲盗来说,黄老师的言行更弥足珍贵,岂一个"谢"字了得?!

我没有忘记,在一个风和日丽的日子里,在美丽的马尼拉湾旁,黄老师带着我和一个女老师一起游玩畅谈、共进美餐。我们虽然没有特地去欣赏那里的落日风光,但是在川流不息的人群里,我不仅看到那里色彩斑斓的各国游客,而且也让一个仰天卧在海湾旁石条上的菲律宾小孩形象刻进了记忆的深处!

那使我想起我在菲律宾的其他地方看到有的黑人小孩向路人伸出小手乞讨;也有一些小孩脖子上挂着一个木架,架上置些香烟,他手拍板子高声叫卖;更看到有的驾驶着大车的师傅停车时把头探出车窗,顺便向卖烟者买一支香烟等的"特写镜头"。我因此想,不是所有的人都富裕和高枕无忧的。那些春风得意的人们啊,当您处在衣食无忧、年年有余时,及时适当地帮一帮勤恳劳作却又艰难度日和急待良好教育而又流浪街头的人们,促使他们丰富良好素养,改善经济状况而与大家一起过上好日子,那是比挥金如土、在酒池肉林里陶醉要来得更有意义的啊!

"老吾老以及人之老,幼吾幼以及人之幼"是放之四海而皆准的真理!这种感觉,就在黄老师带领我们游览中,不期而遇地被我们的思考激活了,真是"世事洞明皆学问,人情练达即文章"。原来呀,这样一种不乏轻松快乐的游览,可以产生沉甸甸的思想感情的硕果,可成为思想道德教育的实践。就在这样的实践上,留下黄老师与我和女老师的珍贵合影!

我没有忘记,在另一个时间,另一个地点,黄老师特地偕其夫人,把我带到海边船上,透过窗口观大海远山及蓝天白云,边谈心边品尝山珍海味。

我感念:黄老师伉俪是特意带我去那里获取一份悠闲和静雅,去舒缓日常工作和生活中的紧张,去享受人的美好心灵与大自然的和谐的快感。

我也想:黄老师不是姜太公,在那里固然没有离水面一段距离进行特殊垂钓所包含的政治用意,但投身自然怀抱饱蕴烹调生活艺术的情趣和"天人合一"的玄机;他的夫人本是个"白衣天使",在这样的"夫唱妇随"中,虽然透过窗口看不见她往日那穿着工作服凝神把脉或挥舞手术刀救人的白色身影,但是默然可以感受一个庄严医者火红的"菩萨心肠"!而我,在那时感恩情浪奔涌的时刻,会更真切地感受到:只要你有心,即使浪迹天涯海角,也不乏自然美、人文美、形象美浑然融会贯通。这真证明了:世界本不缺少美,只缺少发现美的眼睛和心灵、保卫美的信心和智慧!

我也没有忘记,于另外的一个时间,黄老师又亲自到我客居处,将我接去他所住的陈永栽先生家参观学习。虽然我没有去参观陈先生家的直升机及可以提供飞机升降的屋顶,但是他却带我参观了陈先生家中的图书馆,那里拥有《四库全书》等书籍,令人目不暇接。

我虽然不知道这一切书籍同陈先生的个人成长和事业成功有什么具体的联系,但从陈先生不久前为其在故乡福建晋江捐献了一部《四库全书》,每年组织一次大型的夏令营活动,为全菲华裔学生参与、奔赴祖国学习和感受中华文化提供免费服务等慈善之举,依稀可以感受到:正如毛主席"没有文化的军队是愚蠢的军队,愚蠢的军队是不能战胜敌人的"的教导一样,没有用优秀文化武装起来的商人,是不堪被称为"儒商"的,也是难以做成像陈先生做过的在历史上挽菲律宾航空公司狂澜于既倒的辉煌业绩的!

为什么陈先生与许多爱国侨胞一样,愿意慷慨解囊为祖国和菲律宾华文教育等的健康发展奉献巨资?因为没国就无家,实践优秀的文化是国兴

家旺的基础。为什么陈先生本有很好的国学功底,却还要虚怀若谷、赤诚地从祖国聘请黄老师作为他的私人老师?因为,"学然后知不足",知不足后越能主动拜老师而使"贤者更贤"。为什么黄老师伉俪在退休之后甘心舍弃含饴弄孙的晚年生活,飞跃海洋到达数千里外的陈先生的家园,不仅自己如同年轻人一样刻苦好学精益求精,而且与陈先生携手锻造亦师亦友的充满深情和活力的新型师生关系,开拓学术研究的新领域、共谱新篇章呢?除了他们两家在历史上早有师生之谊、后来"接力"而增世交之好外,更因他们同有为中华优秀文化的得力传承做无私奉献的"心有灵犀一点通"、同有良好而丰厚的道德和学术素养的积淀!

"灿烂的思想感情之花,必然结成丰满的经济之果",毛主席的这一见地,同样被黄老师和陈先生合作创造奇迹的事实所印证。他们共同努力、协作造福的实践和硕果,将鼓舞我辈在自愧不如中猛醒发奋,努力为中华优秀文化的薪尽火传点燃"星星之火",争取蔚成"燎原"之势!

与黄老师在菲律宾对我的格外关照有关,菲律宾华文教育中心的领导诸君特地和我所服务的蜂省大同中学的领导和老师们一起,为我开了一个情深义重、礼物丰美的生日晚会,把我"孤鸟入寒林"的思绪一扫而光,油然而生如在家的温馨。就在我归国之时,黄老师还特地送我菲律宾特产朱古力。因此,祖国的许多老人也分享到他的温馨。这种一味只知奉献的"傻"劲,不知传导给我多少造福的智慧和力量呢!

椰风频送爽,情雨长流香。我想,黄老师在菲律宾对的我一切关爱虽然不能尽述,但是滴水而见太阳的光辉。在这样的爱心行动的后面,折射出的是老一辈优秀的老师对新一代学生"有教无类"又"因材施教"博爱和智慧的光辉。如今回忆起来,真是"多少柔情多少爱"!对黄老师等有恩于我的人们,自问一声:"我拿什么报答您?"且答:"月亮代表我的心!"

作者简介

谢如意,男,1954年生,1978年入读厦门大学中文系汉语言文学专业,获文学学士学位;原任教于南安市教师进修学校。

良师益友何德馨

许闽峰

我在厦门大学四年的学生生涯,最快乐的课余生活非校篮球队训练莫属,因为我遇到了既是良师又是益友的教练何德馨老师,每每想起,很多难以忘怀的往事便会涌上心头。

何老师高挑身材,身板挺拔,留运动员式的"一边倒"发型,脸稍瘦削,轮廓线条分明,两眼炯炯有神,举止气质自然而然透出老运动员训练有素的敏捷、利索、干练。他对人很和气,极具亲和力,笑声爽朗,初见就感觉到他准是个极好相处的人。

第一次训练,面对这些他亲手从各系和全校新生篮球赛中挑选出来的爱将,何老师用节奏感分明、惠安腔夹带北京"儿化"音的普通话,简洁且掷地有声地布置训练内容:"头一个……二一个……"后来我们习惯了他的这句口头禅,每次他说话,"头一个"说完以后,我们都要等他的"二一个"是什么,他也肯定会说,否则我们会很不适应。但一进入训练状态,他就"六亲不认",动作或战术没按他的要求做到位肯定是不行的,必须重来!直至符合要求,非常严谨。

第一堂训练课结束后,有几个队友对何老师的"惠普"很感兴趣,就问他是在哪儿学的?他笑着说:"我当年在北京体育学院上大一时,第一堂课老师让我念一段课文,念完后老师说:'何德馨同学请你用普通话再念一遍。'我说:'老师,我念的就是普通话。'"他话音未落,我们早已爆笑成一团。何老师的故事其实已巧妙地把自己正宗科班出身的专业背景、钻研篮球业务包括惠安人苦练普通话的认真劲儿都告诉了我们,何老师性格中幽默及随和的特点立现。见我们高兴,何老师又来一段:"有一年,我代表北京体院队参加在广州举行的全国比赛。一天在去赛场的大客车上,遇见一个北方队的队员正吃香蕉,没有剥皮,直接塞进嘴里,我困惑不解地看着他,谁知这老兄说:'看什么看,又不是没吃过?'"这自然又引起我们的大笑。以后何老师总会在训练结束后不经意间蹦出些段子,加上他"惠普"口音的演绎,很有喜剧效果,我们哈哈大笑后也忘记了训练的疲劳。就在第一堂训练课后,我们全体队员和他不像是师生,反倒有点像"肝胆"哥们的感觉。

我们校队绝大多数队员是恢复高考制度后幸运地从"泥腿子"知青考入厦大的1977级、1978级学生,非常珍惜来之不易的学习机会,因此,每次下午四点的训练时间到了,很多人还埋头于图书馆或实验室。阵容不整,锣齐鼓不齐不好练,这难不倒何老师,他总有办法,人少时就练个人攻防技术、挡拆或局部二三人间的小配合,人多时就练整体战术配合,最后再打全场比赛,人不够他来凑,让每个队员既能在有限的训练时间里有所收获,又能感觉到何老师好似最看重自己、专门给自己开小灶。也就是那段时间,自我感觉是我球技"长"得最快的阶段,这完全得益于何老师灵活机动的因材施教。

大二上半学期,我们去福师大参加省高校比赛。当时我已是校队主力首发,有点自我膨胀,连头发鬓角都留长了。有场球对手实力看似不强,我骄傲轻敌,就拿球"耍"了对方一下,当时我还不以为然,谁知何老师当即就把我换了下来。后来对方把比分追了上来,我看着心急,知道自己犯错误了,但又不知道错在哪里,几次要求上场,何老师连看都不看我一眼,宁可输球也不让我再上。后来我才知道,何老师非常鄙视比赛不认真的人,比赛不认真意味着不尊重人。此事对我震动很大,何老师以这种方式教会我做任

何事情都要认真,要尊重人,这使我受益无穷。多年后我在国家体育总局篮球运动管理中心工作,时常有机会带国家青少年篮球队出国比赛,每当这时我都会要求队员们首先要认真对待比赛,要尊重对手,尊重观众,胜不骄、败不馁,无论实力强弱、无论输赢,都要全力以赴,一拼到底。

大三暑假,校队不放假,留校集训备战将在厦大举行的全省高校篮球赛。那年的夏天非常热,训练场上面太阳晒着,下面水泥地的热气烤着,滴在场地的汗珠瞬间蒸发,体力消耗非常大,队员个个黑瘦黑瘦的。

比赛开始后,队员间流传着说某高校队赛前教练会给每个队员吃一粒进口的药片,吃了后力大无穷跑不死,说得挺邪乎的。这话慢慢地也传到何老师的耳朵里,队员们开玩笑说,我们要是有这药,一定拿冠军。小组循环赛到后半段时的一场关键比赛,关系到我们能否进入半决赛,对手恰恰是传说中的"吃药队",我们队里弥漫着悲观情绪。在赛前准备会上布置完战术后,何老师转头看了眼关着的门,然后从裤兜里摸出一个贴着英文商标的小瓶子,压低声音神秘地说:"这是长力气的药,很贵,每人就一片。"发完药他头也不回地走了出去。我们当时那个高兴劲儿真是没法说,还要抑制着兴奋的心情,大家眼睛里放着光,憋着一股劲儿,互相捶着对方的肩膀说:"拼了!"或许是药真管用,那场球我们个个状态出奇的好,其结果是要么早跳了抢不到篮板球,要么投篮不知咋的就过筐而不入,要么稳稳上篮铁定得分的球却跑偏,最后我们输了。我们输得挺不服气的,觉得所有动作都和平时做的都一样,什么困难都想到了,却万万没想到今天的体力竟然会这么好,好到"冒"大发收不住了,心里觉得窝囊还没法跟人说是怎么回事。

时隔多年后在一次全国篮球比赛上,我遇到已退休、担任赛会仲裁委员的何老师,还专门向他问起此事,以解心中谜团。何老师说:"头一个,那哪里是什么长力气的药? 就是普通的维C片;二一个,我只是不想让你们在精神上先输给对手罢了,谁知你们真当回事了,心理暗示起作用了,哈哈哈哈。"我顿时恍然大悟,球场如战场,双方竭尽全力斗智斗勇,不得不佩服何老师将计就计的战前激将动员法。

眨眼间就要大学毕业,我们即将各奔东西。1981年的深秋,篮球队队长芮菁凭着他与食堂管理员的好关系,在芙蓉二后面的文史食堂让大师傅专门炒了一桌好菜,备上厦门丹凤高粱酒,厦门大学篮球队全体队员办了桌

"谢师宴",以表达我们对何老师的感激之情。那晚,在那宽敞的食堂大厅昏暗的灯光下孤零零地就摆了我们这桌宴席,寒风还不时穿堂而过。大家心里明白,吃了这顿饭,我们这帮人这辈子就很难再有机会能相聚在一起了。一千多个日日夜夜里,我们训练、流汗、出征、比赛,我们为胜利欢呼,也为失败叹息,何老师带领我们共同走过这一程,我们在历练中成长,与何老师已结下深厚的感情,这种感情深埋于心却不必说出口,别离的忧伤笼罩在大家心头,大家默默举箸却难以下咽。芮菁要大家每人说一句感谢何老师的心里话,此刻,纵有千言万语也难以表达我们对何老师培育之恩的感激之情,男子汉说感谢、道分别有时候就是这么难,从队长芮菁开始,端酒即哽咽,红着眼眶断断续续地说出"谢谢何老师"后竟不能再语,然后一仰脖子喝干杯中酒,好像只有这样才能表达我们此刻的心情。这个场景我一直忘不了。

退休后,何老师成立了"厦门市中老年篮球协会",依然乐此不疲地活跃在推动篮球的全民健身、培养青少年篮球后备人才的工作中,这两年还玩上了微信,我们互加了"好友",豁达、乐观的性格使何老师的退休生活过得既充实又有意义,正印证了一首老红歌的歌词——革命人永远是年轻!

谨以此短文表达我对何德馨老师和高校教师群中不为人注意但却以全身心育人体魄、赋人拼搏精神的体育老师们的崇高敬意。遗憾的是,当年厦门大学篮球队居然没有留下一张全队的合影,令人扼腕!但我相信,不仅是我,每个人对培养自己的恩师是永远不会忘记并牢牢铭刻于心的。

作者简介

许闽峰,男,1957 年生,1978—1982 年就读于厦门大学中文系汉语言文学专业,获文学学士学位;现任职于国家体育总局篮球运动管理中心。

先生之风　山高水长
——我的两位厦大老师

徐一帆

人生之路，不可无师。难忘厦大老师给我的种种教益，而最难忘的是黄良文、钱伯海老师。两位老师都是我国第一代统计学家，他们带领几代统计人不懈努力，艰辛创业，为统计教育和统计学科建设做出了卓越贡献，成就了辉煌业绩。

2012年12月，我怀揣一颗感恩的心，饱含激动的心情回到母校，参加了黄良文老师从教60周年庆典盛会。我是以"双重身份"来参加庆典的，一是代表国家统计系统的所有厦大计统系毕业的同学，二是受我们1978级计统全班同学的委托，献上一尊张开双臂开怀大笑的彩陶瓷器"欢喜佛"，向黄老师表达祝贺和敬意！

黄良文老师是我国经济统计学界从事统计学教学与科研时间最久，直接培养和指导博士时间跨度最长，指导博士论文最多，主编教材总发行量最大的教授之一。60年来，黄良文教授一直坚持在统计学教学与科研的第一线,其所涉及的领域包括统计学基本理论与方法、抽样调查、基本建设统计、统计方法在金融和投资领域的应用等。

黄老师常说:"统计教材建设是统计学科建设的核心。"30年多间,他主持编写统计专业教材,其门类覆盖了统计专业、经管类非统计专业、成人高等教育等方面,曾荣获国家统计局颁发的"全国高等学校优秀统计教材"奖励,总发行量超过500万册。

被誉为"欢喜佛"的黄老师,不仅是笑口常开的弥勒佛,还是有求必应的如来佛。经常有青年学子给黄老师来信,向他请教、与他讨论、求写序跋、询问报考、索取资料,每年数以百计的来信,他都不厌其烦,仔细阅读,或回信或寄去有关资料,真是有求必应。细微之处见名师风范。

2013年11月,适逢钱伯海教授诞辰85周年,我提笔写下《先生之风 山高水长——缅怀钱伯海教授》的纪念文章。

重温钱伯海老师的种种教益,感悟一代大师的风范,我以崇敬的心情再次翻开《钱伯海文集》。文集扉页的一行字映入眼帘:"一帆同志正之。钱伯海于厦大"。这是2001年12月我在母校参加"钱伯海教授从教50周年庆贺会"时,钱老师将有他亲笔签名的文集留赠予我。《回顾·论文与书评》《社会劳动价值论》《经济学新论》《国民经济学》《从教五十年·国民经济核算管理》五卷巨著,皇皇300万字,汇集了钱老师的主要研究成果,凝聚了钱老师一生的心血,刻录了统计大师的心路历程。

钱老师20世纪70年代就开始研究国民经济核算,致力于我国新国民经济核算体系的设计与建立工作。从理论到实践,又从实践回到理论,在扎实深入研究的基础上,钱伯海教授提出了"国民经济核算平衡原则",并论证了第三产业同样创造价值,要将生产范围扩展到国民经济所有行业,国民经济核算既包括物质生产,也要包括服务生产,为实现国民经济核算体系的第一次转变做了重要的理论探索。

经过几代统计人的不懈努力,迄今我国已建立起了适应中国国情并与国际接轨的国民经济核算体系。回溯半个多世纪以来不平凡的历程,我国国民经济核算体系的建立及发展,经历了几个重要的历史时期,钱老师带领

我们跨越了其中几个关键的发展阶段。

如果说30多年前百废待兴时,老师为我们开启了尘封的梦想,给了我们细雨润物般的教诲,那么老师留下的高尚师德、仁者爱心,更是弥足珍贵。

黄良文老师低调做人、静心做事,用一颗倾听与包容之心来传道、授业、解惑,终成"我一生都在做教育"之夙愿。笑口常开、有求必应的笑佛形象,甘当"老黄牛"、愿做"垫脚石"的精神,长留学生心中。

钱伯海老师以坚定的信念、勇气和执着,持之以恒地进行艰辛的探索,推进了我国统计科学的发展。他无私无畏,献身统计事业的精神,长留学生心中。

"学统计,教好书"是我多年以来的感悟,今天再次提笔缅怀恩师时,这种感慨依旧强烈。

我是计统1978级的,经历了对统计学不了解、不喜欢,到了解、喜欢再到喜爱的过程。学统计、教统计、干统计、用统计,近40年的经历让我越来越懂得,如要学习经济类学科,甚至社会科学、自然科学的众多学科,最好能在本科阶段扎实学好统计学课程。我的许多同学、校友、学生曾对我说,由于他们本科不是学统计学专业,对开设的统计学课又不太重视,而后在教学、科研和实际工作中,阅读各类文献时,对于统计数量分析的相关内容,总是看不清、吃不透,常想着要补上这一课,却已错失了最佳的学习时机。

我们是在改革高考招生制度后的1978年入学的,当时的高校也处于百废待兴阶段,具有教授职称的老师少,研究生也少,本科生学习劲头大,老师们一心扑在教学上,给我们授课的都是当时最好的老师。而后我们的老师们,几十年如一日,给本科生上课从未间断。但据我所知,如今国内高校相当部分的教授,尤其是名教授,他们授课的总课时中,本科生课时的比重越来越小。我曾就此问过一些教授,大多回答是:"科研压力大,研究生都带不过来了,另有诸多的社会应酬。"除此之外,还有什么更为重要的缘由吗?中外高等教育的经验和规律表明,越是刚入门的学生,越是本科一、二年级的学生,越需要名师引导、大师指点,一开始路走对了,再往下走就顺畅了。期望母校继续将"一切为了学生"摆在首要位置,期望能有更多的大师、教授、

名师给本科生上课。

　　先生之风范,山高水长兮。两位老师虽然已经离开我们,但老师的精神风范将在我们心中永存!

作者简介

徐一帆,男,1953年生,1978—1982年就读于厦门大学经济系计划统计专业,获经济学学士学位;曾任国家统计局副局长,第十届、第十一届全国政协委员,现任第十二届全国政协常委,国务院参事,中国统计学会常务副会长。

宽柔以教　学者风范
——致敬陈在正、陈孔立老师

杨锦麟

1979—1988年，在厦门大学学习、工作期间，很多老师对我们释疑、授业、解惑，传授我知识和做人处事的道理，给了我很多帮助，终生难忘。有两位陈老师对我影响甚深。他们不仅是我的老师，也是我的长辈，是我生命中的贵人，他们是80年代、90年代两任台湾研究所所长的陈在正老师和陈孔立老师。

陈在正先生是我入学时的历史系主任，我能如愿圆了上大学读书的梦，与在正老师有关，记得是陈孔立老师建议我给陈在正老师写一封自荐信函，这封信函开头的四个字，时隔30多年我还记忆犹新：我要读书。

1983年，我申请调往台湾研究所，尽管那时台湾研究所没有科研编制，但在正老师仍然接受了我，让我有机会从历史系调到台湾研究所工作，让我两度破格参加学术职称评选。在台湾研究所培训班期间,在正老师让我担任多个课程的教学培训工作,我的授课效果不错,得到不少学员的积极评价,他还和孔立老师要求我参与培训班教学,我遵从师命,出色地完成了教学培训任务。

  1988年我被借调香港工作,孔立老师极力推荐我和卢涵前往学习锻炼,而在正老师也给予诸多的鼓励支持,最终才得以成行。随后我留在香港工作,也不断得到在正老师的诸多鼓励、劝勉。这位老党员、老教育家、历史学家,数十年兢兢业业,忍辱负重,顾全大局,宽仁以待,以德报怨,襟怀坦诚,一直是我人生的楷模。他的宽恕与包容,春风化雨而循循善诱的诸多事例,他总是在我人生的关键时刻给我一些有帮助的指引和建议,我很感激他。时至今日,他仍保持着一位60多年党龄的老知识分子的风骨与气节,尽管已经快90岁了,但他的品格和风范,仍给我诸多正能量的教育和启示,始终是我学习的榜样。

  另一位陈老师,就是陈孔立老师,他和我的渊源关系要稍微深一些。

  我和孔立老师的大儿子陈动是双十中学初一年的同班同学,后来下乡插队也在同一个大队,先是不同生产队,再是同一个知青耕山队,再后来是历史系1978级同一年级同学。陈动的弟弟陈抗、妹妹陈静璇我们也很熟悉。师母施淑敏,原是双十中学的历史老师,她是我母亲在漳州的中学同学,而我复习准备高考的历史辅导老师,也是施淑敏老师,我高考历史能获得全省第一高分的97.5分,与施淑敏老师的精心辅导有很大关系。

  与孔立老师的一次近接触,是在1969年下乡之前。那时我刚学会游泳,与陈动一起到同文路附近的盐业码头游泳,孔立老师带着我们学跳水,他算是我的跳水教练,但很快我们就出发到武平去。不久以后,陈动说他们全家也下放到武平,孔立老师被安置在城关公社,那时县城,条件稍微好些,我去过他们在城厢中学的宿舍,很小的一间厢房,光线不足,我只去过一次。不久之后,孔立老师全家调回厦门,他继续返回厦大历史系资料室工作。返回厦门,孔立老师有一段时间和他的父母亲"蜗居"在一起,几个孩子只能住在客厅和走道上,时隔将近40年,他们一家数口生活于斗室的窘境,依然历历在目,那是那一个时代读书人真实处境的一个缩影。

因为在乡下超负荷的劳动，我的腰挑坏了，有一段时间不得不返回厦门治病，陈动那时也得了肝炎，回厦门疗养，我到陈老师家走动的机会多了起来，全然是因为他那时总会给我提供很多书籍，各种各样可以允许阅读的书籍。那是一段如饥似渴的阅读岁月，什么书都读，历史的，政治的，现实的，科幻的，苏联内部参考书，甚至也包括一些图书馆不能借阅到的禁书，我还有机会"旁听"陈孔立老师、颜剑飞老师，还有一位杨姓的老师等人的聊天，聊天内容无所不包。心忧天下的人，无论他当时自身处境困难，但总是有书生之见，坐而论道的机会。在那段难熬的岁月里，还有彼此信任的真诚相待。

我在下乡期间，也有过若干次文艺创作的机会，记得有不少习作，都经过孔立老师亲笔修改，他修改得很仔细、很认真。记得一篇是描写八个红小鬼押送白军俘虏的话剧，一篇是描写我的另一位知青伙伴林依光返程后又再度下乡的报告文学。前者获得武平县那一年文艺会演第二名，后一篇被《厦门文艺》采用刊登。记得还有几篇小说、散文，也都让老师和颜剑飞老师修改批评过，孔立老师还专门请颜剑飞老师给我上写作课，讲授如何写作的入门知识，受益匪浅，想起来那都是40年前的事了。

多年后老师说起了20多岁被打成"右派"之后，自己的悲愤压抑无法抑制的心路历程，他总觉得对不起自己的家人、孩子，而"拨乱反正"，自己仿佛又重获新生，他拼命地工作，恢复教学之后，他更忙碌了。而这时，也是他在学术研究领域里的一次压抑多年、积累多年的"火山喷发期"。我拜读过他几篇关于明清时期文字狱的学术论文，关于厦门历史的研究专著，以及关于郑成功研究的学术论文。他在那几年担任了《厦门大学学报》（哲学社会科学版）副总编辑。

在学期间，我给系学生刊物《求实》写过几篇历史研究的论文习作，也都得到孔立老师不厌其烦的修改，老师鼓励我，做学问犹如建造金字塔，基础越扎实，兴趣面越广，就越能提升自己，于是那一个阶段，我研究英国"光荣革命"，研究法国大革命"雅各布宾派"，研究林则徐，研究鸦片战争，研究郑成功，研究南明史，研究清前史、台湾史——他还多次鼓励我用系统论、信息论、二重性格组合等边缘学科理论研究历史现象，让我受教颇深，得益匪浅。

时至今日,我仍然清晰记得,我的第一篇学术论文,是1982年参加在厦门大学举办的郑成功国际学术讨论会时提交的《郑成功与南明宗室的关系》,这篇论文孔立老师前后修改了7遍之多,连标点符号都给改了多次。他没有过多的言辞责备,只是不断指出你的不足,逼着你不断去查找新的历史资料,并给你适时的鼓励和肯定。这篇论文不仅在国际研讨会上提交发表,也在《厦门大学学报》上正式发表。这篇论文的原稿,我至今还珍藏着,这是激励我不断追求上进的动力之一。

在这之后,我的多篇论文先后在《厦门大学学报》《福建社会科学》《台湾研究》《台湾研究集刊》等国内学术杂志发表。1986年中国社会科学院编辑出版的《1985社会科学优秀论文选刊》,厦门大学社会哲学类的学术论文,只选用了我的一篇学术论文《笔贴式与康熙复台信息传递系统》,而《郑成功的多重性格组合》也刊登在《厦门大学学报》上,获得了不少积极评价。在厦大台湾研究所工作期间,我的数十篇学术论文,包括在新华社《国内动态清样》分两篇刊发的《论国民党两次"政治改造"》,均是孔立老师亲自修改后的结果,我的第一篇关于创设"台湾学"概论的学术论文,也得到老师的支持鼓励,对后学者的不吝提携,不断给予支持鼓励,是老师一以贯之的为人处事之道,他带的学生无数,每个人对老师的言传身教,都有感铭肺腑的深刻印象。

我的第一部学术专著《李万居评传》,老师也自始至终给予很多的研究意见,并详细审阅,逐章逐段加以修改,最终还亲笔作序,给了中肯积极的评价。这是我申请破格提拔副研究员的专著。老师是学校职称学术评选委员会成员,按照惯例,他不能参与我的学术专著的评审,但事后他告诉我,5名外校的学术评审委员,对这本专著的评价都很正面肯定,而事后我也获知,有关我的破格提拔,投票结果是18票赞成,据说是当年评选职称比较高的票数。可见他的学生还是经得起推敲的。

一日为师,终身为父。这是我父亲当年在我接到"大学录取通知书"时,反反复复对我强调的话语。我记得也是第一时间奔到老师家去报喜的,老师很高兴,但没给我太多劝勉话语。只是不断提醒你不要骄傲自满,务必要戒骄戒躁,他也担心我锋芒毕露,有时会有意无意伤及他人,引起没有必要的误会和阻碍,总是提醒我要学会"夹着尾巴做人"。在这方面,我的确修养

不够,我总以为自己出身平凡,必须依靠自己的不懈努力才能获得成功,却不能在当时理解老师的用心良苦。

厦大校庆85周年,母校邀请我返校参加校庆活动,并在"南强讲座"及厦门大学台湾研究院发表两场学术报告。在正老师和孔立老师不辞年事已高,不辞劳苦,自始至终参与两场学术活动,我受聘为厦大台湾研究院客座教授,这是一份荣誉,我倍加珍惜。

那一次返校,在台湾研究院举办的校庆欢迎晚宴上,孔立老师很认真地对我说,锦麟成才了。

我从未从老师口中得到如此这般的认可,他从来不轻易夸我,无论我做得多么努力,总会提醒我的不足。但在我已快60岁之时,他的这句话,让我在倍感荣幸之余,更多的是如履薄冰、战战兢兢的心情。学而后知不足,我总觉得自己还有很多的缺陷和遗憾,有很多的短板和不足。2014年12月,香港中文大学新亚书院学术委员会一致通过聘请我为2015年新亚书院当代中国研究的唯一年度报告人,我已远离学术研究多年,但学术机构仍愿意邀请我,这是对我在香港近30年的努力的一种价值认定,是给我莫大的荣誉,也是对老师多年的教诲的一次微不足道的回馈。

在正老师80岁大寿,并没有太多惊动众多学生之处,孔立老师也是,但我从香港给他赠送了一幅"仁者寿"的书法条幅,据说老师很高兴。

"仁者寿",对于两位陈老师而言,是恰如其分的祝福,也是理所当然的祝愿。在正老师离退休之后,仍著书不辍。孔立老师年逾八旬,每年撰写的学术论文仍居研究院榜首,并在2015年校庆期间,获得了"南强杰出贡献奖",这是母校给予的最高褒奖,也是对老师60多年如一日的敬业和奉献实至名归的肯定。

在这两位老师面前,我真的不敢有任何怠惰之心,我现在还在努力打拼的创业路上,皆因为有两位老师的榜样,我更加愿意努力工作,无惧风雨,坚毅前行。

两位老师的风范,与母校"南方之强"的魂魄是一脉相承的,他们的"宽柔以教",承继的就是厦大精神,过往未必有这样的参悟,随着年龄的增长、阅历的丰富,对在正老师、孔立老师的循循善诱、耳提面命的谆谆教诲,就会

有更多深刻体悟。

谨以此文,纪念中华人民共和国第 31 个教师节;谨以此文,对陈在正、陈孔立老师表示我们学生晚辈的无限敬意。

再一次感谢你们,感谢母校,也感谢那一个"拨乱反正"、翻天覆地的开放年代。

作者简介

杨锦麟,男,1978 年入读厦门大学历史系扩招班;曾为香港凤凰卫视主持人,现任香港锦绣麒麟传媒创始人,资深媒体人。

我的老师黄志贤

叶文振

初次和黄老师见面，是我在 1982 年的春天毕业留校到人口研究所工作的时候。黄老师是第一任所长，我是他领导的第一个专职研究人员。干练、简约和不时露出温厚的笑意，是老师留给我的整体印象，但最打动我的是他一头纯净的白发，让你感受到文化知识的源远流长，感受到作为资深学者的敬业与崇高，我为自己初入学术领域就能够近距离地分享老师的指导与教诲感到十分荣幸。

从中共厦门市委常委、统战部长黄菱送过来的关于她父亲的个人履历，我才第一次如此完整地了解到黄老师的政治、教学和学术并重的光荣历程，并为他毫不居功、宁静治学的学者生涯而肃然起敬！黄老师来自一个华侨家庭，1946 年夏天回国，进入厦门大学经济系念书，就在学校加入中国共产党。1949 年 6 月来到中共闽粤赣边区游击区，任边区党委机关报《大众报》编辑和边纵支前文宣组组长；同年10月随区党委进入闽西,任《新闻西报》编辑主任,直至1950年夏天重回厦门大学经济系学习,并兼任厦门市学生联合会主席。大学毕业后留校在经济系任助教,1952年还前往北京完成中国人民大学马列主义研究班的两年学业。68年的中国共产党党龄、64年的厦门大学教龄,还有60年的专攻西方经济学说史的学术经历,都集中反映出黄老师最本质的为人品格——忠诚。他忠诚中国共产党的组织和宗旨,不论是处在什么样的境况下,都保持作为一个党员的崇高信念和政治操守。他把对党的忠诚转化为对党的高等教育事业的忠诚与热爱,几十年如一日,用最优质的教学服务,培养出像厦门大学嘉庚学院院长王瑞芳教授、经济学院和王亚南经济研究院两院院长洪永淼教授等一大批优秀的高层次人才;转化为对学科学术发展的忠诚和全身心投入,几十年不分心,用最严谨的研究投入,在西方经济学的引进、推广、应用和创新方面都做出了令人尊敬的贡献,形成了从1983年的论文《斯密以前古典学派的利润理论》到1990年的专著《当代西方经济学概论》再到2006年80岁时的合著《当代西方经济学流派的演化》等影响显著的系列重要成果。

  为了写好这篇文章,我还通过电话和短信与黄志贤老师的几个弟子交流。我询问他们:"黄老师给你们留下的最深刻印象是什么?"厦门大学经济系的郭其友教授很简练地回答说:"正直。"是啊,我们都感同身受!黄老师亲自填写的简历显示,他在1965年之前就担任中共厦门大学党委委员和经济系的党总支书记,近20年后,学校请他出任新成立的厦门大学人口研究所所长,正直的黄老师没有居高邀功,平静地接受组织的安排,并认认真真地为办好人口研究所倾注自己的心血。当时因为国家人口控制的需要,恢复不久的人口学一下子变成了国际化程度很高的热门学科,相反由于市场经济还处于起始阶段,与之相对应的西方经济学也显得比较沉寂,而我们的黄老师并没有弃冷转热,依然延续自己几十年走过来的学科兴趣和学术路径,继续坚守在西方经济学史的学科领域,他所展开的人口研究,也基本上都置身在西方经济学的理论框架中,是一种理性的、紧密结合我国人口与经济实际的西方经济学的学科应用。让我心存感动的,还有在我1994年回国任教的20年里,尤其是到福州高校任职的十年间,黄老师从来没有交代我为他办过任何事情。去年暑假在厦门大学参加省组厅长班学习时,我顺便

去东区看望黄老师,对我所表达的一点点感恩心意,他都显得不是很乐意,一再强调能来坐坐就好!对不起黄老师,我来得太少了!

作者(右)与黄志贤老师

我虽然毕业于母校的经济系,可是由于专业的不同,在四年本科的学习中真的还不认识黄老师。但我进入人口研究所工作后,我可能得到比黄老师带的研究生还要多的亦师亦父的关心与厚爱,如今回想这一段的美好,感到非常的温暖!

黄老师从来不给我派活,但总是不断地提供学习和发展机会。我记得,我没有承担过黄老师亲自主持并署名的科研写作任务,他也不喜欢我把他的大名放在我写的文章上,以提高论文发表的几率。相反,黄老师却为我创造了一个宽松的工作、研究和成长的环境,我可以自由地支配每天的精力和时间,自主地规划自己的未来发展,年轻人常见的被领导的压力在我这里却是更多的被信任、被鼓励和对各种机会的独自把握。因为黄老师如此的"领导",我在人口研究所很快就有了自己学术人生的许多第一次:在《福建日报》发表了第一篇人口文章、在福建省人口学会举办的专题培训班上做了第一次人口讲座、在北京中国社会科学院人口研究所参加了第一次学术合作——共同翻译美国人口抽样专家的讲课教程、在我毕业留校的第四年就拥有许多教师所渴望的并影响我整个人生的第一次出国深造。没有黄老师,就没有我当年"轻易"获得的由许多第一次组成的良好的事业起步,也就没有我的今天!

与之相反,在生活上,黄老师却给我无微不至的、甚至指令式的关怀和帮助。留校后,还没成家的我自然想家,黄老师和师母却用心让我在远离父母的地方拥有家的感觉。记忆最深刻的是在1982年的中秋节,黄老师把他指导的第一个硕士研究生王瑞芳教授和我叫到家里,参加节日博饼的家庭聚会,一起欢度中秋佳节。黄老师不大的家里一片茶香饼香、欢声笑语,还有窗外的一轮明月,我们在分享黄老师和师母厚爱的同时,也记住了厦门特有的中秋博饼的文化习俗,以致后来留学美国犹他大学,社会学系华人教授郭文雄老师请我们中国研究生去他家过感恩节的时候,我就特别想念厦门,想念黄老师家的中秋月饼和掷骰瓷碗!后来成家了,我的蜜月是在厦门大学度过的,黄老师不仅表示衷心的祝福,还同意我把人口研究所的资料存放室整理一下作为新房。同样的,没有黄老师的关心,我是不可能拥有一辈子都不会忘记的既温馨又独特的生命经历。

在这里,我还想说的,是黄老师对家庭的男性责任感和恋家顾家的良好示范。这可能也是我从1996年就开始转向研究女性发展问题的一个重要成因。黄老师是幸福地生活在"女生宿舍"里的男性教授,除了师母,还有三个女儿和一个常年住家的保姆。当然,更为重要的是,黄老师对女性的善待与爱护,也给这个以女性为主的家庭带来无限的快乐与幸福!据我观察,师母在黄老师婚姻情感世界里的地位绝对是独一无二的,每每到老师家,我听到更多的是师母动听的话语,而老师脸上总是充满着由衷的快意;我还看到,在黄老师的亲情空间和居住空间里,很大面积是被三个女儿占据的,而且老师愿意被占领和堆积,我以为,如果西方经济学史是老师倾其一生的学术主战场,那么三个女儿一定是老师享受美感的东方代际学史的生活主旋律。除此之外,我还永远忘不了一张非常慈爱、善良的笑脸,以及一个十分勤快的身影,她就是前面提到的黄老师家的保姆,我想,没有黄老师带头形成的善待保姆、视为家人的家风,我们是不会长时间地见到这位保姆,看到洋溢在她脸上的那一种会被深深感染的生活愉悦!

从 1926 年算起,黄老师今年 89 岁了,已经光荣地进入高龄人口群体了,让人非常欣慰的是,黄老师还很康健,并热望和女儿们在一起互动互乐!在这里,要向黄老师的三个女儿及其家属对老师长年累月的照顾和家庭快乐的营造,表示深深的敬意和感谢!让我们一起为黄老师祝福,恭祝他在美丽的母校校园、在温馨的"女生宿舍"继续快乐生活、健康长寿!

作者简介

叶文振,男,1955 年生,1978—1981 年就读于厦门大学经济系计划统计专业,获经济学学士学位,现任中共福建江夏学院党委常委、副校长、教授。

My Teachers of Xiamen University

我的老师叶文程

陆勤毅

我于1979年9月进入厦门大学历史系考古专业学习,一进厦大我们就被美丽的校园景色所吸引,上课以后我们明白了厦大不仅有美丽的校园,厦大更有一批学识渊博、品行端庄、诲人不倦的老师,正是因为有了这样的教师群体才成就了母校厦大光荣的历史。就我们考古专业来说,当年有庄为玑、陈国强、李家添、叶文程、吴绵吉、蒋炳钊、苏垂昌、唐杏煌、钟礼强等一批老师给我们传道授业,其中叶文程老师给我留下的印象至今记忆犹新。

忠厚长者

我们1979级考古专业从福建、江西、广东、湖南、安徽、浙江、江苏和部队共招收20名同学,全是男生,年龄最大的1951年出生,最小的1963年出生,整整相差一属,1951年出生的那位同学入校不久就因病休学了,我在班上就是年龄最大的了。同学们年龄差距大、经历各不同、家境有区别,管理起来有些难度。叶老师虽然没有担任我们的班主任,但他对每一位同学都很关心。

叶老师对学生的关心首先表现在让同学们尽快适应大学生活,安下心来,努力学习。我当时担任班长又是班上的老大哥,叶老师每次在课前课后或是其他场合见到我,总是向我了解同学们学习、生活情况,对几位家庭困难的同学更是关心有加。有了叶老师这样一批老师的关心,入学不久我们班的同学们就能全身心地投入学习中去。2013年我们毕业30年聚会时,不少同学回顾当年的这些情景仍然十分感慨。

叶老师对学生的关心还表现在学业上既严格要求又循循善诱。我们1979年入校的同学是恢复高考后的第三批幸运儿,应届高中生很少,大部分经历了下乡插队、招工回城、参加高考的复杂和艰辛的过程,珍惜难得的学习机会、刻苦努力是没有问题的。但是,如何掌握科学高效的学习方法,如何发现问题、提出问题、解决问题就不那么容易了。叶老师给我们讲授"中国陶瓷史"、"建窑德化窑专题研究"、"陶瓷鉴别"等课程,这些十分专业的知识对于当时的我们来说是有些难度的。叶老师在讲授这几门课时,既要求我们仔细地观察、分析、比较每一件古陶瓷器的特点及其与同时代不同窑口陶瓷器的关系,并找出各窑口陶瓷器的发展变化情况;又要求我们掌握发现问题和解决问题的方法,他一再告诉我们掌握方法比记住具体知识点更加重要。这个道理我们毕业30多年了还是记忆犹新,并且越发觉得是至理名言。我对叶老师的讲课风格至今印象深刻,"古陶瓷"课程的内容是琐碎和枯燥的,但叶老师能够娓娓道来、讲得有滋有味,这就体现出认真备好每一堂课的敬业精神和刻苦钻研的学术功底。

叶老师对学生的关心还表现在实践教学环节上。考古专业的一个重要特点是实践性强,每届本科生在校四年中至少要有一个学期田野实践,或是田野调查或是田野发掘。叶老师很关心每一届的考古实践课的安排,甚至亲临现场看望、指导。记得1983年7月我毕业分配到安徽大学历史系任教,9月接到母校邀请到山西侯马协助苏垂昌老师、唐杏煌老师指导1981级考古专业同学的野外发掘。到了11月,山西已经很冷了,叶老师从日本访问回到北京又专程绕道侯马野外实习驻地,代表学校和历史系看望野外

实习的师生,并且为大家做了一场生动的学术报告。这给远离母校远离城市在艰苦的环境下学习生活了几个月的同学们是一个很大的鼓舞。

以上这些言行构成了叶老师的忠厚长者的形象,他的形象在同学们中一直是可亲可敬可靠的。

学业导师

叶老师长期从事古陶瓷研究,在这方面颇有建树享有盛名。我们在校期间他是中国古陶瓷学会副会长兼秘书长,我们毕业不久他被选为中国古陶瓷学会会长。他是名副其实的中国古陶瓷和古外销瓷研究领域的领军人物。

叶老师对中国古陶瓷和古外销瓷研究的兴趣在大学读书时就已产生。到了20世纪70年代他在此研究领域已崭露头角,20世纪80年代随着科学研究春天的到来叶老师也迎来了研究成果的收获期。随着我国改革的深入开放的扩大,我国学术研究成就对世界的影响越发广大,尤其是中国古陶瓷和古外销瓷的研究成果备受关注。而这一阶段正是叶老师会长的身份领导中国古陶瓷研究的时候,在他的领导下中国古陶瓷研究取得了丰硕的成就,叶老师也因此获得学界同行的普遍称赞。

叶老师有着敏锐的学术眼光。最近,我翻出在厦大学习期间叶老师讲授"建窑德化窑专题"课的油印讲义和已经发黄的课堂笔记,看到《古陶瓷研究》1982年第一辑发表的叶老师的论文《关于我国古外销瓷研究的几个问题》,文中提出唐代以来,顺着"丝绸之路",我国陶瓷器由陆路运往西亚诸国,转入欧洲。及至宋元明清,我国瓷器大量输往世界各地,特别是东南亚诸国,是世界各国市场上独一无二,无可匹敌的传统商品,受到各国人民极大的欢迎和爱好。明代以来,郑和七下西洋之后,海洋贸易更加频繁,瓷器贸易额大幅度增加,输出的范围更广,囊括了亚欧两洲,甚至远达于非洲东海岸,形成了世界性的中国瓷器市场。由此叶老师得出结论:"海上'陶瓷之路'和陆上'丝绸之路'可并为比美而毫无愧色"。联系到当年厦大学者参与的泉州港遗址发掘等重要的考古活动,叶老师以及厦大一批老师在这些实地考古和书斋研究成果的基础上,提出了他们的独到观点,对于今天中央提

出的"一带一路"战略构想是做出了充分的学术准备和可贵的智力贡献的。

叶老师有着缜密的学术思维。1982年,他就提出"开展我国古外销瓷的研究,对于我国陶瓷史、经济史、海外交通史和中外文化交流史、中外友好关系史的研究,将起着重要的作用和做出应有的贡献"。为了做好古外销瓷研究,他提出了六点"看法":一是注意"文献资料的发掘和整理"。他认为"占有更多、更大量更丰富的有用资料,提供我们研究的依据",是一项极为重要的工作。二是注意"国外资料的翻译和介绍"。他认为"这项工作对我们的研究无疑是大有裨益的",并提出了翻译国外研究资料的具体建议。三是注意"外销窑口的调查和考察"。他指出"在今后,有目的、有计划、有步骤、有组织地开展有关我国外销瓷窑口的调查、考察和发掘,全面了解和掌握有关实物资料,弄清内销和外销的产品类型和数量,这是一项非常重要的工作,应当摆到议事日程上来"。四是注意"文献目录的搜集和汇编"。他指出这方面的工作还很薄弱,应该在归纳研究成果、整理研究目录、为研究者提供便利方面多做工作。这些工作可能是"为人作嫁",但功德无量。五是注意"研究专题的设想和规划"。他不仅提出这个原则建议,还具体提出九项研究课题。这些课题中有的至今还是值得继续深入探讨的。六是注意"学术活动的举办和开展"。建议开展多种形式的国内国际学术交流活动,"把有关这方面的学术活动搞得更生动活泼、更活跃、更有成效"。叶老师30多年前提出的这些观点,对于我国古外销瓷的研究起到重要的推动作用,在今天看来仍然有着很强的生命力和借鉴价值。我们由衷地钦佩叶老师缜密的学术思维能力和远见卓识。

叶老师有着师者的良苦用心。叶老师把培养和提携后学之辈作为自己义不容辞的责任,学生在校期间他就注意发现和培养有意从事古陶瓷或古外销瓷研究的同学加以引导,使他们逐步掌握研究方法、走上研究之路。记得1978级的李广宁、芮国耀、丁炯淳,1979级的林果、阮平尔、谢道华等同学在校期间就参与叶老师组织的野外调查、资料收集整理、论文写作等工作。让我们特别感动的是,学生毕业后,叶老师同样尽己所能继续加以指导。在叶老师的教导下,我们班以及我们前后届的不少同学继承叶老师的衣钵,在古陶瓷研究或古外销瓷研究领域取得丰硕成果,得到学界认同。其中,李广宁同学被选为中国古陶瓷学会副会长。

世间有两种感情是永远无法割舍的,一种是子女和父母的感情,一种是学生和母校的感情。父母给了子女生命,母校给了学生知识,当生命插上了知识的翅膀,生命才更有价值更有意义。写到此,我的耳边仿佛响起声韵悠扬、含义深远的厦大校歌"学海何洋洋!谁欤操钥发其藏?""人生何茫茫!谁欤普渡驾慈航?"不正是一批又一批像叶文程先生这样的平凡而伟大的老师们燃烧自己,照亮学生的人生旅途吗?叶文程先生已过耄耋之年,我也年过花甲,我当年的同班同学们皆已是年过半百之人,但是大家每每联系、每次聚会都会谈到母校谈到老师,总忘不了母校和母校的老师们对自己的培养造就之恩,这就是学生对母校、学生对老师永远不变的感情。

作者简介

陆勤毅,男,1954年生,1979—1983年就读于厦门大学历史系考古专业,获历史学学士学位;曾任安徽大学党委书记、安徽省委宣传部副部长兼安徽省社会科学院院长,现任安徽省政协常委、文史资料委员会副主任,安徽大学历史系教授、博士生导师。

钱伯海教授留下的三笔财富

王春新

人们称他为"中国的国民核算之父",钦佩于他尽显范仲淹所说的"先生之风,山高水长",他则常说"吾爱吾师,吾更爱真理";人们注意到他把大量时间精力用于经济学基本理论研究,认同他提出的创新性理论体系和诸多新观点,他却自认为这是一项"力不相称"的工作。在半个多世纪的教育生涯里,钱伯海教授取得了非凡的学术成就,树立了真正的大师风范,给我们留下了三笔宝贵财富,可谓取之不尽,用之不竭。

一、非同凡响的学术思想

非凡的学术思想是钱伯海教授留给我们的第一笔宝贵财富。他毕生从事统计学、经济学的教学和研究,50多年如一日,密切联系实际,不停辛勤耕耘,不断开拓创新,先后出版了专著或由他主编的全国统编教材30余部,发表论文一百余篇,累计在1200万字以上。其理论建树和学术成就,横跨经济学和统计学等多个领域,主要体现在如下三个方面:

一是创建四门经济、统计新学科。钱伯海教授经过多年的观察和研究,确认整个经济活动存在两个层次的运动——国民经济运动和企业经济运动,经济学和经济统计学以之作为研究对象,既研究生产力,又研究生产关系,既研究其质的规定性,又研究其量的规定性,需要建立四门密切相关的经济、统计新学科——国民经济学、国民经济统计学、企业经济学和企业经济统计学,并把这一旨在建造我国经济统计新分析架构的理论观点,努力付诸实践。经过多年的努力,由他直接创建和主持创建的这几部新学科著作早已出版问世,并得到理论界和实际部门的重视和确认。

尤其值得一提的是《国民经济学》。该书出版后受到经济理论界的高度重视,著名经济学家刘国光、李成瑞、宋涛、谷书堂等先后在《人民日报》《经济研究》《经济学家》等刊物上发表书评,给予很高的评价,认为"是创建社会主义经济学新体系的一个成果,开辟了一条深化社会主义经济发展和经济运行机制研究的新路","该书把生产关系的研究与生产力的研究结合起来,把政治经济学与宏观经济学的研究结合起来,把经济运行质的规定性与量的规定性结合起来,形成了一个独具特色的国民经济学的理论体系"。《世界新学科总览》等多本新学科辞书也把该书作为新学科的代表作加以专门介绍。该书获得国家教委组织评选的全国第三届高校优秀教材奖,90年代初国务院学位委员会还采纳他提出的"把国民经济计划管理和投资经济等学科合并成为国民经济学"的建议。现在《国民经济学》不仅是一门新学科的教材,该学科也已成为经济学中一门独立的二级学科。

二是建立和完善我国国民经济核算体系。钱伯海教授对我国国民核算制度改革的理论和方法问题,长期进行全面系统的研究和实践,为建立和完善我国国民经济核算体系做出了杰出贡献。他提出了国民经济核算的平衡原则,阐明这一原则不仅适用于研究两大核算体系,而且适用于一切的经济核算与会计统计核算,人们称之为"钱氏定理"。经国务院批准的我国新国

民经济核算体系方案,也写进和运用了这个原则。这是中国学者对世界国民核算理论和方法的重要贡献。

1984年,国务院成立国民经济统一核算标准领导小组,钱伯海教授被指定担任总体规划组组长,直接参与我国新国民核算体系方案的组织设计和试点总结工作。1992年8月,国务院正式批准了我国国民经济核算体系方案,并确定从1995年全面转到新国民经济核算体系的轨道上去。

三是为经济学教材偿建全新内容和体系。钱伯海教授从我国新国民经济核算体系理论建设的实际出发,研究马克思的劳动价值论。但价值理论很抽象,它看不见摸不着,就价值论价值是讲不清楚的,又关系到经济学的方方面面,需要从整个经济学的内容体系进行研究。这就驱使他积极响应众多经济学者的呼吁,投入大量时间和精力,研究政治经济学的改革和建设问题。

经过多年的研究和艰苦的探索,他在这方面取得了很大的进展,提出了不少新观点,并形成自己的体系。分别于1999年和2001年出版的《经济学新论》(全文本)和《经济学新论》(简要本),就是他倾注多年心血完成的创新性成果,从而为我国新国民经济核算体系的设计建立和经济学科的理论建设,做出了重要贡献。《东南学术》杂志上2001年第四期发表的钱伯海教授对经济学基本理论的新探索的长文,对此做了相当全面的介绍和评说,其中提到有48条属于创新性或独到的观点和见解。

对于上述这些学术成就,钱伯海教授无疑感到欣慰。由于他在工作中所做出的重要贡献,他获得了很多荣誉:论著有三项获得国家级奖,十三项获部、省级奖;先后六次被评为全国教书育人模范及孺子牛奖、有突出贡献的专家、福建省劳动模范、优秀专家;两次被评为国家部委系统优秀教师,列入多种版本的世界名人录;1992年被英国剑桥国际传记中心评为"20世纪有成就的世界名人",被美国传记协会选定列入"世界500名有影响的领导和学术带头人"名录。

二、强大感人的精神力量

钱伯海教授之所以能取得如此丰富多彩的学术成就,很大程度上取决于他所具备的种种可贵品质。他所拥有的巨大精神力量,给我们留下了第二笔宝贵财富——强大且感人的精神财富。举其荦荦大者,主要有:

一是立志守恒。在他历来为学生做签名的纪念册上,经常写上"人贵有志,学贵有恒""千里之行,始于足下"的题词,勉励学生立志守恒,把远大理想与踏实工作相结合,努力造就有用之才。这些格言也是他自勉和身体力行的。他在抗日战争和解放战争中长大,目睹中国人民的贫穷落后、任人欺凌、多灾多难,认为必须清除腐败、打败侵略、振兴中华、为国争光,这些从小就在他的心灵上打上了深深的烙印,并给他巨大的勇气和力量。为此,他在新中国成立前就参加了学生运动,新中国成立后在中国共产党领导下找到了归宿,这就是为人民服务,为社会主义现代化添砖加瓦。当然,中国古老的文化思想传统,"人贵有志,穷不失志""先天下之忧而忧,后天下之乐而乐"等等,也对他为人民教育事业竭尽全力注入了无比巨大的精神力量。虽然他经常说"生平无大志",但在内心深处却经常受到"志"的驱使和鼓舞,认为在树人的道路上,有志而无恒,志就会落空,有恒而无志,就会陷入低层次、甚至烦琐哲学之中。因此,他怀着"人贵有志、学贵有恒"的精神要求,指导自己的行动,驱使他在科学的道路上,克服一个又一个的困难,取得一个又一个可喜的成果。

二是实践标准。钱伯海教授能够在学术上不断开拓创新,是与他的治学风格分不开的。掌握丰富、系统的国民经济运行及其数量关系的材料,是研究国民经济核算的基本功和检验器,因而长期以来,他坚持不唯书、不唯上,一切从实际出发,重视实践、重视调查研究。例如有一次为了研究国民核算,他带学生到同安县(今厦门市同安区)做试点调查,一蹲就是三个月,而且没有回过家。在他50多年的教学生涯中,遇到甚多风风雨雨、历经曲折和坎坷,他都遵循"坚持科学、追求真理"的信念,矢志不渝。上面提到的

我国国民核算制度的改革,需要从理论上说明科技是第一生产力,必须确认物化劳动创造价值,这是长远以来政治经济学的大忌。他不但坚持独立思考,而且考虑到价值理论很抽象,就价值论价值不容易为人理解,便另辟蹊径,从经济学整体研究价值问题,为我国政治经济学提出了全新的内容和体系。他经常提到,一个真正的学者应该能够出全集,即所有发表的文章都能够经得起时间的考验,对得住自己的学术良心。正因为如此,他的科研具有极大的积累性和继承性。

三是民主作风。钱伯海教授长期担任院系领导工作,在处理与同事、同行的认识关系和利益关系时,一向采取宽容、团结但不失原则的态度,不仅得到各方的尊敬和支持,而且有利于调动积极性,综合发挥团队的力量。在校外,很多人士对此也给予很高的评价,如过去东北财大的一位老教授曾多次对人说,他和钱伯海结识多年,深感他胸怀宽广,不计较个人得失,为此深深感动。钱伯海教授平易近人,表现出浓厚的民主作风。他尊重科学,提倡在科学问题上独立思考,人人平等,不要人云亦云。在高年级特别是研究生的课堂上,他常说"吾爱吾师,吾更爱真理",提倡师生之间进行民主的讨论。他对年轻教师更是鼓励有加,尽量让年轻人多出台、挑重担,推到社会上去。他结合自己的工作和影响,让年轻人担任著书的主编、副主编,前后达20多人次,同时保质保量,大力协助年轻人完成任务。他还多次谦让一些重要的社会学术职务,力荐年轻的同志担任,以利于梯队建设和长远发展。

三、悉在公门的满园桃李

钱伯海教授在教育战线上驰骋了50多个春秋,可谓桃李满天下,为国家和社会培育了一大批优秀人才,教过的学生数以千计,仅博士生和硕士生就有百名之多,正如《资治通鉴·唐则天皇后·久视元年》中提到的"天下桃李,悉在公门矣"。他善于教书育人,不仅教给学生专业知识,还教给学生专业以外的其他知识;不仅对学生实行言教,还以他那高尚的思想品格、民主的学术作风和严谨的治学态度,影响着莘莘学子。孟子曰:"贤者,以其昭

昭,使人昭昭。"以这句话来形容钱伯海教授的言传身教,无疑最为贴切。这些人才遍布海内外,长期奋斗在政界、教育界和工商各界,既为国家的现代化建设做出了杰出贡献,也使自己的学术成就可以得到继承,不断发扬光大,一代一代传下去。这也许是钱伯海教授辉煌人生中最重要的成就,也是他留下的第三笔宝贵财富。

作者简介

王春新,男,厦门大学经济系计划统计专业1979级本科生,厦门大学计划统计系1983级硕士生、1988级博士生;现为中国银行(香港)有限公司经济研究处、发展规划部高级经济研究员。

领带里的家国情怀

王龙雏

青春是人生最美好的阶段。

在全国恢复高后的1979年,我很幸运地考取了厦门大学中文系。在充满着浪漫情怀的厦大校园里,我因那似乎是与生俱来的对张扬青春活力的舞蹈艺术的痴迷,义无反顾地加入了厦门大学学生艺术团舞蹈队。

记得是在我大二的下学期,1981年的春天,母校迎来了改革开放以来的第一个大庆——60周年校庆。那时全国上下都处于对改革开放未来充满希冀的热烈情绪中,而厦门,更因为半年前获国务院批准设立经济特区,肩负起先行先试的特殊使命。在这样昂扬的氛围里,正处于鼎盛时期的厦大艺术团,积极地筹备着校庆晚会。

那时厦大艺术团聚集了许多才华横溢的同学,并且刚从全省大学生文艺会演载誉归来,大家都很期盼我们能在校庆晚会上带来新的惊艳。

在那个改革开放之初的年代,在思想解放的大潮中,中国大地上涌现了一大批单、双人舞,于是晚会上便有了色彩斑斓的《敦煌彩塑》《追鱼》《橄榄歌》等一批为同学们津津乐道的节目,但同时,如何契合校庆晚会的主题,大家也绞尽了脑汁。厦门大学是我国近代教育史上第一所由华侨创办的大学,校主陈嘉庚是东南亚侨领,于是便有了被视为保留节目的《印尼伞舞》,而老校主的爱国情怀呢?我们想,那就选一支讲述归侨故事的舞蹈吧。

正巧前一年,福州军区前锋歌舞团创作了一支名为《祖国恋》的双人舞,表现一对年轻的归侨恋人远涉重洋,踏上魂牵梦萦的祖国土地时那一瞬间的心灵震撼。这支舞蹈中西合璧,踢踏舞与秧歌舞的交融不仅充满别致的美感,还十分贴切地表达出海外同胞血浓于水、心系祖国的赤子情怀,一亮相便引起了强烈反响。

于是,校艺术团决定选《祖国恋》作为校庆的献礼节目,并推选我担纲男主角。30多年过去了,我依然记忆犹新的是那一身打扮:白色的衬衣、白色的喇叭裤和白色的三接头皮鞋,在一身洁净的白色中系着一条鲜艳的红色领带,格外引人注目。

晚会前一天的带妆彩排时,我就这样登台了。

一曲结束,我回到后台,艺术团的王老师挤过乱哄哄的人群找了过来。她十分郑重地告诉我,刚才汪德耀教授过来特别嘱咐,说他有一条很漂亮的领带,希望我正式演出时能够戴上。

汪老?我很意外。这位已近耄耋之年的厦大前校长、著名的细胞生物学家,他找我?

我有一些忐忑不安了。作为厦大的学生,我只知道,汪老是我们厦大的老校长,正是在他的校长任期内,厦门大学不仅从战火废墟中完成重建,还避免了被迁往台湾的命运,更发展成为拥有文、法、理、工、商五大学院19个系的全新的综合大学。这样一位德高望重的老前辈,为什么会为一个节目的小小细节费心?是因为同样热爱舞蹈?还是,有别的缘故?虽然困惑,我没敢多问。

第二天一早,我就按照王老师提供的地址赶到汪老家中。

汪老不在家,开门的是他夫人王文铮女士。听明我的来意,她也是一脸莫名,嘟囔了句:"老头子是要做什么?"原来领带是陈年的旧物,她一时也想

不起放在哪儿,翻箱倒柜地找了半天,终于从一个樟木箱子里翻了出来。

我已经想不起领带的样式,只记得并不亮眼;接过来仔细端详摩挲,款式、材质似乎也没特别之处。我不禁有些纳闷,但转念一想,寻常中必有深意,于是就愉快地收下了。

第二天晚上,我细致地打理好这条"普通"的领带,与舞伴一道,向母校的60周年校庆晚会上献上了这支《祖国恋》。

那晚的演出很轰动,在校园里获得了满满的赞誉,成为我回忆里最美好的篇章。但略感遗憾的是,归还领带时,我还是没能和汪老见上面,也就无从得知他藏在领带里的深意。此后经年,我每每与人聊起在校舞蹈队的往事,这个小小插曲总会闪过脑海,不免又猜想一番。

我后来听说,汪老是历经清朝、北洋政府、中华民国和新中国四个时代的老人。1919年五四运动,他和同门师兄赵世炎是全国仅有的两个参加与北洋政府谈判的中学生。1931年他获得法国巴黎大学博士学位后,闻悉"九一八"事件发生,毅然放弃了法国优厚的工作待遇,乘轮船在海上颠簸了35天,归国报效。汪老一生追求做人必须有热爱祖国、热爱科学、奋斗终生、追求"自强不息,止于至善"的抱负。我忽然有种感觉,他是否正是从我演绎的归国华侨身上,找回了心中尘封的记忆和豪情?

大事难事看担当,逆境顺境看襟度。汪老充满大爱的家国情怀,影响了青年时代我的人生观、价值观,激励着我毕业后,无论是从政,还是后来经商,都倾尽自己的才智、精力,全情服务于国家的发展,立志不辜负这个好时代。但同时,我仍隐隐有种感觉,对汪老那样细腻举动的理解,只是这样的程度似乎还不完整。

前些年,我翻看《厦门日报》时,偶然读到一篇关于汪老的文章,再次联想到那条颇有深意的领带,于是特别兴趣地详看了他的留学故事。原来,他回国前,刚获得法国巴黎大学博士学位,并和一位美貌多情的法国姑娘热恋着,已经到了谈婚论嫁的地步。事业蒸蒸日上,爱情也即将收获甜果,幸福已经握在掌心,但为了水深火热的祖国,他还是舍家弃业,毅然归国。

"弃荣华之将至,置长卿情于不顾,毅然归来。"原全国政协副主席宋健同志对汪老的这段经历,曾有如此饱含敬意的描述。汪老也是有血有肉的男儿,我不禁揣测,当年他的心中,该承受怎样的抉择?

领带！我恍然，人非草木，汪老只是将珍视的人间真情，藏在了那条一同归国的领带里。报效祖国的大爱，儿女情长的小爱，他真诚地将之融为一体，塑成了更加宽厚包容的家国情怀。直到此刻，我才完整的体悟到，他寄托在我舞蹈里的那份真挚的情感。

感谢汪老，虽未曾亲耳聆听教诲，但他的可贵品质，让我读懂了人生的全部意义，我一生受用。

作者简介

王龙雏，男，1979年入读厦门大学中文系；现任厦门象屿集团有限公司党委书记、董事长。

润物无声存厚德　雨润琴书忆师恩
——记李维三老师二三事

朱晓平

在30多年前的那个凤凰花季，我从财政金融系修满毕业了。说起与李老师的相遇真算得上是一种偶然。毕业前我原打算到实务部门工作，后来财金系的沈书记找我谈话说要我留校在系里当辅导员，当时我虽不是十分愿意，但要服从组织分配也就收起了自己原先的打算了。可刚过没两天，沈老师让人通知我到经济学院院办去，说是李书记要找我谈话。我十分忐忑，不知为什么李维三老师要找我。我回忆起自己那段时间的表现，总觉得自己"没干啥坏事"。那天下午我应约到了经济学院。那是我第一次见到李老师，他个头不高，衣着朴素。他让我坐下后，告诉我院里决定让我留校，在经济学院分党委办公室工作，要服从组织分配，过几天就去上班，先熟悉一下工作。他的语气坚定而不容申辩，我当时不知怎么的，啥也不会说了，只说了一句："知道了，那我回宿舍了。"也许正是这种偶然，成就了后来那一段师生的缘分。

现在离开学校到金融单位工作一晃已是20多年了,时常想起那段辛苦但又简单快乐的时光,对母校总有一种莫名的亲切感。也时常想起师长的教诲和关爱,想起同事们的许多故事,这些都时刻温暖着我。其中李维三老师就是一位亦师、亦长、亦友的人生导师。

李老师对工作认真而执着,讲质讲量还讲效率。最让人敬佩的是工作中有主见、有担当,十分关心人、爱护人。给我留下最深的印象有这么几件事:

当时经济学院刚成立不久,我记忆中80年代初在大学内设学院是为数不多的创新。学院初设时在学院的管理架构、师资、教学、科研、系科专业平衡协调方真可谓千头万绪。李维三老师是学院的党委书记,肩上的担子很重。每天都要工作十几个小时,有时研究工作的会一开就是几个小时。还要找各系的领导和老师们谈话,布置工作,协调不同意见。基本没有准时下过班。他的身体经历"文革"的摧残,落下了不少毛病,但也硬顶着,从不肯耽误工作。也从没听他叫过一声苦和累,那种坚韧的精神令人敬佩。为了经济学院的建设和发展,院领导们一同议决一项又一项的方案,推行一项又一项的改革措施,克服一个又一个的困难,奔着一个共同的目标——办好经济学院。

学院在青年教师队伍培养上着力尤多。当时学院初创,系科分设,专业增加,使得本来恢复高考后教师队伍短缺的矛盾更加凸显,李书记和院领导都十分焦急。若教师队伍青黄不接、缺丁少卯的问题得不到解决,势必影响学院的科研、教学,影响学院建设和发展。记得那时李维三老师经常同葛家澍老师、邓子基老师、钱伯海老师、吴宣恭老师、余绪缨老师、郭志发老师、王洛林老师多次开会商议。有时开会到很晚才能结束。院里最终决定对教师队伍的充实采取"两条腿"走路的方式,即设法调入一批,下力气自己培养一批。调入的寻求马上能顶得上,培养的要立足长远重点培养青年教师。此后有许多优秀的人才调入了经济学院。当时学院有一条不成文的规定,毕业的硕士生、博士生原则上应留校,补充教学力量。用李维三老师的话说,"要有母鸡,才能带小鸡"。今天想起这句话真是"话糙理不糙"啊!

紧随其后,学院又启动了"西达"项目(加拿大达尔豪西大学与厦门大学联合办学项目),重点培养青年教师人才。李老师在这个项目上的倾注了许

多心血和精力。从预备人才选拔,到集中英语强化培训班,学员们的学习、生活和日常表现他都亲自过问。我们都要定期向他做汇报,尤其是"强化班"的教学效果,几乎三两天就过问一次。一次培训班学员打架,后来按规要取消出国培养资格。李维三老师考虑了两天之后,还是决定要我们找双方谈话,写出深刻检查,并给予严肃的批评教育。他亲自查看了两位学员的检查后,还是决定让他们继续参加出国培养项目,出国深造。事后,他曾对我说:"年轻人,血气方刚,容易上火。认识到错了就好,让他们去学习吧。"这件事不仅使参训者深受感动,也使我们深受教育,看到了领导爱才惜才之心。后来"西达"项目很成功,一批批学员学成归国,回到厦大,大大充实和提升了经院的教学科研力量,提高了厦大经院的影响力。参与项目的许多人,如今也已成了教学和科研中坚力量。作为一名经历者和见证人,我更加深刻地看到了李维三老师和当时的院领导们的那份责任感;那种非把经济学院办好不可的坚定意志。今天我们回首那段创业经历,看到经济学院和管理学院的发展壮大,教学科研力量的"兵强马壮",真是多亏了当时李老师他们的坚持与努力。

  第二件让我印象深刻的事,发生在我到经院工作的第二年。当时因为院内老师们尤其是中青年教师学习钻研新知识、新专业的热情很高。但碰到了一个困难,那就是缺乏专业工具书和专业书籍。为了鼓励大家的专业学习热情,学院领导经研究决定给经院教师发放一定份额的购书补贴,用于专业书籍和工具书的补充购买,凭新华书局购书发票报销。说实在的,今天大家可能认为这不是什么事,但那时对我们大家来说可是件大好事,尤其中青年教师,大家工资收入低,经济上还是有压力。我们大家几乎是蜂拥到新华书店购买了词典、辞海、外语书、专业用书等书籍。可好事没过多久,校内就有了不同的声音,要求纠正这一做法。李老师和其他领导据理力争才把这事给平息了。平息后的一天下午,李维三老师把我叫到办公室,交给我一封信一样的东西。对我说:"送到校部去,这是我的检查。给老师们买书的事是我定的,我承担责任。"我当时就有点傻了,我说:"这事不是集体讨论过吗?"他笑了一下对我说:"叫你送去就送去,难道要我自己去送……"30年过去了,每每想到这件事,不仅令我感慨万千,更多的是一份尊敬。事虽不大,但从一侧面反映了一个人的宽厚与担当。事后,他从未提及此事,恐怕

除我外，院里没几位老师知道他承担了全部的责任，也没人知道他并没有用这笔钱买过一本书。今天我看到当时添的书籍，静静地站立在书架上，我就像又受到一次教育，沐浴一次师恩。

还有一件事是关系我自身的学习成长的事，它从另一个侧面折射出李维三老师作为师长的温暖人心的力量。在工作之余李老师时常关心督促我的英语学习。所以几乎每天晚上（除周末晚上外），我只要不加班，就在办公室学习英语。当时条件差，我们留校的五位老师住一间房。所以只能去图书馆、教室学习，我就在办公室里学。他每天晚上散步时都会绕到办公室来看看，有时同我聊几句。但从不久待，十分钟内他就走了。有一天晚上，我大约记得天下着小雨，我照旧在自学外语。心想今天下雨估计李老师该不会散步了。可就在比平时晚十分钟的时候他出现了，两手拎了很多东西。他把东西放在桌上，对我说："这台三用机（收录机）送你学英语，还有20盒英语学习的磁带，是旧的，我孩子学习用过的，他考到国外去深造了，这些给你学习用。"我当时十分感动，连"谢谢"两个字都忘了说，只说句"我一定认真学习"。从这些点点滴滴中我更深地领悟了李老师常说的"教书还要育人，不能只教书不育人"的深一层含义。

尽管时间已过去了二三十年，当初那份感动仍然深藏于心，那份温暖不曾忘怀，那份记忆弥足珍贵。凤凰花开了谢，谢了又开，许多的往事已如云烟般淡去，但对母校的那份牵挂和思念却更加深切；对恩师的感动和敬佩却不曾随红砖绿瓦的老去而褪色。李老师，我们不只在凤凰花开的季节想起您……虽然在许多年前恩师已乘鹤远去，但您不会孤独，您和我们之间仍有一份情愫用记忆紧紧相连！天堂之上您仍旧听得到厦大学子琅琅书声，闻得到芙蓉湖畔的阵阵墨香。

作者简介

朱晓平，男，1961年生，1979—1983年就读于厦门大学经济系财政金融专业；现任中国工商银行（澳门）有限公司董事长。

My Teachers of Xiamen University

忆林铁民老师

陈晓松

回忆是一种滋味,一种漂浮的生命的滋味,浓淡不一,深藏于心。

——题记

每一个人的心里,可能都会有那么几个人,他既不是你的父亲,也不是你的亲人,甚至你们交集的时间都很短。但你,却会用尊崇父亲般的感情去回忆他,因为,他曾经或永远都是你人生道路上的指路明灯。班主任林铁民老师,在我们同学心里就是这样的人。

进入厦大之后的一段日子,特别是熄灯之后的卧谈会,我们几个年岁小点的,喜欢八卦的话题就是自己怎么来到厦大的。说去道来之后发现,虽然我们来自不同的省份或地区,但途径基本一致。大家分数都比较高,选择余地很大。于是,先给自己列几个排除的选项:北方冷,餐餐都吃面食,不愿去;大城市消费高,人穷志短,不敢去;来自内陆不能再深入内陆,不想去。当年唯一浪漫点的念头,就是向往大海的气息。这样下来,志愿就比较好填了,厦门城市不大,厦大声誉不错,更重要的是,我们能够去海滩拾贝。

基本没有考虑专业,完全没有考虑就业,我们就这样走进了厦大,完全的迷迷瞪瞪。迷迷瞪瞪地打量着城市的一切,迷迷瞪瞪地探寻着大学的一切。

不要取笑我们的迷迷瞪瞪,那是资讯相对封闭的年代,那是文化水准相对低下的年代。我们走进了大学,身上背负许多的巨大荣耀:家族祖祖辈辈的第一个大学生,十里八乡的第一个大学生,学校创办以来的第一个大学生……我们有幸走进了大学,我们的亲人连大学是个什么名堂都说不清楚。中学的老师把我们培育进了大学,他们连大学的门是朝哪边开的都不知道。

虽然迷迷瞪瞪,但我们还是知晓礼数的。对大学,我们绝对景仰,对老师,我们绝对倾慕。那是个戴副眼镜就会被社会尊敬的年代,何况这都是货真价实的知识分子。于迷迷瞪瞪的我们而言,老师,就是东方初晓时上弦场悠扬飘逸的晨钟,就是夜幕降临后三家村默默闪烁的明灯。

我们1980级中文系两个班,甲班和乙班,每班各一个班主任,两班共一个辅导员。林铁民老师就是我们甲班的班主任。

那时见到的林老师,似乎感受不到晨钟的嘹亮,似乎感受不到明灯的光芒。在他身上,除了灿烂的笑容,其他总是一如既往的低调。有点粗糙的黑发,很宽的黑边眼镜,灰黑的咔叽布中山装,一年四季都是一双黑皮鞋,手里拎一个黑塑料公文包。我们甲班三间男生寝室都在黑黝黝的芙蓉四底楼,林老师坐在里面,从门口走过的同学经常感觉不到他的存在。

但是,冲破这黑的暗的世界的有爽朗的笑声,是林老师给我们带来的发自内心的笑声。

因为有两个主要班干在我们102寝室,所以感觉林老师在我们寝室待的时间要多一些。林老师最初来的时候,我们都正襟危坐,准备认真聆听班主任的谆谆教诲。但是我们有点惊讶,也有些欣喜,因为林老师没有一点居高临下,每次都是随便坐在哪位同学的床头,聊起来我们最关心、最有兴趣的一些事情。从中,我们知道了自己被厦大录取的诸多细节,知道了任课老师的特点和要求,如严肃内敛的颜剑飞老师、满口京片子的路家麟老师、一丝不苟的杨茂勋老师,等等。林老师还特别提到我们几个外省的同学,说我

们总分和语文都考得不错,都是第一志愿录取的,他说得似乎很随心,但我们一直以此作为老师对自己的鞭策。林老师还介绍厦大建筑及命名的故事、哪个食堂的饭菜比较可口、怎么计算潮涨潮落的时间、三角梅的红到底是花还是叶、台风来了要注意什么……当得知有些同学水土不服身上长了疥疮非常苦恼的时候,他哈哈一乐:"黄金、钢铁都会生锈的,何况你们这样的细皮嫩肉。"随后,说起当年下放的时候如何自制土方子来对付伤病的趣闻,可惜细节记不清楚,故而不能复述。林老师的乐观感染了我们,很快消除了大家的思想负担,他的话语,让我们这些刚刚离开父母、异乡求学的游子感受到了长辈的关心和家庭的温暖。

林老师当然不只是在生活方面给我们指点,他毕竟是一个学者,他对一些高深问题的阐述,更是令迷迷瞪瞪的我们闻之惊讶,继而茅塞顿开。有一次,他吟诵罢李渔著名的对联"天下名山僧占多,也该留一二奇峰栖吾道友;世间好语佛说尽,谁识得五千妙论出我仙师"(非常遗憾,那时候的我孤陋寡闻,不知道李渔题写对联的道教圣地简寂观就在我的家乡,而且离我少年时的居住地不过一两公里),然后问为什么本土的道教拼不过外来的佛教,我们哪敢回答,他接着说:"道教讲的是现世,鼓吹吃灵丹妙药,求长生不老。你们见过不死的人吗?谁都没见过,那谁还相信长生不老呢;佛教聪明多了,他讲的是谁也看不到的来世,你没去过来世你就驳不倒他,只好信他了。"同学们听罢,愣了一下,继而爆发出哈哈大笑。类似这样的解读很多,每每老师走后,我们都会细细回味这些看似调侃的话语,感觉是在我们封闭的心灵和脑海,开启了一扇通往智慧芳草园的窗户。

林老师是地道的闽南人,但在他身上,分明又透着关西大汉的豪气。多年之后,听说他这么一个故事,那是林老师他们下放重回厦大不久。回到了熟悉的校园,回到了热爱的讲台,他们这批年富力强的中年人止不住踌躇满志的喜悦。有一天,郭启宗、林兴宅几位老师相约到林老师家喝酒,回味过去七零八碎的日子,展望未来学术生涯的美好,酒逢知己千杯少,不知不觉间,摆好的酒就喝完了。那时候,林老师正自己油漆家具,油漆是需要酒精稀释的。林老师应该也是喝高了,家里四处找酒,正看到一个瓶子,拿起来打开瓶塞闻闻有酒气,于是几个人又分光了。第二天一早准备继续干油漆活,怎么也找不到那瓶酒精。一想坏了,肯定是昨天晚上喝掉了。林老师赶

紧蹬上自行车,几个朋友家一一敲门,问是不是头晕、是不是肚子疼?一圈下来,看到大家鲜活如昨,这才哈哈大笑骑车而去。

岁月如梭!迷迷瞪瞪的那时候没有做过总结,现在自己也从教为师31年了,对林老师、对厦大中文系倒是可以有一个归纳,简简单单四个字:平实、执着。体现这种风尚的,不仅有老一辈的老师,如陈育伦、甘章贞、何建华、庄钟庆等;也有1977级留校任教的学长,如黄鸣奋、朱水涌、王玫、张健等;还有我们年段在校的同学,如巫汉祥、杨子菁、辜芳昭、曾少聪等。不管什么环境,不管什么岗位,不同年龄、不同背景的他们都勤劳耕耘于三尺讲台,始终坚守着自己的思想和信念。这,或许就是厦大中文人的传统吧。

林老师只担任了我们两年的班主任,后来不知何故调整了。不担任班主任之后,可能是担心影响后任班主任的工作,寝室里就很少听到他的开心笑声。毕业拍合影,林老师也因公务缺席,所以我们连一张和他在一起的照片都没有。关于班主任的调整,前几天我问过两个班委,其中一个当年还是学霸兼老师的"小棉袄",他们都说不知道。人生注定有些遗憾无法弥补,不如阙疑为止。多年之后,林老师担任了学校教务处领导,我们得知不约而同地笑了,因为大家实难想象诙谐洒脱的林老师一本正经地坐在办公室发号施令是什么模样。不过我们相信,他一定是个爱生如子的好领导。

林老师,虽然您没有给我们讲授过一次专业课,但您所有的言行,一直都在默默影响着我们;虽然您再也不能与我们欢聚一堂,但我们前行的路上,永远都陪伴着您爽朗的笑声!我们1980级中文甲班,大家都能秉持诚实、豁达的处世原则,即便是小草,也能装点春光。于我个人而言,在从教的31年间,更是把您当作楷模,我也喜欢到学生寝室去坐坐,聊聊他们感兴趣的话题。甚至担任了班主任,我也刻意不在自己的班上任课。

时节好雨,无声润物。在我们迷迷瞪瞪的年代,您用飘逸、深沉、持久、平实鼓励我们,您用闪烁着智慧光芒的执着启示我们,感谢有您,林老师!

作者简介

陈晓松,男,1980—1984年就读于厦门大学中文系;现任职于江西九江学院。

My Teachers of Xiamen University

老师,为我们插上翱翔的翅膀

单 明

1980年夏秋之际,我成为厦门大学80年代的第一届新生,走进厦大经济系政治经济学专业的学习殿堂。那时候中国大地刚刚吹起改革开放的号角,社会经济发展气象万千,青年们求知欲望强烈,渴望获得学习深造的机会,充满学习知识,献身事业,报效国家的憧憬。能够经过百里挑一的全国统一高考进入厦大,我十分珍惜这来之不易的学习机会。

一进厦大,最早接触的就是经济系团总支书记,我们专业的辅导员黄定基老师。应该说,在厦大的四年学习生涯,我与黄老师的联系是最密切的了。黄老师知道我在进入厦大以前,有过插队知青和军工企业工人的经历,在农村、工厂都担任过一些职务,一入校便被指定我为班级的临时负责人,后来又担任班长、系团总支副书记和学生会主席,与蒋淮、朱之文、徐谦、陈碧月等学长在黄老师领导下开展经济系团总支、学生会的工作。黄老师当年对做好系里的学生工作是倾注了心血,管理细致、工作严谨,对经济系团总支、学生会的各项工作,包括参加全校的运动竞赛、文艺演出、节日安排、征文比赛等各种活动抓得无微不至,对学生们的思想、学习、生活也关怀备至。但也有不少学生对他很有意见,因为他连学生的晨练出操偷懒、宿舍卫生死角和男女同学之间蛛丝马迹的感情升华都不放过,总是希望经济系在全校的各项竞赛中都能拿第一。我们当时毕业时都请老师在毕业纪念册上留言,他给我的毕业留言是"把自己锻炼成无产阶级革命事业的可靠接班人",可见他对献身事业的热忱和对学生的要求与期望。

我们第一堂专业课是李秉濬老师讲授《政治经济学》"资本主义"部分的课程。秉濬老师面容清癯,不苟言笑,但语言幽默诙谐,富有哲理,充满睿智。他的授课思维缜密,逻辑性强,言简意赅,环环相扣,感觉不到一句多余的话。他的第一堂课使我感到很震撼,厦大有这么好的老师,有如此高深学问的老师向我们传授知识,选择就读厦大经济系真是我的幸运!因为我那年的考分可以读北大,而我选择了厦大。从秉濬老师的授课中,我知道了亚当·斯密的《国富论》、凯恩斯的《就业、利息与货币通论》……每堂课我几乎都一字不漏地做好笔记,心想着今后我如果走上讲台讲授经济学,就要像秉濬老师这样讲课。秉濬老师喜欢学生提问,欢迎学生课后随时向他求教,我们几位同学也常在晚上和休息日到他家喝茶、探讨人生、社会和经济学问题。

吴维嵩老师为我们讲授《政治经济学》"社会主义"部分,可没多久就调到福建师大了。他不仅讲课精彩,还有很深的音乐造诣。入学前我对交响乐一窍不通,有一天下午下课后路过三家村,看到学校举办如何欣赏交响乐讲座的海报,讲者竟是给我们讲授"经济学"课程的吴维嵩老师,觉得好奇新鲜,晚饭后早早到到现场。维嵩老师以贝多芬的《英雄》《命运》《田园》《春天》《欢乐颂》等交响曲,放一段讲一段,听了他的讲解,我才明白交响乐作品如何体现作者的性格、心情、意志和思想,反映时代的特征和社会历史的现状,对如何欣赏贝多芬及其他交响乐作品懂得了一点道道。

吴宣恭老师当时是经济系主任,后来担任经济学院副院长、副校长和校党委书记,他给我们讲授"政治经济学原理"课程。宣恭老师睿智豁达,温文

尔雅,讲课旁征博引,逻辑严谨,用语朴实,有板有眼,很容易记录,上完课再重温笔记,就像是一篇论文。他在我们即将毕业的时候,勉励我们班的同学要"胸怀祖国,放眼世界,为实现四化鞠躬尽瘁"。我毕业分配到中山大学,宣恭老师鼓励我要"淡泊以明志,宁静而致远",还为我写一封推荐信给中大经济系系主任张志铮老师。张志铮老师也是王亚南老校长的得意门生,40年代随王亚南老校长从中大来到厦大,后再由厦大回到中大,是当年广东名声赫赫的经济学教授。2014年7月,我们回校举行毕业30周年聚会,宣恭老师出席了我们的师生座谈会,还能叫出我们班许多同学的名字,送给我们一幅他赋诗的书法作品:"赋骊三十载,如今喜团圆。寒霜移旧貌,秋水辩童颜。欲诉惊时短,相依怨日迁。皆期常来聚,珍重待来年。"可见宣恭老师与我们当年和如今的师生情谊。

王洛林老师当时任经济系副主任,给我们讲授"世界经济"。他在南斯拉夫留过学,讲苏联、东欧经济时,将政治经济理论与在东欧留学的亲身实践经历结合得惟妙惟肖,讲课如抽丝剥茧、层层深入,分析事件的背景、动因、发展和趋势。听他的授课如沐春风,清新诱人,就是一种享受。洛林老师是著名经济学家、《资本论》翻译者王亚南老校长的公子,毕业于北大经济系,但很朴实低调,治学严谨。后来担任校党委书记和中国社会科学院常务副院长。毕业后在各位老师中我与洛林老师接触较多。一是有机会在北京、南京、香港多次聆听他的演讲;二是有幸协助他在广州开展民营经济、中小企业的调研。在20世纪末亚洲金融风暴期间,他带中国社会科学院的研究人员到香港调研,对我们跟踪亚洲金融风暴的研究成果感兴趣,我也就一直向他提供直到我们的研究工作结束。

陈可琨老师那时刚移居香港,在香港《经济导报》任职,还不时回校开办香港经济的讲座。那时候对外联系的门才刚刚打开,香港的任何事物还是新鲜热辣的话题。他的讲座让我们耳目一新,非常受同学们的欢迎。每次演讲不仅校内最大的阶梯教室座无虚席,而且连过道和窗外都站满了人。对陈可琨老师的学识、才华与为人我非常敬仰,他的讲座只要我知道一定是场场必到。听了他的演讲,我对香港社会经济有了初步的认识。我到香港工作时他已任香港《经济导报》的总编辑,我那时负责粤海集团的企业战略发展与研究工作,经常请教他,邀请他为广东驻港企业和粤海集团的管理层

培训讲课。他的讲课,是广东在香港举办培训最受学员欢迎的课程。陈可琨老师还十分热心厦大旅港校友会的事务,出任旅港校友会理事长。遗憾的是,他已永远离开了我们。

我当年就是因为在农村插队,琢磨研究什么是"资产阶级法权"、"资本主义尾巴"喜欢上政治经济学的,罗郁聪老师循循善诱、深入浅出地为我们讲授《反杜林论》《哥达纲领批判》等经典选读的课程,解答了我的一个又一个疑难问题。记得罗郁聪老师给我们上最后一堂课的时候,深情地将郑板桥的《竹石》诗抄写在黑板上:"咬定青山不放松,立根原在破岩中,千磨万击还坚劲,任尔东南西北风。"勉励我们走出校门后,要自觉地面对复杂的社会环境和市场经济的惊涛骇浪,坚定信念,联系群众,奋力拼搏,挺拔成长,冲破险阻,不断进取。毕业时,他又赠送给我郑板桥的另一首《竹枝》诗:"四十年来画竹枝,日间挥写夜间思,冗繁削尽留清瘦,画到生时是熟时",以此教导我们做人做事的道理。

蒋绍进老师为我们讲授"资本论",讲课时将厚厚的《资本论》往讲台上一放,拿个粉笔头就侃侃而谈,对所讲授的内容滚瓜烂熟,也不用看讲义。但讲课很严谨,慢条斯理、不紧不慢地旁征博引,费解的《资本论》经他那么一讲解梳理,顿时感到茅塞顿开,对我认知的提高受益匪浅。

周元良老师当时任经济系副主任,教我们"政治经济学原理"和"人口理论",还带领我们班到晋江和福州开展调查实习。他讲起课来,引经据典,绘声绘色,极其生动,不时对一些社会现象和官场作态进行抨击、点评,拿着毛巾擦着满头大汗。他也是经济系发表论文最多的老师之一,在校期间还指导我在省、校级刊物发表了三篇论文。我与三位同学由他指导毕业论文,在系评审中得优秀,两位得良好,成绩公布后他很高兴,请我们四位同学到他家大一餐。

我们的"会计学"是陈仁栋老师上的,陈老师能够将纯应用学科的会计课上得富有哲理。他告诉我们大学的会计课不是简单地学会记账、看账,重在掌握财务核算,懂得如何运用财务知识盘活、扩大资产。他还将"有借必有贷,借贷必相等"这一会计学理论引入社会与人生,告诫我们人生犹如一部借贷的账本,一分付出一分收获,没有无缘无故的收获,也没有毫无意义的付出,在人的一生中,付出和收益通常是对等的。鼓励我们掌握知识本

领，今后更好地为社会服务。葛家澍老师在会计与人生的讲座中也对此做了深入阐述。

入学后的第一个中秋节我是在潘懋元副校长家过的。那天下午系办公室通知我晚上到潘校长家，潘校长那时住在水库下的一栋小别墅。去后见到许多不同年级、不同系的学生，我与几位1980级的学生坐在一起。潘校长的大公子潘世墨是1977级哲学系的，在那张罗，后来也成了厦大的党委副书记、常务副校长。潘老校长是广东潮汕人，非常巧合的是我们几位80年代在潘校长家过中秋的不同系的1980级学生，毕业后都到了广州，而大家又都是福建的考生，我们都惊诧怎会有如此巧合。潘校长是我国著名的教育学家，高等教育学科的创始人，我本科毕业后他还鼓励我继续深造。因我的舅公李培囿教授是美国哲学家、教育家杜威的博士，四五十年代曾任厦大教育系主任，潘校长还鼓励我攻读教育学的研究生。

近几年我常常思考一个问题，我们离开了厦大，为什么对母校那样地牵挂思念？我想，这其中有厦大文化熏陶的因素，更有厦大老师们为人师表，不仅带领我们徜徉浩瀚的知识海洋，还指导我们如何处事做人的缘由。正如我们校歌的歌词"学海何洋洋！谁欤操钥发其藏？"，"人生何茫茫！谁欤普渡驾慈航"。感恩国家，为我们带来难得的学习机会；感恩母校，为我们创造了美好的学习环境；感恩老师，为我们插上遨游人生、翱翔世界的翅膀！师恩难忘，恩重如山！

作者简介

单　明，男，1956年生，1980—1984年就读于厦门大学经济系，获经济学学士学位；曾先后任职于广东省政府办公厅和香港粤海集团，现任厦门大学广东校友会名誉会长兼执行会长。

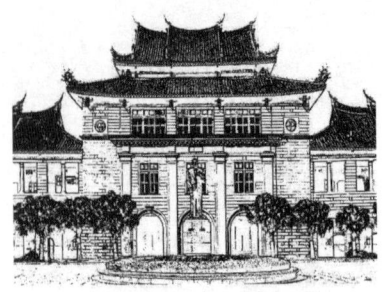

My Teachers of Xiamen University

我的辅导员徐梦秋老师

秦晓林

秋天,人们通常用"金色"来形容,而我喜欢用"梦"来描绘。不仅因为它可以作梦幻、梦想、如梦等多种的解释,更因为我的大学辅导员老师的名字叫"梦秋"。

在一个夏末,或者准确来说是20世纪80年代第一年初秋的一天,我怀揣着对外面世界的好奇,来到了厦门大学求学。不久,在一次班会上,有个人走上台自我介绍说,他是我们班的助教兼辅导员,叫徐梦秋。由于是老师,也由于我们对外面世界的诚惶诚恐,尽管看上去徐老师的个子不高,说话也不凶,但在我的心中却是绝对的"高大上"。

不过,没过多久,徐老师就和我们"混"得很熟了。他几乎天天来我们寝室,天天来我们课堂,天天和我们在一起。当然"天天"这个词的使用,与其说是一种夸张,倒不如说是一种感觉。

在我的眼里,徐老师的"高大上",马上就有了印证。一次他来我们寝室抓作风纪律,因为当时我的头发很长,他一眼就看见我:"晓林,你的头发该理了吧?"本来自己也觉得头发是长了点,找个时间是该去理发了,但老师这样一说,我本能地问道:"为什么?"徐老师说:"头发长了不好看呀。"可能是出于学哲学的原因,喜欢争辩,"为什么说头发长了不好看?"徐老师脱口而出:"头发长了,就跟长毛贼一样的,肯定不好看咯。"我马上接上去:"徐老师,我们不是会开'美学课'吗?美学里面强调美的多样性和美的社会属性,不同的头型应该有不同的发型去适应它才对,而不是一味地说长发就不好看。是不是?"

说完,我就后悔了,这纯粹是在关公面前耍大刀嘛,正等着老师一通劈头盖脸地批评过来。徐老师却扶了扶那黑色的眼镜,用短而快的语调说着:"晓林,那你就不用去理发了,等到你觉得不好看的时候再理。"接着,他又跟我聊起了其他的事情。

就这样啊!我如获重释。

我只是一个刚入校的新生,他却是辅导员,在我的记忆里谁敢顶撞老师,那他一定会"死",而且会"死"得很难看。可徐老师的轻描淡写,令我直到今天都不能忘却。

在当时,我们这个辅导员绝对是同学们关注最多的人物,也是私下议论最多的老师。

"有没有结婚呀?""有什么爱好呀?""要给我们上什么课呀?"

但最后一点,同学们关注最多。因为我们觉得辅导员也是老师总得给我们上一两堂课吧,更因为徐老师思路敏捷、逻辑清晰,大家想听他的课。

终于有一天,这个机会来了。

通常说,"哲学原理课"是比较枯燥的,尤其是下午的课,还要跟瞌睡"打交道"。所以,老师上起课来,相对会比较吃力。

记得一个下午是上"哲学原理课",在集美二的102教室,主讲教授临时有事请假不能来,同学们好不容易等着准备"放羊"。这时,辅导员徐梦秋老师走进教室。

我们以为照例地他又要开班会,或者有什么事需要安排交代,哪知他只简单地说了几个字:"今天我为你们上课。"

大家顿时打起了精神,因为同学们也真的想听听他的课。

这可是他第一次给我们上课!

不过,还真不一样,他不是"同学们翻到多少多少页,我现在讲什么什么",而是转过身在黑板的右上角写下:"实践是检验真理的唯一标准?"然后说:"同学们,大家讨论讨论。"

这可是当时最时髦的一个话题,也是官方常用的一句口号,没有人敢提出质疑,也没有人会去做这种思考,至少我们学生没有。

一下子,教室一丁点动静都没有,谁也不敢发声。

徐老师看大家很安静,便用他那标志性的简短、有力的话语给出了参考提示:"'世界是无限的'这个命题,是大家所熟悉的,请问能通过实践来检验吗?"

这下,炸了锅。

"实践本身是一种经验积累,所以逻辑推断也是一种实践。"

"实践的定义要宽泛,否则这个论据不充分。"

"真理本身就是相对的,没有所谓的唯一和绝对。"

课堂的气氛异常热烈,同学们你一言我一语地表达着不同的意见和看法。半个小时后,见大家都发表了意见,徐老师总结:"刚才同学们讨论的都很好,有兴趣的话课后我们还可以继续交流。接下来,我给同学们讲讲实践标准的绝对性与相对性。"

那一课,同学们精神抖擞;那一课,很多人忘不了。

毕业30年了,同学们常常谈起徐老师,敬业、包容、正直、简洁明快,几乎成了对他的一致评语。

作者简介

秦晓林,男,1981—1985年就读于厦门大学哲学系,获文学学士学位;现任江西省电力设备总厂党委副书记、纪委书记。

My Teachers of Xiamen University

正直善良万古祥
——深切怀念恩师罗季荣教授

刘国和

如果说苍天给了我们灵性,大地给了我们生命,父母给了我们身体;那么老师给了我们什么呢?是知识吗?是道理吗?这些回答无疑都是对的,但又都不完整。在母校厦大毕业快30年的今天,忆起我的恩师罗季荣教授,他在这个问题上可谓是给出了一个很好的回答。

传道

罗季荣老师的学问好。他是中国宏观经济学会常务理事,知名经济学家。他的学术专著《马克思社会再生产理论》1982年5月由人民出版社出版发行。这部书独辟蹊径,有真知灼见,从中可见著者的深厚学养。罗季荣教授因这部书对20世纪80年代初经济学界的卓越贡献,于1984年荣获首届孙冶方经济科学奖。罗季荣教授惜墨如金,以身证道,以身行道。长期从事社会再生产理论,国民经济计划与管理教学研究的他,硕果累累,桃李芬芳。

作者(左一)与罗季荣教授夫妇合照

授业

当时,罗季荣老师给我们上的课是"马克思社会再生产理论"。一开始,许多同学都觉得这门课没有意思,甚至不想去上这门课。可是一进教室,我们见到这位年逾六旬的教授精神矍铄,和蔼可亲,不带讲稿,气场十足;上课幽默风趣,谈吐不凡,仅用一节课,就把同学们深深地吸引住了。那个学期,罗老师的课成为最受欢迎的课程。罗季荣夫妇都是厦大经济学院计划统计系教授,夫妻俩是高级知识分子。每每有同学到家中求教,他们都会热情接待,耐心解答,爱生如子。2011年,罗季荣教授入选"中国杰出人文社会科学家经济学家"名列。

做人

1985年暑假,我写了一本小册子《闲话中国》。因为是一己之见,我没有十分的把握,便怀着十分忐忑的心情去向罗老师请教,他不但给我很大的鼓励肯定,还把我的手稿推荐到厦门大学出版社,介绍我去见一个资深老编辑。书虽然最终没有出版发行,但是罗老师爱生如子、关爱青年的真挚品格深深打动我的心灵。罗季荣老师是我毕业论文指导老师,我的毕业论文题目是《国家·计划·活力》。1986年春天在确定毕业论文选题时,罗老师本来想让我写"计划与市场"方面的论文,而我当时年轻气盛,认为企业活力最重要,自作主张地坚持了自己的选题。选题定下之后,我一度担忧,这个选题不合罗老师的胃口,他一定不会让我过关。可是罗老师非但没有难为我,反倒积极帮助我查资料。令我颇感意外的是,他还多次指点迷津,不厌其烦地为我廓清论文写作中一些大大小小的问题,让我豁然开朗。这种关爱让我特别感动,见微知著,它折射出一代宗师的宽阔胸怀与高尚人格。

杨锦麟校友在微博中说:"我的老师,已故厦大经济学教授罗季荣,就是梅县客家人。他是我们大队的插队干部。1970—1971年我和他都是贫宣队成员,他出油印传单小报,我的一篇文章受到他很多肯定,并鼓励我多看多观摩政论性文章。当时我独自编写大队黑板报,也得到罗季荣老师的赞许。尽管没有太多的言语,但足以让我感念至今。"可见,罗老师关爱他人、正直善良的秉性是一以贯之的。

1996年,在我们1982级计统系毕业10周年座谈会上,罗老师寄语谆谆,感人肺腑,至今,仍然历历在目! 2000年元月,我收到罗老师的明信片,上面的话语令我铭记终生:"祝春节快乐,在新的一年里,大展宏图,事业发达,心想事成! 季荣2000.1.25。"恩师之期盼学生成才之情,于字里行间洋溢;后面署名竟是"季荣"二字,真让我这个小辈学生诚惶诚恐,愧不敢当! 我怎能想到,这张明信片竟成了罗老师给我的最后墨宝! ——罗季荣教授竟于2000年9月25日永远地离开了我们!

师者,传道、授业、解惑也! 现在的我也已到了天命之年,随着岁月的积淀,更加体悟到好老师的弥足珍贵。一位好老师,应当不仅仅是教我们如何做学问,更重要的是教我们如何做人! 以罗老师为楷模,我力争成为一个善良的人,成为一个正直的人,成为一个宽厚的人。随着年岁渐长,我越来越深地体会到,知识在不断更新,许多东西成为陈迹;许多人的姿容也在记忆中日渐模糊。可是,罗季荣等老师教诲不倦的身影却越来越清晰,罗老师教

给我的做人之道,更是历久弥新,永远不会在时代与阅历的大浪淘沙中过时。

厦大是一所非常美好的大学。在大江南北、长城内外、世界各地,我所见到每一位校友都对厦大怀着一种深深的依恋之情,我从没有看到过骂母校的人!这所学府对曾受她恩泽的学子们这种惊人的吸引力和凝聚力,所由何来?我想,这其中。既有天时地利校园美的因素,更是受惠于我们这一大批爱生如子的好老师。正因为有罗季荣教授等等许许多多的好老师,才会令我们厦大校友一生铭记感念!感激老师,感恩母校!

正直,善良,宽容,慈爱,厚道!这是我从罗季荣老师身上体悟到的人性光辉。最后,以一首小诗献给我无比感激的老师们:

一生一世爱南强,
天地君亲师芬芳。
德业至善兴中华,
正直善良万古祥。

作者简介

刘国和,男,1965年生,1982—1986年就读于厦门大学经济学院计划统计系,获经济学学士学位,1990年入厦门大学 MBA 中心攻读硕士研究生;现任大连装备投资集团总经理助理。

片片精彩　满满幸福
——难忘我的厦大物理系老师

赵立芳

一、"拉"我进厦大的老师——赖虹凯

1982年在填报大学志愿时，因为自己没有经验，结果第一志愿没被录取。当时，厦门大学在北方还没有现在这么高的知名度，报考的人也少。来河北招生的厦大赖虹凯老师恰好看见了我的高考档案，就给我发电报，说厦大物理系能够录取我，问我是否愿意。因为不知道厦门在哪里，我很犹豫。我中学的英语老师宋老师，是一个时髦可爱的北京人，跟我讲了到远方上学的若干好处，我动心了，回复说愿意。这样赖老师"拉"、宋老师"推"，我就有幸成了厦大的一名学生。如果没有赖老师，我可能就错过与厦大结缘的美好岁月。

这是赖老师工作后第一次参加招生，虽然他是物理1981级辅导员，但他对自己招来的我们物理

1982级的5名河北籍同学格外关注,见面总是关心地询问有没有困难。他关心我们的学习、生活,更关心我们的进步与成长。当时厦大党章学习小组很活跃,我和大多数同学一样也积极参加各项活动,成绩还不错,但我一直没有勇气写入党申请书。赖老师还找我问原因,给我做工作,说入党可以使人更严格地要求自己,更快进步。其实当时我听说党员要经常开会学政治,而我的政治课成绩一直不太好,有点儿怵头,但我不敢说。老师问时,总是支支吾吾地说自己做得不够好,还需努力。后来赖老师多次做工作,我才写了入党申请书,很快就被列为积极分子,大四成为一名光荣的预备党员。我们年级共9人入党,河北籍有2人,赖老师一直引为自豪。2004年,物理1982级同学聚会时,赖老师作为物理机电学院的书记,来参加我们的聚会,还一一叫出我们五个人的名字,并特别指出我是他"拉"来厦大的。

感谢赖老师,让我成为厦大学子,在美丽的厦门度过了四年难忘的时光。

杨宝田(前排左三)、郑永梅(前排左二)、赖虹凯(后排左四)老师和物理1982级学生党员合影,前排右一为作者(1986年6月)

二、我可敬可爱的任课老师们

教高数的郑宝琚老师和蔼可亲,他圆圆的脸,生气时也好像在笑。他讲课时手总是配合一些小动作。比如说"无穷大",他就会用两只手画圈圈,非常生动可爱。虽然高数不好学,但上他的课很放松。记得有一次他让我们自己看一下例题然后提问,我看不懂就开小差了,又怕他看出来就把头低下,装作看书思考的样子。一会儿有人拍我的肩膀,把我吓一跳,抬头看是郑老师,他笑眯眯地说:"离书太近了,小心看坏眼睛。"我吐下舌头长出一口气,他又拍拍我的头走了。高数虽然学得辛苦,有一次居然考了 92 分,郑老师讲完课走到我的座位,表扬我考得不错。他的特意表扬让我信心倍增,学习明显轻松了。后来我知道比我考得好的同学很多,但他那次只表扬了我,我从心里感激这位用心良苦的老师。

大学学得最苦的一门课是"理论力学",任课老师刘焕堂讲课很认真,可我就是听不懂,总觉得是他教得不好。期中考试挂了白旗,我急,老师更急。课后刘老师找时间给我补课,我还是听不懂。老师一遍遍地讲,讲得口干舌燥,终于他看出我有点儿心不在焉,放下课本开始给我讲学习方法,讲学习的重要性,讲了很多很多,现在我只记得他说:"我每次给你们上课前,还要预习,还要继续学更多的东西,我这是'求学',而你是让老师'灌学',这一主动一被动,效果悬殊啊。"看着刘老师着急的样子,我真的很惭愧。从此以后,我课前预习,带着问题听课,听课效果好多了,也不觉得那么难了。老师的教导让我在后来的工作中受益良多,工作总是尽自己最大努力,不等不靠,多想办法,提前做好。

陈丽璇老师教我们"热力学与统计物理",陈老师长得漂亮,声音好听,性格又好,用现在的话说是一个非常迷人的美女老师。她的课我们都爱上。记得有一次我和几个外系的同学约好考试完去购物,不知为什么他们的考试提前了,等陈老师拿着试卷进教室,我看到他们已经在窗外等了。我拿到试卷赶紧做,以最快的速度答完了,可四下看看,大家都还在认真答题,包括几个学习好的同学都还在低头检查,没有交卷的意思。瞄一眼窗外,那几位同学等得很着急。我看看窗外,看看老师,又四下看同学,一副坐立不安的

样子,根本没心思检查了。陈老师走过来,关心地问我是否不舒服,我又是点头又是摇头,陈老师拿过我的试卷看了看说:"都做完了,不舒服你就交了走吧。"我赶紧收拾书包逃出教室,生怕老师看出我的破绽。令人惊讶的是试卷发下来,我得了大学四年唯一的一个满分。陈老师当时肯定是看出我的心思,但又不戳穿,给我个下台阶的理由。老师真是用心良苦,她教会我们要善待每一个人。

长得很有爱因斯坦范儿的叶壬癸老师,把"相对论"课讲成了故事。教"数学物理方法"的陈英昭老师讲话有诗意,说起他放弃大上海回到厦门,就因为了这里天是蓝的,草是绿的,水是清的。哈哈,30年前陈老师就有环保意识。教英语的陈雪娥老师把我们当女儿一样,我们几个女生都喜欢周末去她家聊天。

还有很多很多,因时间久远记不起来的美好瞬间……每一位老师都为我们的大学生活增添色彩,久久难以忘怀。

三、兄长般的辅导员——蒋东明

1982年9月,我从河北来到厦门。从没出过远门的我,一个人坐了30多个小时的火车,从北跑到南,除了兴奋更多的是忐忑。我从火车站出来找到接站的校车,第一眼看到的就是蒋老师(当时我以为他是高年级男生,因为他大学刚毕业就当了我们的辅导员)。他给我的第一印象是温文尔雅,一开口便让人感到很亲切、很温暖。这种感觉一直持续到今天。

蒋老师是个做事很用心的人,刚开学没几天他就对我说,抽时间把到大学的感受或发现的新鲜事写出来,可以向校电台投稿。我很诧异,他笑了笑说:"我看了你的中学老师给你写的评语。"

蒋老师虽然是学物理的,但他的文史哲知识十分丰富。他给我们上"思想道德修养课",我们这届是首次开设这门课。他组织我们几个喜欢写作的同学创建了1982级物理系的年段刊物《百花园》,给我们的四年大学生活留下了许多美好的回忆。

开学初,他和大家一起跑早操。节假日,他组织班级或年段的文体活动,带领我们爬山、骑车环岛游,还联系厦门的两家工厂让我们体验生活、接

触社会。为开挖现在被大家称赞的芙蓉湖,他带领我们年段的一百位同学义务劳动了一周。

他亲自组织了我们年段"毕业纪念册"的设计和制作。每个同学一页,介绍大家的基本情况和分配的工作单位,空白处是毕业时的相互留言。更有纪念意义的是纪念册设计了一个列表,让每个人写出自己崇拜的人物、喜欢的格言、理想的对象和职业、美妙的梦,甚至喜欢的花草和动物等等。现在每每读来,趣味无穷。纪念册不仅列举了我们学过的课程、任课的老师,更记录了四年里发生的大事小事。毕业近30年,每次翻开,看到一张张青春焕发的笑脸,一页页或深情或诙谐的留言,都禁不住双眼含泪。凡是看过这本纪念册的朋友无不羡慕。

蒋东明老师(右二)和学生们一起骑车环岛游(1986年3月)

我们这一代学生很幸运,因为辅导员老师都住在学生宿舍里。四年来,我和蒋老师有过多次交谈,不管是学习、生活上遇到困难,还是心里不开心、闹情绪,我总是找蒋老师寻求帮助。他每次都很耐心地听我说,从没有嫌弃过我小女生式的啰唆和婆婆妈妈。蒋老师开导人从来都是慢声细语,即便是我错了,也没有严厉训斥过我,而是旁征博引地讲道理让我心服口服。开始,他住在芙蓉五男生宿舍,我去找老师很方便。后来老师结婚了搬到勤业

楼，我有事还是会去找他。他的夫人是一个贤惠、端庄、大方的女性，每次去她都热情接待我。有时蒋老师不在，她和我聊天。记得有一次，我心情不好，晚自习看不进书，就又跑去老师家，其实也没什么大事，就是想把自己的烦恼倒出来。我和蒋老师坐在沙发上，他边听边开导。不知坐了多长时间，直到我没话说了，感觉应该比较晚了。他的夫人给我拿零食、倒水，然后一直默默地坐在床上织毛线。当时我没觉得有什么不妥，等我结婚后有了自己的小家，突然想起这件事，才知道我这学生有多不懂事，他们刚新婚没多久啊！

四年里，蒋老师是良师，无论是学习、工作还是生活，我都从他那里学到了很多，受益匪浅。蒋老师就像兄长，让我虽离家千里却不觉孤单，让我的大学生活充满了温馨。

我毕业后还和蒋老师保持了十多年的通信，同样地，将自己新的困惑求助于老师。他到厦大出版社工作后，工作越来越忙，但每封信他都会抽时间回。写这篇文章前，我拿出订成一册的老师来信一封封品读，心里是满满的感动和幸福！

感谢你们，我的厦大老师们，我的四年大学生活，因为你们而精彩！

作者简介

赵立芳，女，1982—1986年就读于厦门大学物理系，获理学学士学位；现任职于中国电子科技集团公司第十三研究所。

温馨的记忆
——难忘的林连堂、许金钩老师

谢 毅

转眼本科毕业离开厦大已经27年了,每每回想大学时光,总有很多温馨的记忆。而最令我难忘的当属影响我人生轨迹的两位老师。

一、林连堂老师与"结构化学课"

记得1984年高考时,我所心仪的物理专业意外失利,便阴差阳错地录取到中学时并不太喜欢的化学专业。就这样,小小年纪的我从皖北小城来到了改革开放的沿海城市——厦门。随之而来的各种自卑、迷茫等复杂的情绪一直都笼罩着我大学前三年,时光飞逝,稀里糊涂地就到了大四上学期,林连堂老师给我们上"结构化学课",我才恍然大悟地发现了化学的乐趣和魅力。

记得林老师那时候上"结构化学",并没有我们现代教学的多媒体,那时也极少有各种直观的结构模型,但林老师却能在黑板上快速绘制出各种晶体结构。最酷的是,林老师用语言的描述就能勾勒出各种空间结构。印象最深刻的上课情景是,林老师完全不看教案,他一边操着闽南口音的普通话,一边在空中比画出各个原子的位置及其各种对称性,向我们描述着各种晶体的结构。在他的描述下,每一个原子的位置仿佛都活灵活现地出现在我们面前。这些美妙的晶体结构一下子吸引了我,使我一改平时上课的消极被动,转而聚精会神地沿着林老师的描述想象着各种原子的位置和对称性。后来我又知道,原来与我们生活息息相关的各种无机功能材料,他们的功能各不相同,但归根到底都是由于原子不同的排列形式决定的,不同的原子排列决定了不同的晶体结构,最后直接影响了材料的功能和用途,这是多么奇妙的事情!而化学家的主要任务就是如何从原子尺度上精确地实现它们特定的排列方式,从而控制其功能性质。而如何才能在原子尺度上实现其排列呢?这又是具有挑战性的事情!因为这个尺度远远超出了人能感受到的尺度,唯有通过化学的方法和手段来实现。

林连堂老师的"结构化学课"深入浅出地解释了晶体结构与功能性质的关系,让我发现了化学,特别是固体化学的特殊魅力,这是我在研究生阶段选择无机固体化学为专业的最直接的出发点。

二、许金钩老师与我的本科论文

如果说林连堂老师的"结构化学课"使一个迷茫的学生找到了对化学的兴趣,那么大四下学期在许金钩老师课题组做本科论文,则让我发现了做科研的乐趣。

记得那时大四下学期的本科毕业论文的指导老师都是分配的,我和同班的何世华同学有幸分到了许金钩老师的课题组。许老师那时还担任化学系副主任,在当时我们的心目中那就是"高官"啊,但大家一点都不畏惧他,因为他之前曾带过我们的专业英语和专业课"分子发光分析",同学们一直都觉得他非常温和、儒雅和亲切。

当时的实验条件很简陋,课题组就只有两台分光光度计。作为刚进实验室的本科生,我们一开始对课题一头雾水。因为许老师有繁忙的行政和教学工作,我们白天能见到他的时候并不多,但许老师还是非常关心我们的实验进度。最令人难忘的是,有时候早上到实验室后,发现在我们的实验记录本上留下了许老师的几行字,或是对我们实验的点评,或是对下一步实验的建议。原来老师白天事务繁忙,晚上在我们都回宿舍之后还到实验室检查和关心我们的实验情况。渐渐地,我在实验室的工作,从比着文献模仿,到自己改造一些方案,再到自己设计新的方案,在一点一点的进展中我也一点点地发现了科学研究的乐趣。后来我的本科论文的主体工作《Ag(I)－phen－TPPS$_4$荧光体系的研究及痕量银的测定》发表在《厦门大学学报》上,这在当时的本科生中是为数很少的情况,也极大地鼓励了前三年成绩平平的我。

在大学毕业分配到化工厂工作一年多后,有天我意外地突然收到了许老师寄来的印刷品包裹,打开一看,是一本厚厚的他参与编写的《紫外－可见分光光度法》,扉页上还有许老师的亲笔题词和签名。掂着550多页厚厚的书,我百感交集,体会出老师的殷切期望。要知道,我只是一个曾在许老师组里做了四个月论文的小本科生,而且我对这本书也没有任何贡献,千里之外的许老师却亲自把书寄给自己。这对于一个已经远离了学校和科研的年轻人来说,有着怎样的激励!当工厂分配由我主持的筹建新分厂化验室的工作得以完成,开始按部就班生产时候,一成不变的工作节奏让我更加怀念在许老师组里那短短四个月做研究时每天所面对的新鲜和挑战。于是,我决定重新找回这种面对未知和挑战的乐趣,通过报考研究生重返校园。

由于厦大的基础课教学非常扎实,我凭借着大学前三年稀里糊涂状态下学到的基础知识,居然以全系第一名的成绩考入中国科学技术大学应用化学系攻读硕士学位,从此走上了固体化学的研究之路。

回想大学前三年的学习,其实很多任课老师都是名师,只是我自己在懵懵懂懂中没能充分汲取更多的精华和启迪,真是极大的损失、一大憾事。幸运的是,大四时林连堂老师的"结构化学课"和在许金钩老师组里做本科论

文,直接影响了我后来走上科学研究的道路。

离开厦大已经27年,见到两位老师的机会屈指可数,但往事并不如烟,对各位老师,我始终心怀感激。现在算来两位老师也应年届八旬,学生在此祝两位老师健康高寿!

作者简介

谢 毅,女,1967年生,1984—1988年就读于厦门大学化学系,获理学学士学位;现为中国科学院院士,中国科学技术大学化学与材料学院教授、博士生导师。

静水深流　生命长青
——我的老师陈培爱

冯帼英

1985年夏季，我考上了厦门大学的广告学专业。厦大的广告学专业在当时是全国首创，不太为人所知，也几乎没有人支持我读广告学。那会儿的热门专业是企业管理或经济类的，可我隐隐约约中觉得这个专业把理科、文科、艺术的东西都能融合在一起，应该能把我兴趣广泛的特点发挥起来。

到了厦大报到才发现，我们这一届（第二届）学生只有28人，其中大部分同学根本没有报读这个专业，是因为填了服从分配才调配过来了，我很自豪是因为自己的选择。没想到这一个选择决定了我一生的事业，我的品牌策划生涯就从厦大起步！

就在1985级广告班，我遇到了我的恩师陈培爱，他教的是"广告学概论"。陈老师从那时候到现在一直很清瘦，冬天也穿得很少，大多数是一件外套一件白衬衣，总是一副不喜不悲的平和样子。我几乎没有见过他哈哈大笑，也没有见到他沮丧的样子，这样特别的神情定格在我的记忆中。

有的老师口才很好,才气横溢;有的老师与学生打成一片,亲密无间;也有的老师严肃刻板,治学严谨。可是,淡定平和的陈老师给我的印象与影响却是最深刻的。陈老师讲课的语调也是平缓的,从来没有慷慨激昂,可是他当时讲过的一些广告学概念、观点和事件在很长时间内都影响着我,每一次课堂与课后的互动他都能耐心地回答我。其实,因为厦大的广告学专业是中国广告学教学的开山鼻祖,因此老师们都是从中文系、历史系、英文系等专业抽调去建立体系的,老师们完全通过海外的短期进修以及自学建立自身的专业知识体系。回想起来,他们是多么不容易!在厦大时我从来没有听过陈老师的豪言壮语,可是这30年来,他亲自著述以及主编的著作多达18部,论文100余篇。他培养的学生有几十个是全国各地高校的广告学系主任。他一直鼓励他的学生回到老家去,带动当地的广告学教育。就这样,各地的广告专业培育出一批又一批的学生,一年复一年,一届复一届。不知不觉间,陈老师的学生几乎遍布中国的每一个角落,可谓是桃李满天下!许多知名企业的品牌负责人,如招商银行、平安集团;著名媒体广告负责人,如前中央电视台广告部部长、武汉电视台广告部部长,还有北上广许多著名广告公司、咨询公司,如英扬传奇广告公司的领军人物都是陈老师的学生!

记得厦大广告专业很早就主办了一个中国广告学院奖,面向全国各地高校学生征集作品。筹备第一届的时候,陈老师亲自电话邀请广告专业的毕业生参加大赛,带动高校的同学们。几年下来大赛越来越热闹,参赛作品越来越多,影响越来越大,成为全国高校广告学学生的"奥斯卡",无形中也让厦大成为中国广告教育中心。当中国广告协会开口要把大赛改为他们来主办,当时早已是系主任的陈老师毫不犹豫地一口答应了,他认为由中国广告协会主办可把大赛再推向一个高度。这件事有些老师心疼了很久,可我看得很明白,陈老师心中装的是全国的广告学教育!这是一种何其宽大的胸怀!

有一次我到厦门出差,陈老师知道后邀我在学校逸夫楼吃饭。席间,陈老师问我公司的经营情况以及行业的现状。对于广告业的生存,他表达出深深的忧虑。当知道我们天进品牌营销顾问机构经营比较良性,而且摸索出一套独特的品牌管理体系,并已经为100个本土企业提供品牌策略服务,

其中超过20个成为不同行业领导品牌,他频频点头表示赞许,并且鼓励我一直坚持下去!记忆中毕业后多次与他的聊天,到最后他都是赞许我对专业的执着。窗外一缕缕和煦的光线投在陈老师布满细纹的脸上,我望着他殷切的目光,微笑着回答:"放心吧!陈老师,品牌策划是我一生钟爱的事业!"吃完饭后,陈老师怎么样也不让我付账,一定要他自己付。他说希望我多回学校与老师、同学们交流。当时他的身份已经是中国广告教育协会会长,这样的诚恳与谦逊让我铭记在心!同时让我惭愧这些年忙于工作,确实太少与师弟师妹分享。

进入互联网时代,媒体环境以及各行业商业模式已经发生了天翻地覆的变化,我们在品牌策划上的模式工具也更新迭代得很快。2015年4月,我和几个广告学资深系友发起和系里一起组织了第一届厦大品牌论坛,意在把我们最新的成果以及最前沿的思想带回学校,分享给师弟师妹们,也希望厦大的广告学专业能发出更多、更强的声音。

当天我走进论坛的教室,没想到第一眼就看到已是60多岁的陈老师与新闻传播学院书记、副院长、系主任以及一班老师端端正正地坐在听众席上的第一、第二排。从上午到下午,一整天七个主题演讲以及一些互动,他都在全神贯注地倾听,我的感动无以言表。他用行动表达对我们的支持,他用行动为年轻老师做出表率,他用行动表达了对我们毕业系友成果的尊重!

陈老师就是这样,用大爱、用赞许与鼓励、用默默的行动不断地推动学生们,成就了中国广告教育事业的一片天!

作者简介

冯帼英,女,1968年生,1985—1989年就读于厦门大学广告系;现任天进品牌管理机构董事长、总经理。

My Teachers of Xiamen University

我的班主任叶宝奎老师

梁伦润

忆母校风正景佳常梦回，
念师恩山高水长永难忘。

话说20多年前的1988年11月的一个秋日下午，刚入校不久的我，怀着惴惴不安的心，走在去学校研究生宿舍凌云楼的路上，心里想："假如班主任老师他不借钱给我，我该咋办？"

此前，因为家里每月于月底寄来的生活费，被我提前半个月左右的时间花完了。我没记错的话，生活费应该是100元加上学校发放的23元生活补助，按当时的国民收入水平应该是足够了的，但对一个第一次独立生活的学生我来说，因为没有提前的计划安排，所以才出现此种情况。在同宿舍同学都不知晓的情况下，我心里很是矛盾——是写信向家里要还是找老师借？思之再三，还是决定向老师借。

当我走过当时的"华侨之家"招待所时,我轻敲了毗邻"华侨之家"的班主任老师家门。

"谁呀?"还好,是叶老师的声音。

"是我,叶老师。"数秒之后门开了,说是"数秒",对当时的我来说,感觉还是很漫长的。

"是伦润呀,快进来。"

叶老师一边微笑着开门,一边顺手拿来了一张小板凳,"请坐呀。"

"谢谢老师。"我一边应答,一边坐下。

"怎么样,学习还好吗?生活还习惯吗?"

"学习还可以,生活有点不习惯。毕竟……"

"哦,对了,你是湖南人,要吃辣椒的,可能是有点不习惯。"叶老师接过我说到一半的话。"来,喝茶。慢慢地就好了,食堂还是有辣椒炒肉的。"

"我去得迟一点,就没了。再说,全国各地的学生,吃辣椒的有多少,食堂的根本不够。"

"那也是,食堂也确实要多考虑考虑这种情况。"

对老师的嘘寒问暖,我被动地应答着。心里一直在盘算,我要怎样才好张口借钱。

一边喝着叶老师亲手泡的闽南小杯工夫茶,一边用目光看了看老师家的布置。老师家的陈设布置,非常简单明洁,满室都弥漫着书香气息。

一阵工夫茶后,我看了看手表,已经过了一刻钟,我自己感觉头顶已有小汗珠冒了出来,现在想来也不全是紧张的原因,应该还有工夫茶的原因。我搓了搓手,硬着头皮说:"叶老师,看您方不方便,我想找老师借几十块钱。"

"要多少?"叶老师问。"50块吧。"我小声地答。"你等一下。"老师边说边站了起来,转身向书房走去。

一两分钟的时间,叶老师从书房出来,手里拿着一叠钱。"50块你可能不够,先拿100块去吧。"他说。

"用不了那么多,老师。"

"没关系的,你先拿着。"

"谢谢老师,下月我家里来钱时,我再还老师。"

"不急,不急。"

"谢谢老师,那我就不打扰了。"

"没事,没事。再坐一下吧,你师母去买菜了,就在这吃个便饭吧。"

"不用了,谢谢老师。"那时的我,现在想来已是心中一块小石头落了地,巴不得赶紧离开。

这便是我们中文1988级班主任叶宝奎老师。据我所知,大学四年间,包括我本人在内的同班同学,不下一二十人在没生活费或急用钱时,都向叶老师借过钱,叶老师从没对任一借钱的学生上过政治课或生活课。大家事后都一致称道,我们碰上了一个好班主任。

现如今,叶宝奎老师已经是母校中文系的汉语言学博导了。

不止如此,古话说得好,"一日为师,终身为父"。对于受恩师教诲多年的学生来讲,"父与子"的关系本就那么简单和短促。还有一句话也说得很对,那就是"性格决定命运"。说到我个人的性格,还真遗传了家父的"不安分"的因子。

就在2009上半年,也就是我于2006年6月福建一报社辞职后,和老家湖南娄底市三个中学好友合伙创办锂电池负极材料公司破产后的第一年,我至今还记得,时间应该是六七月间。我正躺在长沙一间小招待所的房间里看电视,突然手机响了,我一看来电显示的就是我厦大叶老师家的电话号码,赶紧接通了。

"伦润吗?"电话那头传来了清晰而温暖的声音,叶老师的声音。

"是我,叶老师。"

"你打个账号过来,我给你打点生活费吧。"

"谢谢老师,不用了。我还有生活费。"我答说。

"你今天还有,没错,但你工作又没定,手上有点钱,就可以慢慢找工作了,你等下打过来。要表扬你的是,你不甘平庸的精神是对的,人是要有点闯劲、拼劲。"

"谢谢老师!"

"你如果不回福建了,就要发挥你的长处做点事。如果生活有困难,就来电话,好吗?"

"好的,谢谢老师。"

放下电话,我的喉有些哽咽……

我想起了两年前,也就是2006年11月的一件事来。

当我从娄底市中心医院出院回到老家养病时,我老婆说:"你们读大学时是不是有一位姓叶的班主任老师?"

"是啊。"我答道。

"你们大学有几位班主任?"她又问。

"就一位。怎么啦?"我说。

"你住院时,叶老师正好到长沙出差,他专程到医院来看你,还留下了几千块钱。"她说。

"我怎么一点印象都没有了?"我真是一点也不记得有这么一回事。

"你车祸时,脑子里瘀血很多,压迫了神经,整天都在七说八说,你哪里还记得?"

"我老师还专程从长沙来看我?"

"是的。还有好几位老师都来看了你,叶老师是到长沙出差时才知道你发生了车祸,特地来的,饭都没吃一口。"

"真是的,你们也要请我老师吃个饭才对。"我埋怨道。

"我们也说了,老师他执意不肯。走时还交代要好好照顾你,如有什么困难就给他打电话。"

我沉默了。

发生车祸时的具体情景,我出院时也只能记得个大概。事后,我陆陆续续地获知了全部情况。车祸发生在7月底,到我出院时,已经过了三个多月。即使在出院后的几个月时间里,我的语言表达能力也与正常人还有一定差距,说话很慢,并且话说后没两分钟就忘记了。

想到这一切,此时的我,除了感动,还是感动,眼泪已经在眼眶里来回滚动了很长时间。远隔千山万水的厦大班主任老师,时时都在关注毕业学生们的生活和工作以及事业,我们做学生的毕业这么多年后,还让老师操心不止,真是惭愧啊。想到这,我带着五味杂陈的心情将一银行账号打给了叶老师。

写到这,文章似乎也该结束了。真要写,笔者大学四年加上在福建工作的这十几年时间,每次跟叶老师在一起所感受他的"润物细无声"的情怀,不

是三五千字或者三五万字所能表达的。

感恩在心,终生铭记。这是学生感谢老师的唯一方式了。另再加一句:"恭祝老师健康长寿,万事胜意。"在前不久的一次师生聚会时,做学生的我,深情地表达了对叶老师的一生感激。

叶老师呢,也只是轻轻地点了点头,微微地笑了。

最后,还是让笔者用一副对联来再次表示对恩师的深深谢意吧:"学富五车通专业成名师育汉语精英,春风化雨爱晚生盼成才定恩泽后世。"

作者简介

梁伦润,男,1971年生,1988—1992年就读于厦门大学中文系,获文学学士学位;现任湖南日报社"三湘文明网"主编。

我的恩师万惠霖院士

龙瑞强

山高水长有时尽,唯我师恩日月长。

远离祖国的游子,历经千山万水却时时忆起我那让人终生难忘的恩师万惠霖院士。万老师为人正直、谦虚、善良,在学术界被公认为催化学科的专家。他学风正派、治学严谨,对待学生尤其和蔼可亲、平易近人,为国家在催化领域培养了诸多专家人才。

1992年的秋天,我进入研究生院学习,有幸成为万老师的一名学生。我和老师有较多的接触是从1993年开始,那时,我开始进入实验室从事课题研究。我的论文题目是《甲烷氧化偶联催化剂的研究》。当时,国内外研究者主要是用阳离子来调变催化剂的活性与选择性。万老师课题组研究的是一种新型阴离子(即氟离子)调变的催化剂。这类催化剂在甲烷氧化偶联制乙烯以及低碳烷烃氧化脱氢反应中显示出优异的性能(万老师在1994年应邀参加美国化学会年会作了口头报告后,美国《化学化工新闻》同年用专题报告介绍了这一催化剂)。由于万老师有许多的学生,他还担任化学系主任和化学化工学院副院长,工作极其繁忙。他一般不亲自指导硕士研究生的实验工作,硕士生一般由其他老师或博士生带实验,但我由于课题的关系,需要独立做实验。记得第一次与万老师谈论课题时,他对我说,他对实验不懂,需要我自己摸索或向别人学习。我当时非常惊讶。在我面前说这话的万老师当时在全国已经是一位鼎鼎有名的催化大师,他工作如此繁忙,完全可以安排我在实验方面有问题时去问别人就好了,压根儿没有必要对一个毛头小伙如此谦虚。但万老师却是那样平实,竟然向一位刚刚进入研究生院学习的学生坦承自己在某方面的不足。这给我留下了非常深刻的印象,他这种谦虚和诚实的态度给我的一生都带来了深远的影响。特别是在以后的工作中有不懂的问题而羞于开口时,万老师的一席话语总是浮现在眼前。

春夏秋冬,周而复始。随着课题的进展,我和老师有了更多的接触。老师和蔼可亲,平易近人,在课题研究上亦是循循善诱,鼓励创新。尽管"甲烷氧化偶联"这个课题由于其重要性,在国内外已有大量研究,但由于我们的催化剂是一类新型的催化剂,从文献上获得的知识甚少。我们需要对催化剂本身及催化反应进行大量的表征和研究,来了解为什么它的催化性能很优异。万老师常常指导我,对催化剂进行原位表征,也就是在反应条件下观察催化剂表面的变化以及新物种的产生。特别是当我们实验取得较大进展,用原位红外光谱检测到新的活性氧物种的时候,更是谆谆教导,要我马上测试其对甲烷的反应活性,并用原位拉曼光谱进行进一步的验证。老师对科学研究严谨和一丝不苟的态度,给我留下了深刻的印象,不知不觉地影响了我今后对科学研究的态度。以至于后来我在美国密西根大学化工系做博士后时,我的导师杨祖保教授(美国工程学院院士)对我的评价是除了科研能力很突出外,更重要的是品格诚实可靠。

万老师不但关心学生在催化领域的研究,更注重我们在化学和其他学科知识的全面发展。他常和我们说,催化研究需要多方面的知识。催化是用无机材料研究有机反应,并用分析和物理化学方法以及量子化学对催化剂及催化反应进行表征和计算。可以这么说,催化研究涵盖了化学、化工和物理等多方面的知识。我还清楚地记得,吉林大学的唐敖庆院士1994年夏

天开办了一个量子化学计算的培训班,我很想参加,但我在开课前几天才了解到这个消息,并且也知道那一年万老师的课题经费很紧张。当我向万老师表达我想参加这个培训班的时候,本以为仅仅是表达个人意愿而已,预计老师是不会同意的,没想到他听了以后,满口答应,让我顺利地去吉林大学参加了为期一个多月的学习,收获颇丰。后来万老师也常常鼓励我参加了各种催化会议及研讨会,了解学科的进展,让我在科研领域大开眼界,思路泉涌,受益匪浅。

万惠霖(右二)老师和课题组学生一起在海边烧烤,左二是作者龙瑞强

尽管老师的工作非常繁忙,但他对学生们的专业花尽心思指导,对学生们的生活亦无微不至的关心着。我还记得我们在做研究的时候,要使用固体表面物理化学国家重点实验室的仪器常常需要排队等待好久,所以轮到我们做实验的时候,学生们常常废寝忘食,加班加点,希望能多出些结果。有一次,一个师兄做原位拉曼实验的时候,忙得来不及吃午饭。万老师当时在实验室知道后,递给我五块钱,让我去为师兄买一份盒饭,还说学习重要,但身体更重要。在我毕业那年,为了让我能早点来美国与妻子团聚,老师利用自己寒假春节休息时间,为我修改毕业论文。最终我以优异的成绩提前

答辩毕业。

如今,远在大洋彼岸,我常常思念着我的老师,心中充满感恩。感恩在我人生的重要时期有一位学术上大有成就、品格高尚的恩师,愿恩师身体安康。

作者简介

龙瑞强,男,1970年生,1988—1997年就读于厦门大学化学系,获理学学士和博士学位;现为美国Nex Tech Materials高级工程师。

授业南强 壮志凌云
——记恩师刘祥南先生

滕 达

我的恩师刘祥南先生,他既是一位从事教育工作40余年、桃李满天下的老教师,又是一位古稀之年仍躬耕于商界、壮志不辍的商界领袖,更是美亚柏科公司的一面旗帜。

刘老师是个地地道道的厦门人,1937年生于美丽的鼓浪屿,1955年考入厦门大学物理系就读后,他的人生就和厦大结缘。他毕业后一直在厦门大学物理系、电子工程系任教直至退休。他是厦门大学电子工程系元老,是厦门市乃至福建省最早开始从事软件和互联网应用、发展研究的学者之一。

刘老师在厦门大学从事教育科研工作期间,主持过多项重要科研项目,其中包括国家自然科学基金项目和中国科学院计算所的科研项目,曾担任过第一届全球智能控制与自动化大会国际学术委员会委员、中国电机工程学会电工数学专业委员会委员等,在计算机智能控制和自动化领域建立智能推理新理论,获得国际20世纪成就奖,被列入世界500名人传,由美国国会图书馆收藏。刘老师培养的很多学生如今也已成为各行各业的优秀骨干。他曾说:"几十年的教育工作经历,让我深刻地体会到奉献的意义。人的生命是有限的,在有限的生命里,一个人能够对社会做的贡献和对其他人的影响可以是无限的。"

1988年我考入厦门大学,在报到之前,我父母带我到刘老师家拜师。从此大学的四年里,刘老师作为我的导师,带领我在电子工程系的软件教研室搞科研,参加全国"挑战杯"竞赛。刘老师一丝不苟、严谨治学的精神和他对新科学、新技术的钻研精神给我留下了深刻的印象。一日为师,终身为父,刘老师对我的谆谆教诲,影响了我的一生。

出于对计算机和互联网的强烈兴趣,1996年,在我父亲的支持下,我与几个要好的伙伴开始创业,创办了自己的企业经营PC攒机、系统集成等。可是不久后,就遇到了公司发展方向的困惑。每次遇到大的困惑时,我都习惯跟刘老师一起探讨,他渊博的知识、丰富的阅历和敏锐的视角总是能给我重要启发,用他自己的话来说,他是"老马识途"。

1999年,刘老师从厦大退休后,我们师生共同创业,成立了厦门市美亚柏科资讯科技有限公司,也就是现在的厦门市美亚柏科信息股份有限公司的前身,那年,刘老师62岁。在他的带领下,美亚柏科经历了16年的风风雨雨,从最初的几个人发展到现在已经是过千人的上市公司,刘老师也成为全国A股上市公司中年纪最大的董事长。公司成立伊始,10来个人的小公司,在刘老师的指引下,公司通过两次转型,一次是硬件销售转软件研发,一次是通用软件研发转信息安全软件研发,正是因为这两次至关重要的正确战略转型,才成就了今天的美亚柏科。目前美亚柏科是全世界电子数据取证领域两家上市公司之一,也是国内唯一一家。刘老师常说自己是老马识途,美亚柏科的发展确实离不开这位识途的老马。

作为公司董事长,刘老师将他的治学精神和思维融会贯通到了公司管理中。他常说,美亚柏科是个大班级,他是班主任,我是班长,副总们是班委。对于从事了40多年教育工作的刘老师来说,他非常清楚人才对于一项事业的成功、一个社会的发展进步意味着什么。所以无论是作为学校老师、公司领导、还是亲人和朋友,刘老师爱才、惜才的强烈情感都时刻感召着身

边的人。他说:"从前我搞科研项目,当时软件、互联网刚刚起步,人才相当匮乏,我的学生们就都参与到项目中来。我们既是师生,也是同事,更像是朋友、亲人。"这种亦师亦友的关系,使得众多优秀人才在毕业后,又通过各种方式汇聚到了刘老师身边,成为美亚柏科的骨干力量。

美亚柏科现任副总经理吴世雄,1979年考入厦门大学时的班主任就是刘老师。从厦大毕业后,吴世雄远赴美国、加拿大,先后在IBM、Intel、Motorola、Cisco等公司担任研发和管理工作,后来在硅谷创办了自己的公司。2010年初,吴世雄回国加入了美亚柏科。有人问他为什么回来,他淡淡地说:"我的老师正在创业,他年纪很大了,我要回来帮他。"没有豪言壮语,有的只是师生情谊的真挚流露。

几十年的教育工作经历使得刘老师对识人、用人也有非常独到的见解和做法。他自己戏称有一双善于发现人才的"慧眼",公司管理层和骨干员工中有不少人都是刘老师挖掘出来的。觅才难,留才更难。为了稳定公司的人才队伍,刘老师采取了各种办法,其中他认为最重要的,就是"家文化":营造"创新、高效、幸福"的企业文化氛围,不仅关心员工的工作,也关心员工的生活,不仅关注公司业绩,也关注员工的发展,用刘老师的话说,"公司就像一个融洽的大家庭,我算是家长,员工都是家里的孩子。没有哪个孩子不爱自己的家,也没有哪个家长不爱自己的孩子"。

五年前开心农场盛行,刘老师为了丰富公司的企业文化建设,在公司的天台上开辟了一片真实的屋顶农场,给员工提供一个娱乐休闲的自然场所。他说:"记忆中儿时的厦门,是一个原生态的绿色海岛。现在厦门的经济发展了,但生态环境也受到了严重破坏,绿色海岛变成了水泥森林。看到这一切,作为一个老厦门人,我觉得应该想办法对生态进行一些修复。"于是,他成立了屋顶绿化研究所,将屋顶绿化工程定位为一项半公益性质的社会事业进行大力推广。他说:"美亚柏科的主营业务是信息安全,屋顶绿化研究的是生命安全,都是安全的范畴。技术是为人服务的,创新也要服务于人。能够通过创新为社会、为他人创造价值,我很高兴。"经过几年的努力,屋顶绿化工程也遍布了厦门的各大屋顶。

刘老师生前热爱生活,喜欢运动,爱打网球和壁球,他精力充沛,甚至比很多年轻人更有干劲,是我们所有晚辈学习的楷模。2009年,原国务院总

理温家宝来公司参观考察时,看到这位退休后再创业的"70后"老人满怀激情地表示要努力拼搏到"80后",也被刘老师孜孜不倦的工作激情所感动。

  刘老师的一生是了不起的,他把一生献给了厦门大学、献给了他的学生、献给了国家信息安全和生命安全事业。作为他的学生,我们深深感受到他对厦大深厚的感情和热爱,为了纪念刘老师的创业创新精神,美亚柏科及公司高管、刘老师的家属将共同出资 3 001 880 元设立"厦门大学刘祥南创新创业基金",每年将该基金的收益作为奖学金,用以奖励厦大学子,鼓励他们积极响应国家提出的"全民创业,万众创新"的号召,继承刘老师的创新创业精神,不断进取,并延续刘老师以及美亚柏科人和厦大的感情。

作者简介

  滕　达,男,1970 年生,1988—1992 年就读于厦门大学电子工程系,获工学学士学位;第 29 届奥林匹克运动会信息网络安全专家;现任厦门市美亚柏科信息股份有限公司董事、总经理。

蔡启瑞先生二三事

王　炜

蔡启瑞先生是国际著名的化学家、中国科学院院士、我国物理化学催化学科的主要奠基人之一。他于40年代留美获得博士学位，于50年代毅然冲破美方羁绊回国，是我国老一辈知识分子的杰出楷模。30年前我考入厦大，就读于蔡院士门下，在读研期间以及后来的接触中，蔡先生的睿智与认真、谦虚与严谨、乐观与淡泊给我留下了深刻的印象。

1990年春的某天，蔡先生到实验室查看我的一份实验报告，看完后他就判断："你这个实验结果可能是个科学发明，深入下去就可以申请国家发明专利。"后来我经过多次重复试验，基本验证了蔡先生的判断，确实是属于首创性的工作。蔡先生在自己学术领域的知识确实广博和深邃！1990年夏天，我代表厦门大学申请了国家发明专利，1992年获得了国家发明专利授权。这个发明是我在蔡先生指导下完成的，但是他坚决不同意在发明专利上联合署名。

作者(左)和蔡启瑞先生合照

后来,这个实验的研究论文分别在《分子催化》、《厦门大学学报》和第四届亚洲化学大会上发表。在论文的成稿过程中,蔡先生亲自修改了四次,甚至细致到标点符号的更正。

另有一件事也能充分反映蔡先生的严谨风格。毕业论文答辩时,按理导师只是简单介绍一下学生和论文的基本情况即可。蔡先生已经是德高望重的老学部委员了,可他还是非常认真地向在场的老师和同学们介绍了自己是如何指导毕业论文的,包括自己对该论文的认识和体会,同时也非常周详地回答了其他教授的提问,犹如在学生答辩前,导师先进行了一场是否尽职指导的答辩。这个环节,我想如今在硕士、博士论文的答辩中大概没有了吧!学生论文答辩时,蔡先生挑了会议室边上的一个座位,非常认真地记着笔记。回看我当年答辩时蔡先生头发花白的背影照片,我仍深深感动。

2010年4月世博会前夕,我去看望蔡先生,先生提及想到上海去看看世博会。但我虑及蔡先生已近百岁,长途旅行确实不便,灵机一动,建议先生有时间可在网上参观世博会。蔡先生随即走向电脑,熟练地查询世博会信息。看此情景,我想,蔡先生能保持这么好的身体状态,与他平和善良的心态是密不可分的吧。

尽管我毕业不久就下海经商,致力于科技创新与高新技术成果的转化,不再从事科学研究工作,但是蔡先生的认真细致的科学精神、为人处事的平和心态始终影响着我、砥砺着我,让我在商海拼搏中仍然保持着努力工作的进取精神和与人为善的健康心态。

作者简介

王　炜,男,1964年生,1988—1991年就读于厦门大学化学系,获理学硕士学位;工学博士,研究员,现任上海洗霸科技股份有限公司董事长。

在厦门大学的研究工作点滴
——忆黄本立先生二三事

杨芃原

我从1989年回国至1998年离开厦门大学，一直在黄本立先生身边工作与学习，其间亲耳聆听了黄先生的教诲和指点，体会和领会了黄先生做人和做事的一贯风格和品德，深感受益。

刚回国开展工作时，条件还是很艰苦的。黄先生与我们三位博士后（我、王小如、袁东星）共同挤在一间实验室里，仪器设备很少，只有一台Baird公司捐送的原子荧光仪。为了开展研究工作，黄先生让我们想想办法，找一些报废的仪器设备来修修改改。记得我们和几个学生到当时位于海边的学校报废仓库去找可以回收利用的仪器设备，被厦门的"小咬"（一种蚊子）叮得半死。我们修好的仪器设备有交流可变电压器、精密电阻箱、电子管的直流高压电源等等。修好的直流高压电源能工作到几百伏，在当时已经非常不错了，这让我们非常兴奋。

黄先生对原子光谱有很深的造诣，20世纪70

年代在中国科学院长春应用化学所亲手搭建过感偶等离子体－原子发射光谱仪,因此,黄先生对依靠自己能力搭建实验装置是非常推崇和在行的,王小如就曾经是当时的硕士生,用过黄先生搭建的仪器。Baird 公司捐送给厦门大学的原子荧光仪用的是空心阴极灯激发光源,虽然采用了调制,但调制的脉冲很宽,平均功率较高,脉冲的功率还是较低,影响了原子荧光的灵敏度。黄先生在与我讨论时认为用空心阴极灯做线光源肯定是一个很好的发展方向,但问题是能否突破目前瞬时功率较低的弱点,重点增加线光源的瞬时发射强度。黄先生的一席精辟的分析使我们顿时领悟到研究的关键。我们采用了用脉宽更短的微秒级的短脉冲工作方式,从而增加瞬时工作电流的技术路线,结果获得了很大的成功,使瞬时发射强度有了 2 个数量级的增加。后来,我们又将这一技术改进后用到短脉冲 Grimm 辉光放电离子源－质谱仪器上,辉光放电的平均功率低,离子溅射均匀,瞬时离子流很强,获得了非常好的分析效果。顺便提一下,当短脉冲 Grimm 辉光放电的文章发表后,这一技术被国际上许多科学家采用,并先后有著名的美国 Harrison 教授、Hieftje 教授和德国的 Wohnnig 教授先后专程到实验室参观与访问,交流学术和实践经验。黄先生的学生杭纬、杨成隆都先后被邀请到美国 Harrison 教授那里做博士后研究,继续发展相应的技术。我们这一技术产生的成果曾获得了福建省 2000 年科技进步一等奖。

  黄本立先生一贯主张写文章应当以实验结果为基础,断不可以自我吹嘘、名不符实。我们在写文章初稿时经常会用一些夸张的形容词,黄先生看后把不符合实际的词全部删掉,毫不客气。国内曾经有人在原子光谱领域做了一些贡献,便大吹大擂,黄先生对此十分反感。我经常听黄先生教导"千万不要去学这些做法,一定要实事求是,万不可以有一说二"。黄先生认为这些学术恶风把有些年轻人都给害了,十分痛心。我一直牢记黄先生的这些教诲,时刻记着写文章要有实验数据依据,努力做到不夸大其词。我想这会使我一辈子受益的。

  黄先生上课水平是出名的,听过的人都有同感。但很少有人知道黄先生为上好一堂课付出的艰辛:有时为了上好一堂课,黄先生起码要准备一个星期,从查文献开始,到写下笔记、复制图表、编辑投影内容、美工。讲课用的每一张片子都是黄先生的心血酿成的,非一般人能做到。黄先生对片子

的内容和美工特别重视。他认为内容要简洁,最好有图表,不要文字一大堆,学生不爱看。美工要精细,才能引起学生注意,增加效果和减少听课的疲劳。想想我听黄先生课的时候计算机软件还没有现在这么先进,每一张片子都是黄先生手工做的,真可谓教书育人用心良苦。

作者简介

杨芃原,男,1949年生,1982—1987年就读于美国麻省州立大学,获哲学博士学位,1989—1991年于厦门大学化学系从事博士后研究,1992—1998年在厦门大学化学系工作;曾任复旦大学化学系系主任,现任复旦大学生物医学研究院常务副院长。

学者·绅士·善人
——与吴宣恭老师的师生情缘

黄少安

1991—1994年，我在厦门大学经济学院攻读博士学位，师从吴宣恭教授。

一、初识老师

我的求学之路并不顺利。1979年高考，我的分数不低，却由于志愿没填好，被邵阳师专（专科）录取，经济学、哲学、科学社会主义理论、中国和世界历史、心理学、逻辑学等都学了一些。后来又脱产学了两年的经济学本科课程和两年的经济学硕士研究生课程。直到1990年到当时的湖南财经学院经济研究所工作，虽然学得也不错，工作也出色，可是，社会认可的学历只是专科毕业，连个学士学位都没有。于是我决定以同等学力身份直接报考经济学博士。如果没有这一决定，就不会有与吴宣恭老师的师生之缘了。

由于自己不是毕业于名校,又是以同等学力者资格报考,为了增加考中的可能性,1991年我同时报考了中央党校和厦门大学。报考前者,是因为我在党校系统工作过,认识王钰教授,听过他的课,更重要的是与他有些学术联系,他对我的一篇论文给予了肯定性和建设性的意见(该论文发表在《经济研究》1990年第3期);报考厦门大学的考虑是:我一南一北各报考一所,知道处于南方的厦门大学经济学声誉很高。当时并不认识吴老师,从招生简章中看到吴老师的名字,知道他是当时著名的政治经济学教材(南方本)的主编。印象中,我应该是在报名前大着胆子给吴老师去了一封信,介绍了自己的基本情况,特别强调自己没有学士和硕士学位。吴老师回复鼓励我报考。估计当时他可能看上我已经在《经济研究》和《中国农村经济》发表了有一定影响的论文,否则,凭什么同意和鼓励我报考?

那年厦门的夏天特别热,我考试期间中暑了,晕倒了,英语口试时是抱病参加的。考试期间与吴老师见面(也是初次见面)的印象是:英俊、有风度;客气、有涵养;严肃、有原则。后来得到被录取的消息,高兴之余,自己心里还是有数的:我的优势应该在于专业课、已发表的论文及面试时的逻辑思维素质和对一些问题的比较深刻的认识;不足之处还是很多的。感谢吴老师能够不介意我的劣势而录取我。

二、严谨的学者,真正的马克思主义经济学家

作为学者,吴老师极为严谨和严肃。也许,许多学生在谈到自己导师时,尤其在博士学位论文的"后记"中,都会用"治学严谨"之类的词汇,但是,多少有点像现在中国众多大学的"校训"用词。感受到的吴老师的严谨,足以"吓"得我不敢与之合作写论文。在厦大经济学院,吴老师每年招收的博士生数量算是少的,应该庆幸这一点,否则,像他那样帮学生看论文、修改论文,还不把自己累死?!

对我的学位论文,我都已经记不清楚他看了多少遍,修改了多少遍。学位论文必须交给导师看,"躲"不过去。其他论文,多数情况下我都不请他看。三年期间只与他合写过关于产权理论的一篇论文,发表在《学术月刊》上。我写好初稿后,他一遍又一遍,连标点符号、语法都极为认真地修改,甚

至有些苛刻。说实话,我又感动,又"吓"着了,后来再也没有与吴老师合作写文章。不过,等我也带博士生的时候,总是除开讲思想、讲思路、讲提纲以外,在语法、标点符号、分段等方面严格要求,还常常批评他们语文水平不够。

作为经济学家,吴老师是有信仰的。他不仅深入研究马克思主义经济学,而且信仰它。当今中国有三种马克思主义经济学家:一种是研究马克思主义经济学卓有成就,能够客观地把马克思主义经济学置于经济科学发展史中准确定位,有批判、有继承、有发展的马克思主义经济学家;还有一种所谓的马克思主义经济学家,也学习和研究一些马克思主义经济学,内心并不信仰马克思主义,更多的是把马克思主义经济学简单意识形态化,甚至拿着当棍子或戒尺,用来打击别人、投机谋利的假"左"派经济学家;第三种是研究马克思主义经济学很深入,也卓有成就,真诚信仰马克思主义经济学并且努力维护和发展它的马克思主义经济学家。有这种信仰的人是让人尊敬的。吴老师属于第三种,已经去世的宋涛先生也属于这一类。

吴老师有一个特点:能很快、很准确地学习和接受许多新知识,包括现代西方各种经济学流派,但是基本上不会因此而改变自己的学术观点和对马克思主义经济学的信仰。不过他从来都不限制我们这些弟子的研究领域、学术思想和学术观点。

三、多才多艺的绅士

现在有相当一批学生,为了就业时多一些适应性,要么本科阶段选修经济学以获得第二学位,要么硕士阶段跨专业学习经济学。吴老师本科毕业于厦门大学英语专业,之后一辈子都学习经济学,并以之为终生职业。让人佩服的是,他还对于传统文化有很高的修养,诗词、对联的水平颇高。记得有一次在外地参加学术会议,大家在车上为了消磨时光对对联,可没几个能胜过吴老师的。更值得一提的是其书法造诣,应该说,称之为书法家是当之无愧的。用我有限的书法欣赏能力去看他的作品,认为其风格是严谨中带有潇洒,或者说,潇洒又严谨。可能二者有些矛盾,但是确实字如其人。吴老师会弹钢琴,我有幸听他弹过。他的篮球打得不错,可惜我们认识他时,

他已经 60 多岁了，没亲眼见他玩过。

这样一位多才多艺的人，在众多场合总是受人欢迎，尤其是受女性的喜欢。我们在外边开会时，不同年龄段的女性都愿意和他交谈，他总是彬彬有礼，很是绅士。他的知识面之广、专业知识和生活知识之丰富，都足以让他在许多场合成为传授者。注重细节是其特点之一，在传授相应的知识和经验时，他会很有耐心地讲解细节。在关心人时，也总是很入微，这留给我们很深印象。

四、善者为官

在中国现阶段，无论从共产党组织部的干部管理序列和人们的认识中，还是从实际的工作内容和程序看，大学的校长、书记等，应该属于"官"。为官是有官道的，可是一直让我们弟子迷惑的是：吴老师为什么会做了这么长时间的"官"？他曾长期担任厦门大学党委书记、副校长。我们没有资格，也没有依据去评价他的为官业绩，何况业绩评价标准本身就有变化的空间，更何况受到许多主客观因素的影响。不过，我们发现，他当领导时，对与他亲密的人或自己的学生等，是尽量不用，应该是为了避嫌吧？对反对他的人，常常采取很友善的态度，尽量帮助和成全对方。结果是：长期在位，却没用上自己的人。退职时他也没有要求安排什么清闲一些的头衔。在一些人看来，他也许不谙为官之道，退职后也没有什么余威。在我看来，他是善者为官，在职时也许干得不轻松，甚至有些累，但是退职时和退职后潇洒，他是大赢家！因为退职后的时间远远长于其在位的时间，卸下领导职务后他迎来了一个学术高峰。

五、带给学生什么？

一些导师常常能帮助学生谋职谋官，或者帮助学生获得学术名利或学术资源等等，逐步形成一些圈子或利益集团。这种现象超出一定限度就会恶化学术环境。吴老师不是这样的导师。但是，他以他的方式关爱着学生。他会关心学生及其家人的生活和工作，给予一些具体的实在的建议。在我

看来，吴老师带给我的更重要的影响是：他严谨的治学态度，对信仰的始终如一，对学生的既严格又宽容，对人的善良。在校读书未必能领悟到这些，工作到现在，越来越觉得这些东西的价值。也正是受到吴老师的这些影响，才使得自己在科学研究和学生培养上有些成就，没给导师和母校丢脸。

有一件生活小事可以一提：他曾经对我留着胡子"耿耿于怀"，多次说不好看。其实当时留着胡子是为了让自己显得成熟一点，更像个老师，因为博士毕业后，很长一段时间，进教室时，常有学生误认为我是学生。现在年纪大了，头发也终于熬白了许多，熬成"老师"了，胡子自然也就不留了。

作者简介

黄少安，男，1962年生，1991—1994年就读于厦门大学经济学院，获经济学博士学位；现为教育部长江学者特聘教授，中央财经大学经济学院教授，国务院学位委员会理论经济学学科评议组专家，任山东大学经济研究院院长、山东发展研究院常务副院长。

高山仰止
——记陈安老师

单文华

光阴似箭,初次接触陈安老师的场景如同昨日,却已经是20多年以前的事情了。在这20多年里,虽然大多数时间有重洋阻隔,我与先生的联系却从未中断过。可以说,大洋之外,我知道先生之冷暖,先生也知道我的忧乐。

一、海上仙山

我求学先生之路并不平坦。1991年初,我在暨南大学经济学院读研究生,导师是经济法系的系主任张增强教授。张老师特别强调国际经济法学的学习,并很推崇陈安老师的著作。当时同学院有一位会计学的硕士生学业优异,两年提前毕业考取了厦大会计学的博士,令在读硕士的同学们十分艳羡。我当时便想,能不能也效法一下,争取两年毕业,提前攻博,于是便尝试着与厦大研招办联系。

研招办的老师（我记得是关筱燕主任）很热情，告诉我虽然正式的报考期限已过，但我如能得到陈安老师的同意，他们还可以接受我的报名。关老师并建议我最好能前往厦门拜访一下陈先生。于是，1993年5月1日，我登上了广州去厦门的海轮。这是我生平第一次坐轮船。在海鸥翔集、波涛汹涌之际，凭栏望远，想着很快就要登上厦门这座海上仙山，见到令人景仰的陈安老师，心情十分激动。

然而，我那次却并没有能够见到陈老师。5月2日抵达厦门之后，我直接入住厦大的凌云招待所。或许是因为过于兴奋，一夜未眠，又或许是因为不习海风，我竟然感冒了。尽管如此，我一住下便给陈老师家打电话，告知我到了厦门，想去拜见他。谁知陈老师却并不让我去见他，只让我在下午三时给他去电话详谈。三时整，我在凌云招待所楼下公用电话室里，拨通了陈老师家的电话。电话那头第一次传来了陈老师亲切中透着威严的声音。通话持续了一个多小时。陈老师不仅询问了我的经历、学习的课程，还问了许多专业上的问题，我都一一认真作答。当时厦门天气很热，我感冒在身，衣着甚厚，加之那次与先生通话十分紧张，打电话时浑身热汗直流。临了，先生说了一句："你可以报考了。"我心里的一块石头终于落了地，感冒好像也立时好了！事后得知，原来先生极不喜欢那些可能送"见面礼"的任何考生，故特设此严格的"预防措施"，以杜绝此类陋习的发生。接下来是紧张的复习、紧张的考试，所幸最后终于考上了——我终于成了厦门大学陈安教授的一名学生！

后来我才知道，陈老师的严格是出了名的。这种严格，在招生环节就表现得十分明显，比方说他主张"逢进必考"，不喜欢招收保送生之类的免试生，更不喜欢与政府官员或大款大腕们"拉关系"、"走后门"，在博士生入学方面开绿灯。我记得他后来还专门写了篇短文《"博士"新解》[①]，讽刺这种种不正常的现象。

---

① 这篇短文及其附录最初发表于《中国大学教育》2001年第4期。其后收录于《陈安论国际经济法学》（五卷本），复旦大学出版社2008年版，第四卷，第1699～1705页。

二、"板凳愿坐十年冷"

现在想起来，厦大三年博士生期间，是我这辈子最快乐的时间之一。我们住在高高的凌云楼上（凌云三 608），每天看着海阔天空、云卷云舒，时感壮怀激烈。几乎每天下午，楼上会有人吼一声"打球啰"，我们便离巢出动，奔赴篮球场。打完球回来，有时球友们还会在芙蓉湖边小坐，谈天说地。大多数时间则直接奔回宿舍，很快冲凉房便响起此起彼伏的歌声。

生活之外，更大的收获是学业上的。陈老师平时给我们说得最多的一句话是"板凳愿坐十年冷"，要求我们守得住清贫、耐得住寂寞，因为学术之路、博士之路注定是清贫而寂寞的。在具体的教学方法上，令我印象深刻的是，陈老师从不拘泥于那种刻板的上课模式，而是强调人才培养与科研项目的结合、言传与身教结合，做到出"人才"的同时出"成果"。这种方法很能发挥研究生的主动性与积极性，取得了很好的效果。我记得我的第一门专业课叫作"国际经济法文献精读选择"，课程主要是练习着翻译一本关于多边投资担保机构（MIGA）的英文专著的若干章节。第一次翻译外文专业文献，感觉难度很大，初时几乎是寸步难行。译稿先经同学校勘，修改后再由陈老师批阅，多次反复修改后方能交卷。一开始我并不理解这种训练的意义，认为它有点费而不惠，因为翻译是天大难事，译出来的东西却又不算是原创性的成果，费时费力，却又成效不彰。直到我过后再次尝试去阅读和翻译其他英文著作，才发现其中妙处。这种训练贵在让你认真揣摩原文中每一句话的句法结构，对加强英文专业文献的阅读能力，提高阅读速度大有裨益。难怪先生对此十分看重，并告诉我们这也是北大王铁崖等国际法先生们最常用的学术训练方法之一。后来我在译稿的基础上，做了些进一步的研究、更新和修正，写成了一篇文章，收入了陈老师主编的一部专著里的一个专章。专著的出版令我深受鼓舞，我研读原始国际经济法文献的兴趣也由此大有增强。

这三年里，令我同样记忆深刻的是我有幸给先生做了一些他自己的文稿的校对工作。先生学贯中西，识见宏深，每有心得，下笔成文，往往写成一篇传世佳作。先生课题不断，著作等身，时有新著出版，或旧著更新。我作

为他为数不多的弟子之一，时时往返于先生白城的家里与经济学院打印室之间，传送文稿，并对打印稿做初步校对。记得先生每次对文稿的质量都要求精益求精，几近苛刻。当时经济学院经常为我们打印文稿的是一位叫小翁的姑娘，在打字员中当属极为细心和耐心的一位。有一次她偷偷地跟我说，她其实"最怕"打先生的文稿，不仅因为过于专业，难以理解，因此打字较慢，更因为先生在每次校对稿上都会有许多处新的添加或修改，这些又都需要经过一而再再而三的校订。我后来意识到，这种校对工作其实是一种很好的学术训练，它使我不仅有机会接触一流的学问与作品，更重要的是了解到这样的学问与作品是怎样做出来的。我体会到全面广泛的资料，深入的研析，创新的思维和精益求精、一丝不苟的治学态度，是所有好作品的不二法门。

另外，十分难得的是，先生虽然学高于世，对我们这些学生所秉持的是一种完全平等的态度。例如，有时我会斗胆对他文中的个别字句做点修改，他不但不怪我冒犯威严，反而时时褒奖有加，称我为"一字之师"。这种大家风范至今令我感动。后来，我有一次去威尔士旅游，在一个纪念品商店看到有一张父亲节节日贺卡，上面写着："谢谢您，父亲。因为您不仅指明了星星的所在，还告诉我怎样去找到它们。"一日为师，终身为父。我常常想，陈老师就像我学业上的严父，不仅让我知道什么是大学问和大学问家，还让我体会到怎样才能成就大学问和大学问家。这些年来，我虽然谈不上取得了什么成就，但陈老师的这种种言传身教，却一直是鼓励我进取向上的一种强大的精神力量。

三、凤凰花开

凤凰花是厦大的"校花"，年开二度，一度迎新，一度送旧。迎新的花季洋溢着喜悦，但送旧的凤凰花却总让离校的厦大学子无限惆怅。

1996年7月，又是凤凰花开时节，众生惜别依依之际，我也面临着生命中一次不大不小的抉择。当时我曾联系过去北大法学院做博士后，或去清华法学院做讲师，两所学校都已表示接受。同时，蒙先生抬爱，母校则表示希望我能留校任教。一方面是京畿法学重地，另一方面是恩师与母校，这个

选择不可谓不艰难。然而,我没多少犹豫便选择了后者,且始终不后悔自己的这一选择,根本原因,是出于对恩师与母校的一种深深感恩与无限眷恋。

许多人不理解先生早年执行的"博士生留校"政策,认为有"近亲繁殖"之嫌,对此,先生做了有力的反驳。我记得先生常常跟我说,厦大法学学科属于后发后进学科,研究人才严重缺乏,而每年招研究生的名额又极其有限,他如果不这么做,就形不成"生产力",产不出"产品",厦大法学不仅不能发展繁衍,甚至会有"断子绝孙"的危险。事实证明,先生的做法是睿智和卓有成效的。厦大国际法学科20世纪80年代建立博士点,90年代以来获得飞速发展,先后取得了博士后流动站和国家重点学科等重大突破,其中一个最重要的因素,便是先生当年下大力气打造的一支强有力的国际法学术梯队。现在,当我在思考如何在欠发达的西北地区建设一个后发的法学院时,我更能深刻体会到先生当年的苦衷。是一份对厦大国际法学事业的坚强信念与执着追求支撑了先生的这些不寻常的举措,而正是这些不寻常的举措为厦大国际法学科近年来在全国脱颖而出,并在国际上崭露头角奠定了基础。

谨此敬祝陈安先生,龙马精神,健康长寿!谨祝母校事业蒸蒸日上,迭创辉煌!

作者简介

单文华,男,1993—1996就读于厦门大学法律系,获法学博士学位;现任英国牛津布鲁克斯大学法学院国际法教授、西安交通大学法学院院长。

My Teachers of Xiamen University

郑兰荪先生二三事

王春儒

郑兰荪先生是国际碳纳米材料界的著名学者，在富勒烯和原子簇科学方面贡献巨大。本人有幸作为郑先生第一个博士后，在他刚回国不久时加入其实验室，并在先生的引领下进入富勒烯开发研究的殿堂，并将其作为自己终生奋斗的目标。

郑先生在美国攻读博士时，师从著名的诺贝尔奖获得者 Smalley 教授。Smalley 实验室最拿手的是通过激光溅射各种物质产生原子簇，并通过飞行时间质谱检测原子簇质量分布。就是在这套装置上 Smalley 等发现了富勒烯这个"纳米王子"。经过几年的学习，郑先生完全掌握了这套当时国际上最高水平的装置。学成回国后，他仅用几个月的时间，就在国内艰苦的条件下，结合自己的创新，设计制作了一套高水平的国产激光溅射原子簇研究设备，并在其上展开了原子簇产生与结构研究。

郑先生当时是国际原子簇研究领域最顶层的几

个专家之一,对于原子簇的产生机理和结构特性都了如指掌,现在有了这套国际领先的实验设备,使先生的研究工作如虎添翼,优秀的研究成果层出不穷,我也第一次领略到了大师工作的风采。郑先生的研究如行云流水一般顺畅,头脑中不断产生奇思妙想,马上就在实验设备上得以印证,然后进行结果分析、讨论,再到最后成文,往往不到一周时间。而对于大多数人畏之如虎的论文写作,先生却甘之如饴。因为对于所有的实验结果都了然于胸,他写起文章来如高屋建瓴,一气呵成,写完后往往只用修改几个字即可提交发表。先生对于学科前沿的把握能力,至今都让我仰望。

必须指出,郑先生深邃的学术思想绝不是天上掉下来的。每天早上,先生都是第一个到实验室,晚上又最后一个离开,而他的办公桌就放在实验室一角。当时郑先生刚回国不久,仅有一个硕士生和一个本科生在实验室,先生需要随时指导并解决他们在实验中遇到的各种问题,并根据结果调整实验思路。其他时间常看到先生抱着厚厚的文献阅读,正是这种刻苦的精神,使先生站在原子簇和富勒烯学科的最前沿,牢牢地把握住学科发展的方向。

当然,并不是所有科学问题都是那么容易解决的。激光产生原子簇一般都是一个系列具有类似结构的原子簇同时产生,而人们最感兴趣的是质谱上比其他原子簇高得多的"魔数"原子簇,因为它意味着超稳定的分子结构。但是,人为认定的"魔数"随意性大,总是缺少说服力,郑先生敏锐地认识到必须解决这个问题。所以我博士后刚到岗,先生就把这个光荣的任务交到了我的手上。感谢实验时积累的海量实验数据和先生多年的知识储备,在他的指导下,仅仅经过一个月的努力,我们就解决了这个难题。我们发现结构类似的原子簇总是呈现对数正态分布,而"魔数"原子簇因为结构稳定,会突破对数正态分布而与众不同,这样在谱图上一目了然,科学内涵也十分明确。相关的两篇文章发表在 $Chem.\ Phys.\ Lett$ 上,直到最近两年仍被大量引用。

君子谋道不谋食,郑先生在学术研究方面挥洒有余,但在生活方面却极尽简单。记得第一次造访先生家,我惊奇地发现,郑先生家的装修早已过时,地板踩上去吱吱作响,简单的会客厅到处都是书籍。我在沙发上移开几本书坐下去,却吓了一跳,原来沙发因年久失修弹簧已经坏了,一坐下去就陷了进去。郑先生不好意思地说:"我老不在家沙发没有人用,也没时间去

修……"先生潜心科研,自己的生活这样简朴,却把父母遗留下的财产全部捐献出来,成立了厦门大学"重学奖学金",每年奖励多名勤奋好学的年轻学子和一线教师。

时光荏苒,光阴似箭,转眼间20多年过去了,但郑先生对于科学的执着追求,对于物质生活的恬静淡泊,以及对于同事学生的深情厚爱,却时时刻刻影响着我,指导着我做人做事。能够成为先生的学生,我感到无比的自豪!

作者简介

王春儒,男,1993—1994年在厦门大学化学系从事博士后研究;现为中科院化学所研究员、博士生导师,任中国科学院分子纳米结构与纳米技术重点实验室副主任。

My Teachers of Xiamen University

学生眼中的田中群老师

姚建林　汤　儆

年轻的时候,当我们在知识的海洋中徜徉、在科学求真的实践中探索、在人生道路的机遇和挑战面前抉择时,总盼望有一盏明灯照亮我们的征途,将我们引向光明的未来。

在厦门大学求学期间,我们十分幸运地遇到了为我们人生方向和学术道路指引的导师田中群教授,成了田教授小组中的一员。

初识田老师时,被田老师亲自与学生一起开展实验的做法以及忘我的工作热情所打动,田老师每天很早就来到实验室,以一句"怎么样"开始繁忙的一天,询问实验进展,为我们解决实验中的困难,制定下一步的实验方案,甚至还会亲自操作,和我们一起开展实验,分析实验数据。实验上所遇到的问题从不隔夜,科学路上永远没有假期。田老师这种执着追求科学的精神和严谨治学的态度一直影响着我们,现在已被我们广泛用于实践中。

再识田老师是为他的宽广胸怀和人格魅力所钦佩,这已成为我们终生的学习目标。在厦大学习期间,田老师经常告诫我们"学做事,先学做人",虽然在学期间就领略到田老师谆谆教诲的重要性,但对他人格的真正深刻理解是在毕业后。在我们参加工作以后,对田老师的学识和品德等很多方面的感触才不断加深,田老师谦虚和谦让的行事风格深深扎根在我们心中。在当今年轻人相对比较浮躁和激烈竞争的大环境下,使我们依然能够静下心来,甘于付出和奉献,这得益于在厦大期间得到的田教授小组的熏陶。

深入认识田老师是为他敏锐的科学洞察力和宽厚的科研知识所折服。当自己的课题遇到困难时,当课题进展缓慢而找不到原因时,而田老师却能够从很复杂的实验现象中看出相关性,并抓到本质问题,选择一个合适的切入点并一击即中,这就是我们一直在学习和追求的开阔思维和科学决断力。

在多年的厦大求学过程中,我们深刻感受到了田老师的学识和品德,他的为人处事的风格使我们获益匪浅。学生们的快速成长特别得益于田老师积极推动的"三放"措施,即放心学生独立探索,信任学生;放手让年轻人拼搏,锻炼学生;放飞学生深造,充实学生。这正如田老师所长期研究的表面增强光学现象一样,老师设法从各个方面考虑,最终得到最优化的增强效应,由此培养出各方面能力均得到增强的学生。

田老师在平时一直注重学生要具有独立思考和解决问题的能力,在这样的基础上,田老师十分信任学生,积极鼓励学生敢为人先,从事具有原创性的研究,放心学生开展独立的研究,鼓励学生参与外部的合作和协作,以攻克科研发展的瓶颈难题为乐。他对学生放心。

田老师一直告诫我们年轻人是未来社会的希望,他也十分注重培育年轻人,从不包办年轻人的一切。在20世纪90年代初,我们是化学化工学院最早组织每周组会的研究组之一,这个活动一直延续至今。学生们通过在组会上报告工作和深入讨论,得到锻炼和提升,当毕业出国后,也很适应国际上的学术争论与交流。田老师总是鼓励我们去承担更重的任务和责任,在科学上探索新方向。他放手让学生自己探索。

田老师对学生的培养是全方位的,早在20世纪90年代中期,他就推荐安排研究生前往美国合作研究一年。当时研究生出国参加合作研究的机会极少,但田老师从来没有不愿意或担心影响国内的研究进度而不乐意推荐

学生出国，相反为学生的长远发展考虑，积极创造机会，放飞学生出国深造。

当我们毕业走上教学科研岗位，特别是成立了自己的课题组之后，我们也就从中体会到了指导学生的酸甜苦辣，但在当年厦大求学时所感受的田老师精神的启发和鼓舞下，我们充分享受目前工作的乐趣，也正是田老师的教诲，让我们深深爱上了教书育人的工作。

虽然我们毕业后离开了厦门大学，但一直保持着与老师的联系，田老师仍然以炽热的心关注着我们的研究方向和进展，仍然如当导师时一样，以他敏锐的思维，宽广的学术视野给出建设性的建议。田老师真诚待人、用心做事、勇于创新的精神永远是我们学习的典范。

作者简介

姚建林，男，2000年毕业于厦门大学化学系，获理学博士学位；现为苏州大学化学学院教授、博士生导师，任物理化学研究所所长。

汤　儆，女，1993—2002年在厦门大学化学系攻读学士、硕士、博士学位；现为福州大学化学学院教授、博士生导师。

万顷纵横论瀛海
——我的老师杨国桢先生

陈东有

写老师,不会忘记韩愈《师说》的那句名言:"师者,所以传道授业解惑也。"

1994年,我考入厦门大学历史系攻读博士学位,师从著名史学家杨国桢先生,研究中国明清史和海洋社会经济史。那时,我已进入"四十不惑"的中年,但来到厦大,来到杨老师面前,我才知道自己的学问之路只是刚刚开始。回顾过去,读博三年,在杨老师的指导下,就是接受历史学问之道、学术训练之业、学习疑难解惑的三年,是我数十年学问生涯中最有收获的三年。因此,写杨老师,写他严师般地教诲我、慈父般地关心我、朋友般地对待我,皆是历历在目。

名师出高徒,我当然不敢有高徒之谓,但从杨老师门下走出来的博士,大多都在自己的工作岗位上取得了很好的成绩,其中有9位是985名校的教授、博士生导师。2011年,代表哈佛大学校长前来祝贺厦门大学90周年校庆的宋怡明(Michael Szonyi)教授,就是1992年从牛津大学来厦大,跟随杨老师学习、做博士学位论文调研的留学生。但是,如果只是给杨老师以严师、慈父、朋友这样的评价,不仅远远不够,也是把最重大的一种分量忘掉了。还有一个更为本质性的评价应该属于杨老师,那就是"具有深刻的学术见地和坚定的社会担当的学者",这一点更是一直都在影响并激励我的思想力量。

杨国桢老师(后排左四)和学生们在一起

科大卫教授对杨老师的学术造诣有个中肯的评价:"教授博学多才,从林则徐到陈嘉庚,从土地契约到海洋史,著作丰富,中外驰名。"我入学前后,杨老师正以一位海洋史学家的胸怀和海洋人文社会科学发展的视野,总结历史经验,把握时代脉搏,预观时局趋势,推动学科发展,积极倡导建设海洋人文社会科学,开辟中国海洋发展理论和历史文化研究的新领域,做了一系列重要的创新性工作,成了一位开拓者和倡导者。他担任了4届20年的全国政协委员和12年的国务院学位委员会学科评议组成员,满腔热情,履行

职责,利用参政议政和参与全国学科建设谋划的机会,多次呼吁重视中国海洋人文社会经济的研究、建立中国的海洋人文社会学科。他用心组织学术团队从事这项研究,我有幸成为这个团队中的一员。20多年来,杨老师率领这个团队,孜孜以求,坚定不移,真如老愚公挖山不止,先后出版了《闽在海中》《东溟水土》《瀛海方程》等研究专著,先后主编出版了"海洋与中国丛书"(8册)、"海洋中国与世界丛书"(12册),加上新近完成、准备出版的"中国海洋文明史丛书"(10册),为中国海洋人文社会科学奠定了坚实的基础,为中国的海洋战略及其实践的发展贡献了智慧。

跟着杨老师学习研究明清历史,研究海洋发展,我感受最深的不仅是学风的严谨,更是其中思想的力量和担当的精神。

中国人并不陌生海洋,海就在身边,但我们又并不认识海洋,"亲近海洋不一定有海洋的文化自觉"。自古以来,我们都没有自觉地与海洋相融,即使在30年前,我们还没有深刻地认识到"中国也是一个海洋国家",还没有真正站在海洋国家的角度去思考中国海洋发展,进而把海洋的发展纳入到我们的经济社会发展总的谋篇布局之中。自1988年起,杨老师担任全国政协委员,丰富的学识和深邃的史学思想使他把关心国家大事的重心适时地转到了关心海洋发展、调研海洋问题上来,为维护国家利益和民族未来建言献策,为参政议政带来了阵阵清新的"海风"。他在政协会上多次发言,强调一个十分重要但又往往被人们忽视的事实:"中国是一个兼具陆海、生态环境多样的大国。海洋是中华民族生存、发展的重要环境。"他在全国政协八届五次会议大会发言时已经把对"海洋中国"意识的呼吁与对海洋人文社会科学的倡导和对国民海洋意识薄弱的反思放在一起加以强调,指出:"中国是东亚的大陆国家,又是太平洋西岸的海洋国家,中华民族包含了海洋民族的成分,海洋发展是沿海地区的传统,海洋人文是中国社会人文的有机组成部分,是中国走向海洋的力量源泉。但是,由于古代农耕文明的高度发达和长期优势,明清两代的厉行海禁,中国海洋发展的人文成果滞留在地方性、民间性的层次,大量散失或者'失忆',以致养成忽视海洋的社会意识和社会心理。在我国当代人文社会科学中,海洋性研究只是一种附属,尚未形成海洋史学、文学、经济学、社会学、人类学、文化学、宗教学等多元的综合体系。我国国民海洋意识的薄弱与海洋人文社会学的不发达,制约和影响了我国

走入大海洋的前进步伐。"

海洋的发展,当然需要海洋自然学科和海洋技术学科的支持,但决不可缺失海洋人文社会学科的支持。今日中国国民海洋意识的薄弱之处,更突出地表现在人文社会方面。杨老师是一位历史学家、一位人文社会科学学者,他对这一薄弱看得更加清楚。他指出:"提高全民族的海洋意识,需要发达的海洋人文社会科学。国民海洋意识的普遍薄弱,植根于历史上重陆轻海的社会价值导向和海洋人文社会科学的不发达……沿海地区、海洋国土和中国人从事海洋活动的外海区域,蕴藏着大量中国海洋社会人文成果和信息,有待进一步发掘和阐扬。"他做得最多的是海洋社会经济史,呼吁得最多的是海洋人文社会学科建设,提出的建设性见解既有宏观的战略设计,也有具体的学科建设内容。杨老师真诚的呼吁、倡导得到学界和政界越来越多的关注、肯定和支持。

读着杨老师的这些心声,令我肃然起敬的是,杨老师是自觉地把国家利益和民族复兴作为自己研究和呼吁"海洋中国"、倡导创新中国海洋人文社会科学的动力的。同时,他又把自己的一切学术研究和学科建设主张的目的放到国家利益与民族复兴之上。因此,他的探索与呼吁也就更让我倍感真切,深受震撼,多有裨益。

1998年,我当时正在协助他出版由他主编的"海洋与中国丛书",他在写序时预言:"21世纪将迎来海洋大发展的时代,世界各国都在调整自己的海洋发展战略,力图在新世纪抢占海上竞争的制高点。中华民族面临复兴海洋发展的机遇和挑战。贯彻、落实海洋发展的基本国策,重振海洋大国的雄风,不仅是海洋界、经济界和政府部门的事情,需要人文社会科学界的积极配合。"五年后的2003年元旦,他在给还是由他主编的"海洋中国与世界丛书"写序时写道:"西部大开发与东出海洋是实现经济腾飞、民族复兴的两翼,在国家发展战略中占有重要的位置。中国在全面建设小康社会的进程中,顺应全球经济一体化的潮流,走入海洋,走向世界,是历史的大趋势。中国能否抓住发展机遇,建成海洋强国,与海洋世界产生良性的互动,对人类社会的发展做出更大贡献?中国能否经受西方海洋霸权的挑战,消解遏制与对抗,在海洋竞争中占有自己生存之地,避免历史悲剧的重演?"现在我们大家都可以清楚地看到,两次预言已经成了事实,其中的阐述不仅透露出一

位史学家的历史智慧与现实敏感,更具有鲜明的科学理性和崇高的使命感。这其中的问句,不是站在海岸面对广阔深邃的海洋发出的浪漫感叹,而是在对中国海洋历史文化和中国海洋发展现状做出积极的反思之后,面对陆地发出的"天问""海问"。杨老师关怀的是国家的富强和民族的复兴,期待的是人民的权益和文化的自觉,促进的是更大的进步和发展的质量。

追随杨老师这些年,我更深深地体会到:近年来,世界发生了巨大的变化,各海洋国家的海洋发展格局随着政治和经济格局的变化而变化。因此,正如恩师所言:"重返海洋,是中国改革开放、融入世界经济一体化进程的发展大趋势。重返海洋意味着中国决心成为发达的海洋国家,在世界上占有应有的地位。这不可避免地与海洋霸权国家、新兴海洋国家发生利益冲突。探索一条维护主权、避免冲突、利益共享、人海和谐的发展道路,合理解决与海上周边国家的海洋边界和岛屿主权的争议,不仅是政治家的议题,人文社会科学界也有不可推卸的责任。"从这个意义上说,杨老师的主张与呼吁已经从预言走进了现实,具有十分重要的现实意义。

今天,当我们看到"一带一路"的战略部署正在得到实施,中国政府和中国人民的海洋理念正在朝着"建设海洋强国"的方向发展,中国的海洋战略及其实践正在发生巨大的变化的时候,我想,临海而居、面海常思的杨老师内心一定感到十分的欣慰,脸上又会露出孩童般发自内心的微笑。

世人都赞地处太平洋西岸的厦门大学很美、很美,我看母校就像一艘劈波斩浪冲向大洋的巨轮,驰骋于波涛之中,杨老师伫立巨轮船头,放眼五洲四洋,目极蔚蓝深处,纵论万顷之上。

作者简介

陈东有,男,1952年生,1994—1997年就读于厦门大学历史系,获历史学博士学位;曾任南昌大学党委副书记,江西省委宣传部常务副部长,现任江西省人大常委会委员、内务司法委员会副主任委员。

My Teachers of Xiamen University

厦大老师，遇见您真好

于树军　郭晓虹

　　1994年的夏天，一个内蒙古偏远农村的懵懂少年从中国的北疆历经三天三夜的火车，带着无限的憧憬跨入了梦寐以求的厦门大学，厦大是我的新世界，而厦大老师则是我新世界的领路人。在厦大，我丰富了知识，开阔了眼界，收获了爱情，学会了做人，知道了感恩和付出的美好……厦大给了我太多太多，我深深地感恩厦大，感恩我敬爱的老师们。

　　原本要写一位老师的故事，但是当我敲打键盘的时候，那些亲爱的、熟悉的老师们一个个闪现在我的脑海和回忆中，暖暖的、深深的都是爱与美好，我只能随想随笔，想到哪里写到哪里了。

　　最先想到的是我们那敬爱的黄训经老师，他已退休多年，当年他是我们俄语专业的"掌门人"，也是我们的专业代课老师，每每想起都是他严谨认真的授课场景，他的敬业精神和专业素养深深地刻在了我的脑海里。后来听我太太（我的同班同学郭晓虹）

讲,她在南开读研究生时的很多知识,大学的时候黄老师都讲过了,可见黄老师在专业上的高深。每次返回母校,我总要跟我的太太一起去看望黄老师,我们会聊上很久,一起回忆以前的事情,给老师汇报我们的工作和生活,其乐融融、充满友爱,最后总是在依依不舍中惜别,然后期待着下一次的相见。

还有我们的班主任徐琪老师,她现在已经是我们外文学院的副院长了。记得当年我们刚到大学人生地不熟,老师就利用周末的时间带领全班同学骑自行车环岛游,这印象实在太深刻了。骑车累了大家就停下来玩游戏,一路上欢歌笑语,其乐融融,一切的思乡情绪和陌生感都飞到九霄云外了。徐老师是"师生亦师亦友"的厦大文化典范,就因为厦大这样的一种文化特性,每个厦大的学子都会愉快地融入厦大,爱上厦大。

遥想当年,大学期间我唯一的补课经历来自于顾鸿飞老师,记得她跟我们同一年进入厦大,她现在已经是我们俄语系的带头人了。顾鸿飞老师最大的特点是不苟言笑,说话直来直去,是个绝对热心肠的人。那时她住在学校提供的单身宿舍,授课时她发现我跟另外一个内蒙古来的蒙古族同学部顺俄语基础较差,就利用每天晚上的休息时间把我们叫到她的宿舍,给我们俩免费补课,我们俩还经常蹭老师的饭……多好的老师啊,她诠释了厦大老师的奉献精神和不求回报的付出品质。再来个小插曲,就是我跟我太太在学业上携手共进的恋爱故事,成了顾老师给每一届俄语专业学生的必讲课,她为我们骄傲,也以此来激励大家树立积极的恋爱观。

噢,对了,还有杨杰老师,他是个很风趣的东北汉子。记得有一次,他在讲课时很多同学一边听课一边吃东西,杨老师半开玩笑地说:"同学们,胃也需要休息啊!"他没有直接批评大家,而是用一种温和的方式,一语双关地教育了我们,这句话到现在还在影响着我——不吃零食。特别还要感谢杨老师,当年我勤工俭学推销复读机赚生活费,跑了很多天都没有收获,还是杨老师买了我的第一台复读机,鼓励我不要气馁,这给我了莫大的鼓舞,从此一发不可收拾,从复读机到方便面……都不在话下,这为我后来创业打下了重要基础。

生活方面学校和学院都给了我很多帮助和关怀。记得有一年春节没有回家,林祖赓校长亲自请所有留在学校过年的同学吃饭,还给每人发了一个

红包,现在想起来都温馨满满。

我领了四年的学生困难补助,让我从不敢忘怀国家和学校对学生的关爱,那个时候我们的辅导员是多才多艺的陈胜凯老师,他现在已经是艺术学院的教授了,是全国知名的书法家、兰亭奖的获得者。那个时候陈老师每个月定期给大家发放困难补助,当时在我们心里陈老师是最可爱的人!吃水不忘挖井人,厦大教会了我感恩,嘉庚精神激励我们奉献,作为厦大学子,回报社会,感恩学校,传递爱心是我们的需要更是我们的责任,我和我太太在2013年外文学院成立90周年纪念之际,投资30万元人民币设立了专门针对困难学生的华腾助学基金,真心帮助那些家庭困难的学弟学妹们完成学业,把这份爱与奉献的精神传递下去。

要说的还有很多很多,美好的回忆还在继续,厦大是我们一生的骄傲,老师是我们一生的导师和朋友,遇见厦大真好!

厦大情缘永不老,随着2014年11月厦门大学内蒙古校友会成立,我们和厦大的缘分得到了又一次升华,在校时有学校就是家,毕业了有校友会就是新家,承蒙学校厚爱和内蒙古校友的支持,我被推选为厦大内蒙古校友会首任会长,我们将竭诚为厦大在内蒙古工作生活的厦大人提供服务,让我们一起爱厦大吧!

作者简介

于树军,男,1994—1998年就读于厦门大学俄语专业;现任内蒙古华腾科技发展有限公司董事长、总经理。

郭晓虹,女,1994—1998年就读于厦门大学俄语专业;现任内蒙古华腾科技发展有限公司副总经理。

纪念陈玉敏老师

汤雅玲

2015年4月17日,一位84岁的女教授告别了她视若生命的医学科研事业,离开了我们。一朵朴素淡雅的幽兰凋零于空谷,留给这个世界的是永不消失的花香;一颗不知停歇的流星划过地平线,留给无尽天际的是璀璨夺目的轨迹。

64岁的时候,陈玉敏教授来到厦大,回到了阔别40多年的故乡。厦大的盛情邀请,创建医学院解剖教研室的强烈使命感,让这位中国著名解剖学专家从南京医科大学来到温润的台海之滨,将生命的最后20年奉献给了厦门大学医学院。她踏实的工作作风,严谨的学术态度,对学生关心爱护的精神一直有口皆碑,成为厦大医学院的一张闪光而又温馨的名片。

1996年厦大医学院刚成立时,因未列入当年国家高考计划表,只能从其他系临时招收已录取的学生。怀着对医学的好奇、崇敬之情,我从化学系基地班转到医学院,与其他20位来自海洋系、生物系的同学一起成了医学院首届的学生。第一次见到她,是在师生见面会上,陈老师中等身材,目光慈祥和善,面庞和蔼可亲,言语含意深刻。她告诉我们,"解剖学"是医学专业最基础的第一课,是整个医学大厦的奠基石,解剖搞清楚了,外科手术就成功一半了。那时没什么概念,走上工作岗位之后,在给不同的患者做手术的过程中,才有深刻体会,难怪当时有骨科和针灸科的医生也去旁听她的课。

在陈玉敏老师(右二)家包水饺(1997年)

当时,新成立的医学院很多老师是从其他院校"借"来的,唯一不同的是,其他老师都是课程结束就走,而陈老师一待就是20年。回顾过去,她总是那样温暖地出现在我的记忆之中,或许,岁月无法抹去的总是那些真诚的脸庞和坚强的身影,尽管映射在脑海里的都是些记忆碎片:

医学院刚刚成立,解剖所需标本来源不足,她亲自联系其他医学院校的同行帮忙,才有足够的标本供我们学习。

医学院没有自己的大楼,标本无处存放,她联系厦门卫校的解剖室。每

回上课都要从厦大坐车到卫校,老师和学生们一起来回奔波,风雨无阻,毫无怨言。

第一次上解剖课、第一次见尸体,对于很多同学来说总是有那么点恐惧、别扭,她事先跟我们分享了她既往教学过程中的一些小故事,告诉我们要以神圣的心态对待解剖标本,尽量消除我们的恐惧心理。上她的课是一种享受,她学识渊博,条理清晰,特别善于理论联系实际,可以把枯燥的解剖名词讲得异常形象生动。

课余时间,她就像慈祥的母亲一样关心爱护我们,经常邀请全班同学到她家去吃饭,包水饺,给我们做了很多菜,特别是她的拿手菜"可乐鸡翅",今天想起来,仍会口水直流,让我们这些第一次在外求学的孩子们找到家的温暖,暖暖地依偎在妈妈的怀抱里。

和陈老师更深地结缘是因为大二下学期的一件事。那天,陈老师感冒了,一下午又连着三节局部解剖课,卫校解剖室通风条件不好,不断的现场解说指导让她吸入不少福尔马林。当天晚上陈老师就喉头水肿,呼吸困难,情急之下去敲邻居门才得到及时的抢救,脱离危险。出院后,我搬到她家去照顾她,后来发现,其实我被照顾的成分更多!她每天不但为我准备可口的饭菜,还教导我要以严谨认真的态度治学,要成为一名合格医生,一辈子都要不停地学习。在她的"做任何事都要尽量做到最好"的精神的鼓舞下,我大学期间的成绩优异,毕业时获"厦门大学优秀毕业生"称号,之后又以综合排名第一名的成绩留在厦门大学附属第一医院工作。

我们毕业后,她继续为厦大培养了一届又一届的学生,一直到2002年,由于身体欠佳,才停止授课,但她仍在自己的学术领域不断研究学习,出版了《神经解剖定位图谱》一书。期间我自己也经历了实习、工作、结婚、生子。工作的忙碌、生活的琐碎,始终没有让我忘记老师的教诲。我认真处理好每一位患者,认真教导每一个医学生,凡事做到最好,在工作上取得的好成绩,我都兴冲冲地跟她分享——那一刻,她的笑容,抚慰了我的辛劳,照亮我的前路。

2013年,我拿到"博士录取通知书",也就是在那时候,我得知她的肺部查出"阴影",手术后的病理结果是"腺癌"。大家没敢告诉她病情,让她继续开心地过好每一天。今年初我获得了"全国五一劳动奖章",她比我还开心。

可是这时她的身体状况已经非常不佳,作为医生,我知道人始终拗不过自然规律,特别是她最后病重在 ICU 的那几天,看着她那么的痛苦,而我却无法替她分担,唯一能做的就是每天陪伴她,但最终还是没能留住她。所有她教过的厦大医学院的学生,都非常尊敬和感谢她,在她住院期间,都自发组织来探望,她离开时,所有的学生都来送她。

她走得安安静静,像春天里的一缕风,默默地滋润大地,然后悄然离去。我们永远不会忘记她,一位好老师,一位好人——陈玉敏教授!

作者简介

汤雅玲,女,1996—2001 年就读于厦门大学医学院,获医学学士学位;曾荣获"全国五一劳动奖章",现为厦门大学附属厦门市第一医院妇产科副主任医师。

My Teachers of Xiamen University

情融五颂
——吾爱吾师潘懋元先生

韩延明

吾爱吾师。吾师者,厦门大学原副校长、中国高等教育学科创始人、"全国教书育人楷模"潘懋元先生也。

作为一位赤诚育英才、挥笔数十载、享誉国内外的睿智教育家,潘先生以高境界的自我,始终在教书育人中抱诚守真、茹古涵今,一直在学术研究上通幽洞微、钩深致远。他用热血浇铸文字,用心雨滋养学生,言传身教地践行着"一位好老师"的"理想信念、道德情操、扎实学问、仁爱之心",育学生成长和成熟,授学生知识和智慧,教学生做事和做人,引学生创业和创新。他以卓越智慧和巨大勇气奋力开拓中国特色高等教育学科发展道路,"由诚而成懋业,敢闯而创新元",筚路蓝缕地引领着我国高等教育研究踔厉拓展,与时俱进地助推着我国高等教育改革勇毅前行,倾情演绎了其丰富而传奇的教育人生。他不仅是一位卓越的教育理论家和教育实践家,而且是一位出色的教育活动家和教育战略家。他心心念念的都是教育。他是一座奇崛的高等教育研究巅峰。

作者(左)与潘先生在济南趵突泉(2013年10月16日)

一颂:吾师之"仁"

潘先生是一位宅心仁厚、立德树人、爱生如子的老师。子曰:"仁者爱人。"习总书记说:"教育是一门'仁而爱人'的事业,爱是教育的灵魂,没有爱就没有教育。好老师应该是仁师。"潘先生已在多年教育实践中将这种"仁师"风范升华为一种流淌在血脉之中的追求和理念!

他热爱事业、挚爱学生:受聘汕头大学教授期间,月薪6000元,他只拿1000元作为交通和生活费,其余悉数捐给厦大高教所补充当时短缺的科研

经费;他先后三次捐款 65 万元设立了"懋元奖",用于每年的奖教奖学金;一位家境贫寒的硕士生交不起住宿费,先生让同学把钱给他捎去;一些外地学生寒暑假回家,总会在第一时间接到先生打来的问询电话;学生结婚、生孩子,他总会备一份温馨的贺礼;他每年都会请寒假没有回家的学生吃温暖的年夜饭;2012 年,先生被授予福建省"杰出人民教师"称号并获奖一辆奔驰商务车,他将卖车得来的 20 万元作为奖金平均发给教研院的每一位教职工;2014 年,他被厦门大学授予"南强杰出贡献奖"并获奖金 20 万元,除拿出 10 万元作为奖金人均发给每一位教职工包括保洁工外,他还拿出数万元资助贫困学生。先生的长子潘世墨教授在博士论文"后记"中曾写道:"我父亲'弄错了'一件事,他把学生当儿子,把儿子当学生。"可谓一语中的!先生的"仁爱之心",不只是弟子们对老师的中肯评价,更是先生数十年如一日用师德和真爱倾情铸就的高尚的人生操守。

二颂:吾师之"志"

潘先生是一位志存高远、志向坚定、矢志不渝的老师。孟子云:"士贵立志。"人生最重要的不是所站的位置,而是所朝的方向,即"志向"。

先生之"志",首先体现在他"有志于"潜心从教上。孔子十有五而"志于学",先生十有五而"志于教"。孔子执教 40 余年,孟子执教 50 余年,董仲舒执教 30 余年,朱熹执教 50 余年。而潘先生当过小学生、中学生、大学生、硕士生、博士生的老师,驻足讲坛长达 80 个春秋!他对教学工作极为认真:笔者亲历,1999 年厦门遭遇特大台风,大雨滂沱,校园积水过膝。学生们要去他家里上课,他坚决地说:"我是老师,我要去教室里上课!"近 80 岁的他毅然打着伞、赤着脚、蹚着水、一步一颠地登上囊萤楼讲台。有次先生有课,恰巧上级领导来校视察需要他参与接待,他毫不迟疑地先去上课,课后再赶过去拜见领导。他多年来一直给博士生开设"高等教育学专题研究"课程,时间一学期,分三个阶段集中上课,上午下午甚至晚上连续进行,记得许多同学都私下里说撑不住了,可他却精神矍铄、津津乐道;91 岁那年先生因病住

院,他一手扎着点滴针,一手阅改学生论文。为了便于和学生沟通,93岁的他还饶有兴味地跟我们一起学习使用手机"微信"。他还在多年教学实践中创造了主要由"三阶段、九环节"构成的"潘懋元大学教学法"。

先生之"志",还体现在他"有志于"创立学科上。他"敢为天下先",创造了我国高等教育学科的若干个"第一":发表了全国第一篇呼吁高等教育理论研究的文章;创办了全国第一个专门的高等教育科学研究机构;第一个提出创建全国高等教育研究学会;第一个被评为中国高等教育学硕士生、博士生导师;编著了中国第一部《高等教育学讲座》读本;出版了中国第一部《高等教育学》专著;荣获国家教委"首届高等学校优秀教材一等奖""全国教育科学优秀专著一等奖""国家教委人文社科一等奖""国家级教学成果一等奖"等多项大奖。挪威学者阿里·谢沃在《潘懋元:一位中国高等教育学科的创始人》一书中写道:"中国的'普通教育学'是从西方引进的,但潘先生却创立了中国人自己的'高等教育学'。"

先生之"志",也体现在他30年如一日坚持不懈的"周末学术沙龙"上。这种独特的教学形式,我看颇有点像《论语》的"子路、曾晳、冉有、公西华侍坐"章中所描绘的孔子与弟子"各言尔志"的教学情境,令人久难忘怀。

三颂:吾师之"勤"

潘先生是一位勤于读书、勤于笔耕、勤于调研的老师。"书山有路勤为径",老子之"能守",孔子之"贞固",庄子之"内不化",孟子之"苦心志",皆由"勤"字而来。

勤于读书——中学时,他到汕头市图书馆"押钱借书",每次押一块钱,借两三本书,过几天将书还回去,再续借两三本书,如此往复,一块钱可看多本书。那时,他每天在家吃早餐和晚饭,父亲给一毛钱让在学校吃午饭,但他经常不吃,省下钱来买书,直到胃痛发作被父母发现才作罢。

勤于笔耕——我在整理《潘懋元先生纪事年表》时发现:16岁那年,他除根据先兄遗嘱修订了《潮汕检音字表》、续编了《潮音字汇》两部字典外,还

在报刊上发表了4首诗歌、9篇文章,其中一篇获中学生征文比赛二等奖。27岁那年,先生刚调厦大教育系任助教兼附小校长,尽管工作繁忙,仍发表了20篇文章。84岁那年,还撰写了23篇文章、出版了4部专著。而今95岁高龄的他依然笔耕不辍,迄今出版教育专著已达50余部、论文和序文500余篇。

勤于调研——"行走学术"。他不仅去数百所高校做了上千场报告,而且还每年带领博士生赴外地高校开展专题调研,仅2014年就率队到过北京、上海、湖北、湖南、四川、广东、浙江、广西等十余个省市。有年寒冬去北京调研,他执意要和学生一起坐火车北上,结果重感冒导致肺炎,住院数天。

四颂:吾师之"严"

潘先生是一位严谨治学、严格教学、严于律己的老师。首先,治学严。他在1988年撰写《关于民办高等教育体制的探讨》一文时,为了引用清末私立大学"无庸立案"一说,专门花了三天时间去图书馆核查有关史料。但笔者在拜读该文时发现,写在论文中的只有一句话:"光绪二十三年,有的私立大学申请立案,清政府竟以无此规章,着令'无庸立案',所之任之"。有学者查阅,他从1953年撰写《杨贤江的教育思想》(发表于《厦门大学学报》1954年第1期),到改写《马克思主义教育理论家杨贤江》(发表于《厦门大学学报》1961年第2期),再到第三稿,《杨贤江教育思想研究》(发表于《教育研究》1981年第9期),历时28年,长达3.6万字,注释104条。

其次,教学严。2013学年秋季学期,他同时为两个班讲授"高等教育学专题研究"课程,要求学术型博士生班的学生每人提交5篇论文,共75篇;教育博士班的学生每人提交2篇论文,共20篇,每篇5000字左右,他都逐一认真批改。对不合格的论文,他会毫不客气地退回令其重写或修改。他严禁学生迟到、早退、旷课,或敷衍学业。

再次,律己严。一次,他应邀去山东某高校讲学时买了打折机票,学校却按全价机票报销了,他坚决把多报的300多元钱如数退给了该校。

五颂：吾师之"达"

潘先生是一位豁达大度、虚怀若谷、开放通达的老师。古人云："壮志托天地，虚怀贯古今。"是指人应当保持一种达观、平和、超脱、宽容的心态。

先生之"达"，在于心胸豁达。"文革"十年，"雾失楼台，月迷津渡。桃源望断无寻处。"他先是被造反派从北京押回厦大接受大批判，参加校园劳动如挑水、浇树、修路、打扫卫生、清扫马路等。之后，他又被下放到安徽凤阳"五七干校"劳动改造，再后来被分配到云南工作。期间患病住院，长达数月，但他依然豁达面对。他说："回想起来，那些年我虽没能'读万卷书'，却是'行万里路'。这'行万里路'的另外一种收获，也是书斋生活所不能得到的。这一段经历让人领悟了许多的生活意味。"

先生之"达"，在于思路阔达，"兼济天下"。他"要第一不要唯一"。厦大获得高等教育学硕士点、博士点后，他马上鼓励并主动帮助北大、华中科技大、华东师大等高校申报硕士点博士点。目前全国有17所高校设立了高等教育学博士点，80多所高校设立了高等教育学硕士点，其中许多都饱含着先生的支持和帮助。他时常收到一些素不相识的青年写来的信函或邮件，不管是请教学术问题，还是询问考研事宜，他都尽量亲自回信，有时还为他们寄书或资料。对寄来的论文，他总是细心批阅，或提出修改建议，或推荐报刊发表。先生以"英雄各有见，何必问出处"的胸襟和气魄，摒弃狭隘的门派观念和学科圈子，体现了一代大师的达观胸襟和人格魅力。

先生之"达"，还表现在他积极推动与境外的学术交流上。他先后到过日本、菲律宾、泰国、英国、新加坡、尼泊尔、科威特、美国、俄罗斯、荷兰、挪威、立陶宛等多个国家以及港澳台地区，促进中国高等教育的世界性学术交流。

古人云："与善人游，如行雾中；虽不濡湿，潜自有润。"

在弟子们眼里，先生就是一面飘扬的旗帜、一座巍峨的高山，就是一条宽阔的路和一本厚重的书。透视先生的人生，我们真正领略了他那"胸怀大

志、腹有良谋"的智者本色,理解了他那"望之俨然、即之也温"的学者品质,参悟了他那自强不息、锲而不舍的拼搏精神,感受了他那开拓创新、敢为人先的创业魄力,沐浴了他那严于律己、宽以待人的高风亮节,认知了他那好学善思、索隐发微的研究态度,探寻了他那"安身立命道义为本、处世做人诚信在先"的人生追求,读懂了他那"板凳敢坐十年冷、文章不写半句空"的治学箴言,体悟了他那"矢志不渝战乱年代负笈求学、穷经皓首耄耋之年眷恋讲坛"的大师风采!

子曰:"仁者寿"。潘先生,我们永远的"先生"!

作者简介

韩延明,男,1958年生,1997—2000年就读于厦门大学教育研究院,获高等教育学博士学位;曾任临沂大学党委副书记、校长、教授,现任中共山东省委党史研究室巡视员、山东省马克思主义群众观研究中心主任。

My Teachers of Xiamen University

磷有价，情无价
——记我的老师赵玉芬教授

倪　锋　杨俐锋

百度上，输入"磷化学"，在搜索结果的相关人物一栏，我总能看到出现在第一位的赵玉芬先生，她那亲切的笑容，永远铭刻于学生的心中。赵先生一生与磷化学结缘，我们也有幸通过她了解磷化学，特别是有机磷化学。

"磷元素与氮同族，具有类似的价电子层结构，因此有机磷化合物的性质与有机含氮化合物有些相似。但除了3s和3p轨道外，磷还可以用3d轨道成键，因此也存在很多特殊高价的有机磷化合物，它们都不存在对应的氮化合物。磷是生命必需元素之一，与生命体密切相关。"这段文字来源于维基百科词条对磷的解释。磷与其他元素作用时，呈现出比其他常见元素更多的价态，从一价、二价……一直到五价，造就了它多种成键方式，为我们展现出丰富多彩的磷化学世界。

像磷元素一样，赵先生的人格魅力通过其学术、生活中的各个方面,向我们展示出风采各异的"价值"状态,并深刻、长远地影响着我们。每当想起那个我已离开十余年的母校,想起追随在她身边的那段求学时光,我便会记起我此生难忘的成长经历。现仅凭着记忆略述一二,姑且就按照磷的常见价态从一到五列举五点,说说我们记忆中的赵先生。

一、学术创新——传承磷化学

生命起源中化学进化的研究极具挑战性,通过30多年不懈的研究,赵先生揭示出磷酰化氨基酸是一个独特的化学进化系统,在化学进化研究领域另辟蹊径,缘于不懈的学术追求之心,此为第一价。为了让我们认识到对课题进行细致研究的必要性,她告诉我们,我们有20个氨基酸,仅仅做深入了一个磷酰化氨基酸的工作,便可以培养出几个合格的博士生。

二、提携后辈——师长的包容

有年轻的归国学子因项目申请"过度创新"被泼冷水,赵先生为他们打抱不平,多方呼吁,这缘于她对年轻一代的包容和鼓励之心,此为第二价。经常看到赵先生热情接待前来寻求支持和帮助的年轻学者,我们总认为那一定是她以前的学生,而实际上他们此前从未谋面。至今仍记得赵先生参加完某次学术会议回来跟我们分享过的一件事。她说在会场见到一个让她印象深刻的归国年轻人,在会议休息间隙,他来到赵老师身边主动递上自己的名片,并简要地介绍他之前的研究工作,还表达了愿意多和赵老师学习、交流与合作的意愿。赵老师说这个年轻人值得大家学习,她举这个事例,是希望自己实验室的学生和年轻教师也能主动地去跟其他人交流学习。这件事对我们影响深远,多年过去了,主动地与更多同行进行学术交流已经成为我们的习惯。

三、关爱学生——母亲般的温暖

对待学生,赵先生亦师亦母,除了是导师,她更像是一位母亲,这缘于她那颗关爱学生的心,此为第三价。她记性特别好,整个实验室几十号学生,她见一次面便能记下所有新生的名字,每个学生都是她的孩子。当然,她的好记性更多的是用在关注科研上。两个月前与你讨论的课题、布置的任务,她能铭记于心,如果你没能按时完成,万万不可能蒙混过关。她对学生的科研实验高要求,却并不苛刻,她像一位母亲般关爱我们的生活。每有学生家庭发生变故或遇到困难,赵先生总是第一时间给予物质上的援助和精神上的宽慰。一个师姐曾感慨:"赵老师像妈妈一样。"她对学生慈母般的关爱,让实验室有了家一样的温暖。毕业多年的师兄师姐们只要有机会到厦门,都会第一时间回实验室看望赵先生,向她汇报自己学业、科研甚至家庭的点滴进展。因为有她在,我们早已将实验室当成了我们的另一个家,而赵先生就是我们共同的"妈妈"。

四、热爱生活——科学家的情调

虽毕业多年,我仍清晰地记得赵先生的办公室里栽种的一盆盆绿植,她尤喜佩兰,欣赏它的高洁与素雅。她精心养护的花花草草、墙上挂的书画、案头摆的饰件,是她作为一名女科学家心中柔软的部分。她热爱生活,钟情于大自然,组织学生到户外活动。在她的引导下,我们见识了火山口奇特的地形地貌,领略了被誉为世界文化遗产的闽西土楼,聆听了妈祖庇佑下的湄洲岛海浪……这些科研之外的活动,增进了同学之间的交流,感悟了大自然的奇特美好,汇聚成一股股能量,注入平时的科研生活。一个热爱生活的科学家,才能发自内心地热爱科研,赵先生的生活态度潜移默化地影响着每一个学生,让我们真正领略生活之美、科研之美,科研工作不再枯燥无味,而是生动有趣。

五、为民请愿——大师的情怀

为厦门PX项目迁址提案,是赵先生坚持科学家良知的一次表现,这缘于坚持公众利益第一的正义之心,此为第五价。那时,人们对PX项目并没有太多的了解,但赵老师从一个城市和这个城市的群众的安全出发,在全国政协的提案上提出PX迁址的呼吁,那时她是要承受各种压力的。但赵先生始终坚持科学的态度,坚持科学维护公众利益的立场,坦然面对不同的议论。在她的身旁,我们感受到老一辈科学家不为名利的高风亮节。

磷的价态可以到五价、六价,但是赵老师的人格魅力是无价的。

如果你问磷元素是什么性别,我们会说,赵老师已经赋予她性别。

作者简介

倪　锋,男,1981年生,1999—2009年就读于厦门大学化学系,获理学学士、博士学位;现为南加州大学化学系高级副研究员。

杨俐锋,女,1997—2004年就读于厦门大学化学系,获学士及硕士学位;现居住于新加坡。

My Teachers of Xiamen University

杏坛仰望　如沐春风
——记我的厦大老师

吕炳车

2001年,我考入了厦门大学中文系。其实,中文系并不是我的首选,像许多胸怀"侠客梦"的青年那样,我希望能读法律系,将来当律师,伸张公平正义。那时实行先填志愿后出成绩的制度,也许是出于对成绩的不自信,我听从了老师的建议,报了中文系。然而,埋藏在内心的并不是对中文系的不满意,而是对她的恐惧。我出身农家,家中难觅文学书籍。从收音机听来的《封神演义》《隋唐演义》《三国演义》《廖添丁》等故事、在中学校报上发表的几篇散文和几首小诗以及对文字有些敏感,是我读中文系前的全部家底。此时的我,像极了一个忘了背书、徘徊在教室外的小学生,战战兢兢。

今年,恰好本科毕业10周年。回望读中文系的日子,我充满了感念,因为中文系的各位老师以他们的才学教会了我专业的知识,以他们的智慧教会了我思考的方式,以他们的情怀塑造了我的人格。正如写下上面那段文字,不再需要所谓的"勇气",因为我已能坦然面对"无知"的过往,"不虚美,不隐恶"。

其他科系的学生常常认为,"中文系的学生不是在看小说,就是在看戏"。殊不知看书看戏是专业的要求,它还需要一种淡泊的情怀,一种人格上的真性情。

那是一个早晨,阳光流淌过树梢,细碎地洒满了博学楼的教室,王玫老师正开始讲"魏晋文学史"。不觉间,一只小鸟冒失地闯了进来,先在窗台东张西望,后是地板,再是讲台边。而在这段时间里,王老师停了下来,不出一声,仿佛害怕惊扰了这个不速之客。当小鸟张开翅膀飞走,她的脸上露出少女般灿烂的笑容。若无淡泊之情怀,何能对生命敬畏若此。王老师自言:"为人生性散漫,酷爱自由。好饮酒,乐山水,喜清静而畏虚名。"我常想象,她居处凌云,也该是花间一壶酒,如魏晋名士,吟啸徐行,恬然之间,自有一段风流。

周宁教授的帅气、富有文才,中文系学生无不为之倾倒,此处无须赘叙。这里我就说说在研究生小课上我所认识的周老师。那堂课,他讲到了清末传教士马礼逊的故事,谈及他一路坎坷,还是坚持把福音传到那时的中国,他语带哽咽,好像在讲一个刚刚发生的故事,好像在为一个老友不幸的经历嘘唏,好像在向一个坚韧的教士致敬,听者动容。"爱他人就爱他人一切,爱一切他人,爱他人的所处的世界",这是他的结束语。与其说他在教我们坚韧、博爱,不如说他心有坚韧、博爱。如若是说教,必不能使人难以忘怀。

当自己做了中学老师后,更深知只有拥有这样的情怀,才能以读书为业,才能坚守三尺讲台。"师者,所以传道授业解惑也",韩愈如是说。有两位老师教给我的则是教学的方法,他们讲课的场景,我记忆犹新。

有一段时间,我常在南普陀正门的入口处"苦读"碑文,学习如何断句。促使我这么下功夫的是李国政教授。上了年纪的他却精神矍铄,声如洪钟,教授我们古代汉语,不拘泥,不教条。两个学期下来,厚厚的两大册课本,他只讲了不到十篇课文,但所教考据字形、字音、字义的演变及如何识文断句的方法,却使我受益匪浅,正所谓"授之以鱼不如授之以渔"。所以,学习能有迹可循,即使青灯古佛,自有其趣。有人调侃道,把简单的知识说得晦涩难懂的人是教授。不过,易中天教授显然不在此列。他自称"还算是一个好

玩的人",但上完他的"美学入门"之后,感觉他的好玩还在于教授知识的方式,不寻章摘句,话语亦庄亦谐,善于譬喻,让人笑着明白难懂的美学术语。当有同学问"美是主观的吗?"他答曰:"情人眼里出西施,是这个道理吧?"疑问顿消。讲授高深之学问是教授的本职,而把高深的学问简单地说明白,却是易老师的特色。所以,自己站上讲台,每以故弄玄虚为耻。

常言道,师者如父。2006年,我又重回"阔别"一年的厦大,考取了中文系李晓红教授的研究生。在本科时,李老师就为我们讲授"中国现代文学史"。初见时,我就发现她与别的老师不同,她的脸上始终带着微笑,没有让人"惧怕"的威严,尤其是说话的时候语调轻柔,和风细雨。后来因参加一个话剧社的缘故,我与她有了更多的接触,才知她的和蔼是一贯的。而对我,除了学业上的指导,还有很多生活上的照顾。研究生毕业时,因为残疾的缘故,求职时遇到不少困难,她很是着急,四处打听合适我的岗位,甚至请她先生邹老师帮忙留意工作机会。邹老师感慨地说:"李老师学生那么多,这是她第一次开口请我帮忙!"如果不是爱生如子,又怎么能打破"规矩"。

最后,我感念一位老师——应锦襄先生。未见她时,我所知道的只是她是我老师的老师,但后来与她的交往则影响我的一生。第一次踏进她的家门,我才发现同学、老师口中的"先生",其实是一位满头银发、慈祥的奶奶。后来,她就在家中为我们上课,讲张爱玲,讲废名,讲海明威……80高龄的她,伏案备课,把要讲授的要点一一地写在纸上,把要引述的段落在原著中标出来。课后,拿出事先准备好的糕点给我们吃。她常戏称,"我这里就是一个私塾"。她并不以老师自居,像奶奶宠爱孙子那样宠溺我们。我有时在她面前放肆地表达一些自己观点,应先生总是静静地、微笑地倾听,如若正确,她总是爽朗大笑鼓励;反之,她总是轻轻地说:"我的看法是……"没有嘲笑,没有训斥。这该是一种许多长者所不具备的优雅与慈爱。现在我明白,为什么有那么多人称她为"先生",因为那不仅仅是一种称谓,更是一种修为,一份崇敬。

易中天教授曾说:"(大学)学生不是培养出来的,是'熏'出来的。"在厦大的六年间(研究生提前一年毕业),正是因为有这么多好老师,我才有得到熏陶的机会,从一个农村娃变成一个懂得敬畏知识的人,从一个想法混沌的高中生变成一个有独立思考能力的人。至今,我还保留着大学"偷书"的习

惯——每次看到同事读一本自己没有看过的书,便偷偷地记下,去查找了解,去仔细阅读。这难道不是诸师所教"自知无知"的道理吗?

当然,中文系还有很多老师学识丰富,特点鲜明,在此未能一一写出,也一并致谢。感谢,感念,感恩各位师长的关爱和谆谆教诲。

作者简介

吕炳车,男,1982年生,2001—2005年、2006—2008年就读于厦门大学中文系,先后获文学学士、硕士学位;现为福建省同安第一中学教师,兼任厦门市肢残协会副主席、厦门市残疾人文学艺术协会副主席。

宋培林老师和我们的美好时光

叶 楠

多年前的厦门,是记忆中阳光灿烂的日子。而那些光景对于我们来说,更加灿烂的是大学四年有良师益友的青春年华。此时此刻,我在华北平原的车轮之上,然而赶不上本科毕业 10 周年的聚会,热闹的微信朋友圈里,许多欢聚画面在我眼前,让人格外怀念这个季节的母校。在那些照片的中间,果然找到了我们的宋老师,这不禁又让我想起了那些年,在南强校园求学的日子。

第一次见到宋老师是大二的专业课上。"同学们好,我是宋培林。这学期'劳动经济学'的课,由我来讲。"抬头第一眼望见这位新老师,只见他一脸严肃,连带着笔挺的衬衫领子都散发威严,声音不大,却沉稳厚重。大二的学生已经对厦大很熟悉了,便有了"主人翁"的态度,愿意听的就前排多坐点,不愿意听的就后排密集点,一看这位老师,就知道这门科目如不专心的话,大概有挂科之虞。

虽然厦门的夏天午后第一节课,是最让人犯困的,大家也只得强打起精神来,坐正了身子,准备迎接一位严师的灌输。没有想到,课过三巡,大家却都听得津津有味了,劳动经济学的许多枯燥的概念,在这位看似不苟言笑的老师口中,被演绎得既严谨又活泼。课间,几位靠着墙坐的学生,也默默把书和人一起搬回前排。当然,里面也包括我。

本科时候,我不大怎么和老师交流,一是惰性,二是莫名的顾虑。几个星期过去,宋老师的课愈来愈受到大家的欢迎,前排的位置越来越紧俏。我们也渐渐发现,他其实也是一个时常有爽朗笑声的朋友,下课后便更是围满了如舍友丁文之类勤奋的学霸(就是那种考试得了 90 分,还发自内心地哀叹自己不用功的人)。那时候我和宋老师尚不太熟悉,甚至没有什么直接交流,只是在他批改我们的作业后,我忍不住将他精辟透彻的点评批语,读了一遍又一遍。直到我本科毕业去西部支教,也做了一年的教书匠,才发现,教师是很乐意与学生沟通的。在大西北的时候,我想,幸好还有机会再去听宋老师上课。

从宁夏海原回来,我继续回到母校企管系求学。研一上半年,我鼓起勇气去找了宋老师:"宋老师好,我叫叶楠,本科也是读人力的,想请您做我的研究生导师,不知道可以吗?"我想我这个一开始主动坐后排,最后是抢不到前排的学生,他大抵是记不得的。

宋老师看着我,语重心长地说:"叶楠啊,你本科的时候,上课专注度还是不够。跟我做研究,学业上要更积极些,我知道你写的作业,还是有自己的见解的。"

那一刻,我有些惊讶,却又有点感动。

研究生第一学期,宋老师选了我们班 6 个同学做他的研究生弟子。彼时研究生宿舍厦大学生公寓的楼后面有一座东坪山,周末时候,宋老师常常叫上学长们和我们这些研一学生,一起爬山。东坪山上开满了红得发紫的三角梅,也种了不少红彤彤的草莓,一路上空气中都带着花果的香甜,大家在路上既聊学术,也聊生活,充满了欢乐的气氛。东坪山上有农家乐,登上半山腰,就能享受香味浓郁的土鸡汤,这对于求学的研究生来说,真是莫大的享受了。

记得刚刚跟宋老师做研究时候,宋老师在大家做好专业课功课之外,额

宋培林老师(前排中)和学生们一起爬东坪山

外要求每个人选定一个方向做一个文献综述。我一开始觉得这种童子功的活计,应该不费事,况且又不计学分。没有想到临交综述的前几天,老师突然通知大家,每个人的综述都要做成PPT,在同门学术讨论会第一次"智源论坛"上讲解并接受大家答辩。一时间大家慌了手脚,手忙脚乱又熬夜赶了几天,总算是赶工出来。夏天的晚饭后,大家在嘉庚一号楼的小会议室,个个忐忑不安地介绍自己的"研究成果",宋老师边听边记,待报告人介绍完后,便有条不紊地问出自己的问题,他的问题逻辑缜密,一针见血,在台上解答的同学招架不了几个回合,几乎个个汗如浆下。

我是最后一个上台,硬着头皮结合PPT讲完研究内容。宋老师便问一个比较性的问题。

我搜肠刮肚也想不出答案,只得含糊答道:"可能是……"

宋老师道:"做研究要有自己的主见。哪怕回答不知道,也是确定性的答案。"

我点点头,只得认真答:"我肯定不知道。"

同门们都笑。宋老师说了他的学术观点,又接着问了余下的问题。我如穿着西服唱京剧,虽然还能张嘴,却已经很生硬。

论坛结束之后,我内心怅然。宋老师走过来,还是鼓励我道:"以后要思考更深入和扎实一些,浮于表面的研究,始终不能成为自己的营养,专业的事情,不得马虎。不过看得出来,你还是有自己的见解。"

我认真地点点头。从本部走回曾厝垵的路上,都在回味着这一次难忘的教育。

从此"智源论坛"被同门们戏称为"桑拿论坛",若不好好准备,必然是被认真的宋老师问得大汗淋漓。从此以后,无论是什么研究内容,大家都不敢在脑海中闪过"敷衍"二字。老师如此言传身教,同门们也逐渐不再给面子,每次在"智源论坛"上听完台上研究主题,之后必然是打破砂锅问到底,有时候甚至激辩起来,渐渐大家也习惯了。三年下来,虽然额外多熬了几次夜,竟也在一些专题上收获颇丰,大家都体会到了宋老师的良苦用心。

本科舍友丁文是睡在我对面上铺的兄弟,同时一直是第一排座位的资深钉子户,一等奖学金的寡头垄断者。在研究生阶段,宋老师也是他的研究生导师,只是我由于西部支教延迟一年读研,入学后丁文已经成了我的"师兄"。这位学霸兄考试名列前茅,做事严谨认真,同门们都很钦佩他。2007年底,宋老师要求毕业班同学都必须完成高质量的开题报告,才能确定毕业论文题目。面对越来越严峻的就业压力,丁学霸家也没有余粮,只能一边找工作一边做毕业论文。

一天傍晚,我在食堂遇到沮丧的丁文,便问:"咋了?丁囧。"

丁文无奈道:"我被宋老师批评了,开题报告没有过。"

我听言大为惊喜,幸灾乐祸道:"哈哈,你也有今天。从本科到现在,宋老师可是第一次克你啊。"

丁文郁闷道:"宋老师说,论文质量不过关,就延期毕业。"

我这才转为安慰道:"没事,以你学霸的功底,通宵几个晚上就好了。"

丁文叹气道:"我真心觉得,这一次论文的水准,对不起宋老师的教诲。"

我看着面前的丁文,如刚刚到军营的许三多一般忧郁。遂咬牙点了食堂小炒,请他吃了盘回锅肉,丁文无心吃菜,扒了几口"南强牌"免费米饭,就

去啃书了。

晚上我回到宿舍,时间已经不早,正准备睡觉,手机响了,是宋老师。他在电话那头说:"这次丁文毕业论文做得不理想,我下午说了他几句。后来,我也自我反省,都还是孩子,或许是丁文最近找工作压力也大。虽然论文要求不可能降低,但你在生活要多关心他。"

那一刻,我内心一阵由衷的感动,如沐春风。几个月后,丁文的毕业论文顺利通过。坐在嘉庚主楼前的石阶上,我这才将老师这番话告诉他,刚刚还兴高采烈的丁文沉默了好一会儿,说道:"宋老师,一直为我们操心。"

2009年,我也即将毕业,有一天我拿着学校印制的毕业推荐表请导师在鉴定栏填写,宋老师拿起笔用遒劲的字写道:"具有让我深为认同的优良品质……"我站立在旁,看着上面的话,惭愧不能语。宋老师对我说:"平时我对你们比较严格,表扬不够,但这都是我的心里话。希望你在未来的路,能有勇气保持。"

平凡几件小事,如芙蓉湖边的芳草茵茵,如思源谷的碧水清清,如上弦场边的凉风习习,却总是最让人难以忘怀。毕业后的一次,我回到厦门,宋老师在沙坡尾请我吃饭,见面他便拍着我说:"你也没有变胖一些。"如回家的感觉,我坐在他边上,即便白水也甘醇,真是南强好时光。

作者简介

叶 楠,男,1983年生,2001—2009年就读于厦门大学管理学院企业管理系(期间在宁夏海原支教1年),获管理学学士、硕士学位;现就职于国家体育总局体育经济司。

齐树洁老师教会我许多

程 翔

很久以前我就想专门为齐树洁老师写一篇东西。教师节来临,应该是最好的时机了吧。师兄星哥文笔极佳,他笔下的齐老师代表了门下所有弟子的心声,那篇文章甚至被收录在厦大的校庆文集里。我没有师兄的才华,但是对齐老师的尊敬却丝毫不逊于他。

从小学算起,我求学已经十多年了,期间教过自己的老师无数,我尽量记住他们每一个人,事实上也几乎做到了,真是一个奇迹。然而必须承认的是:不同的老师给我带来的影响是不一样的,有些老师为我在学识上铺就了扎实的地基,而有些老师对于我就像灯塔,照亮人生的全部航程。

如果一定要选出"唯一"的这样一个人,我愿意说出齐老师的名字。

到目前为止,我有幸接近两个我所认为的真正的学者:一个是我大伯,另一个则是齐老师。大伯是我年少时的偶像,在相当长一段时间内,我认为学者就应该是大伯那样的。但是,上了大学之后,由于专业上的不同我始终无缘进入大伯的领域,老人随着年龄的增长脾气也变得愈发难以捉摸,北大人的傲气时时有所显露。大伯曾经非常希望我们堂兄弟三人中能有一人继承他的事业,没想到最终未能如愿,他因此在退休后把自己所有的藏书都捐给了北大图书馆。所幸上天把我带到了齐老师的身边,生命中第二位——也可能是最后一位真正的学者终于试图手把手地将我带进学术的圣殿。

爸爸说:"某些人在某些时刻是可以改变你的命运的。"2002年3月的上海,我还对这句话满不在乎。而今天,当我再回想起2002年3月15日我在上海东大名路某个旮旯里给齐老师打的那个电话时,不由得感叹命运的神奇。从那天上午我在上海水产学院门口的网吧里查到考研成绩的那一刻起,我的人生就转了一个弯,在一个极其重要的岔路口选择了厦大,而不是中海集装箱运输股份有限公司;选择了"程序正义"而放弃了"基于航运、全球物流"。

入学之前,给齐老师打过几个电话。第一个电话是在大连打的。厦大的一大好处是你可以在学校主页上查到几乎所有齐老师的家庭电话(后来有些老师抱怨这侵犯了个人隐私,有道理)。我就这样查到了齐老师家的电话,没想到齐老师居然就接了(因为当时自己觉得大学者的电话是不是有秘书接,或者是不是不接这种来路不明的电话),当时谈话的内容已经记不清了,齐老师好像很耐心地告诉我历年的录取比例和招生名额。但是有一点可以肯定,这个电话对于我的激励是极大的,毕竟数千公里外的导师知道了自己的存在!后来在上海打过两个电话,没想到齐老师居然记得我!上来就说"你考得不错,很不容易"。也正是齐老师的肯定坚定了我的信心,最终离开上海来厦门读研。还有一个小插曲,就是复试的时候,当时听说很多学校很"黑",于是想和爸爸去拜访齐老师,就算咱没钱送礼也要混个脸儿熟不是?没想到齐老师一句"我从不见考生"让一切变得很简单——后来发现齐老师每年如此,绝无例外。这也使我相信,厦大法学院的招生绝对是公平的,而这一点对于一个法学院来说是多么弥足珍贵。"公正"也应当是一个法律人的基本素质吧。

研究生三年,是慢慢了解齐老师的过程。一进学校就听说齐老师是整

个法学院对学生最好的老师之一——我用不到一年的时间就相信了这一点,并且我认为自己相信的程度超过任何其他人。还记得2003年夏天,齐老师坐着公交跑到公寓来看我,手里拿着亲笔为我修改的论文(那份修改稿我至今珍藏,它是我的无价之宝)和给我们班同学吃的糖果。后来好友来厦旅游,听到我说这件事他目瞪口呆——他是武汉大学的研究生。想必全国能这样做的导师也没有几个吧。齐老师后来曾经多次来我宿舍"私访",那段时间,舍友的导师偶尔也会来聊天,加上我大伯,我们戏称自己的宿舍来访的人物都是博导级别的。呵呵,隔壁屋的同学见了我都会咬牙切齿,说你小子上辈子是不是积了什么德了,摊上个这么好的导师!

齐老师教会我善良。任何一个学者首先都应当是一个伟大的人。知识可以积累可以学习,然而做人却只能靠"修炼",而在众多的品质中,善良无疑是最可贵的。齐老师生活阅历丰富,因此时时、事事不忘与人为善。一件小事,师弟告诉我的:有一次在海滨校门,有两个穿着破烂的民工样的人好像迷了路,由于他们的外表,路人多绕道而行,齐老师却迎上前去耐心为他们指路。堂堂大学教授有几人能为此举?忘不了每次去齐老师家总不会空手而归,若是早上,一定会备有豆奶面包;就算平常造访也一定是提着各种零食"满载而归"。嘿嘿,一旦听说我要去齐老师家,狐朋狗友们必定翘首以盼,等着我回来将食物哄抢一空(最惨的一次,十根巧克力我一根没吃到)。对于各种请求帮助的人,齐老师一概来者不拒。所以,只要他在办公室,门外总要排起长队等着齐老师接见。多少年了,齐老师帮过的人不计其数,其中有很多人他根本就不认识,仅仅是"教过"或者更间接的关系,对此,齐老师却只有这样的回答:"同学有困难,能帮助一个就帮助一个吧。"

齐老师教会我宽容。不少学者都是以"严师"的形象出现的,齐老师的"严"却多以宽容的方式表达。我们这一届学生都很贪玩,做学问多有糟糕之处,齐老师却只是一而再再而三地提醒我们,极少责骂。我们私底下说:谁要是被齐老师骂了,一定是实在糟糕以至天理难容。真的从未看见过齐老师生气,但是他失望的样子却更令我们内疚和难过。学术上,齐老师也极少限制我们,对于我们的发展也是如此。硕士同学里面,有当律师的有经商的有当老师的,哪一个都是在自己的领域内成绩斐然。齐老师的宽容为他赢得了我们无条件的尊重。我也因此相信:宽容是一名学者必备的品质。

齐老师教会我细致。这一点，恐怕所有齐老师门下的同仁都有深切感受。看看我们的论文上齐老师的批改，从一个英文注释的格式、大小写，到"的"与"地"的区别，再到无数我们自己都恨得咬牙切齿的错字、语病，所有这些都极少逃过齐老师的"法眼"。齐老师做事，似乎永远都那么有条不紊。齐老师曾经是这个城市最出色的律师，对此我是深信不疑的——单凭齐老师做事的条理性和无敌的记忆力，也很难有人超越他。我在律所里看到过很多律师如何将一大半的时间耗费在找东西上，再看看齐老师的办公室——他可以在一分钟内找到十年前的一篇硕士论文。如此的严谨如何能不造就一名出色的律师。齐老师的细致还体现在生活上，每一次见到他都衣着整齐。有一次一起去参加一位师兄的婚礼，齐老师在半路上突然开始翻书包，翻出一根领带后郑重其事地系上，我们都笑了，齐老师却很严肃地说："是婚礼啊！要带的，要带的。"齐老师让我相信：一个人在生活上是什么样，在工作上就一定是什么样。大多数时候，严谨比创造力更重要。

齐老师教会我淡定。在我因考博而几近抓狂的日子里，齐老师对我说得最多的就是"Peace of Mind"。齐老师绝不是那种说话不土不洋的人，印象里这是他说的唯一一次英语吧。当时很不理解这句话，现在想想却发现道理不简单。人的一生难免会有高峰低谷，如果任凭心绪时高时低，则难免会导致失衡。人要成大事，必须在得志的时候低调，想到山外有山强中更有强中手；在一时失势的时候则要告诉自己塞翁失马焉知祸福，只要不懈努力总有云破日出的那一天。齐老师一生经历很多，然而，对生活的热爱和感恩使他总能以一种超然的心态来面对这个世界所有的成败得失悲欢离合。

学问也好，做人也罢，无论是哪一方面，齐老师都是我面前取之不尽的宝藏和不可超越的巅峰。

作者简介

程　翔，男，1982年生，2002—2009年就读于厦门大学法学院，获法学硕士和博士学位；现在深圳HT资本工作。

一场跨越中法的厦大师生情
——忆孙世刚老师

贾子先

你对法国的第一印象是什么？浪漫？铁塔？环法？而我，则是一段对话，一段在我赴法留学前和孙世刚老师的对话。"哦，子先，你要去法国啊。法国的福利很好啊，我当时住在 porte de royale 学生公寓，那边经常有免费电影票和戏剧票，一到周末啊，我就去拿票，然后叫上张勇民（现法国药学院院士）他们。"后来，我到了巴黎，最先去的"景点"就是孙老师曾经待过的学生公寓，现在回想起来，不由让人觉得人生的奇妙。

我是2003年考入厦门大学化学系的，我们一、二年级的学生被安排在漳州校区，这里没有学长学姐，交通不便，地理位置偏僻；但这里是最纯净的大学校园，学校给了我们最好的物质条件，同时作为"开荒者"的我们可以在大一就接受学长学姐们在本科末期才能受到的锻炼。学校也把最好的师资队伍投入到了漳州校区,朱亚先副院长、田中群院士和郑兰荪院士等都积极地参与到本科生教学的工作,用实际行动向我们诠释"师德"这两个字的真正含义。我们的物理化学的课程由孙世刚老师担任。他当时同时担任厦门大学副校长,为了学生,尽管公务繁忙,依然不辞辛苦地往返两个校区之间。记得有一次,他拖着行李箱来给我们上课,因为上午三四节课结束后,他还要乘坐下午两点多钟的航班出差,他那拖着箱子的急匆匆的背影让我对"厚德泽人"有了更深刻的理解。孙老师的课是英语授课,大家当时常常调侃他的英语口音,后来到了法国才知道,那是带着法语口音的英语,一名教授在学术上造诣很高,又可以同时熟练掌握英法两门语言,心中自是无比崇拜。孙老师讲课不喜欢照搬教材,他喜欢在讲基础知识的同时给我们介绍前沿的研究结果。他常常和我们说,从本科实验起就要养成好的实验习惯,做实验前要想清楚每个步骤细节,做到胸有成竹再做,否则做不好前功尽弃不如不做。他还教导我们要学习卢嘉锡先生的"C_3H_3",即要有 Clear Head, Clever Hands, Clean Habit(清醒的头脑,灵巧的双手和整洁的习惯)。他的这番教导深深影响了我以后硕士和博士研究过程,也让我从中获益匪浅。

本科毕业后,我离开了母校,奔赴法国继续求学,其实或多或少也受了孙老师的影响。孙老师于1982年厦大毕业后,随后考取国家教委出国研究生,赴法国巴黎第六大学攻读博士学位,获得博士学位后,在法国科学院界面电化学研究所做一年博士后研究,随后返回厦门大学。在我攻读硕士期间,依然和孙老师保持联系,同时我本科最好的朋友陈书如也加入到了孙老师的课题组攻读研究生,时常和他聊起孙老师。据他说,孙老师以前是做贵金属单晶电极出身,因为做这个方向对实验要求非常细致和耐心,而且要保证实验体系极度洁净,稍有污染可能就无法重复出来,做实验的时候要学习和仪器互动,根据每个结果实时思考为什么,怎么改进,优化仪器设备等等,如果一个实验做下来发现自己头脑发热,那才是真正用心做实验。所以孙老师在实验上有很好的习惯和很高的要求。孙老师每次出差回来都会给学

生带糖果等小零食,让大家在组会上一起分享,这一点让我羡慕不已。

后来,鉴于赴法留学的厦大校友越来越多,而法国却没有厦大校友会,我们就萌生了筹建校友会的想法,向孙老师提出想法后,获得他的大力支持。通过孙老师的积极联络,法国校友会筹备委员会和学校校友总会建立了紧密的联系。孙老师更是利用赴法国访问的空余时间,和我们筹备委员会的成员见面,给予我们中肯的建议。他回忆起他自己当时赴法留学的生活,说起留学生一个人在外生活的不容易,要克服语言障碍、驱除孤独、理解文化差异,他希望我们能矢志刻苦学习、奋力创新创造,掌握真才实学、练就过硬本领。今年五月份,法国化学会在法国巴黎六大举行颁奖典礼,授予孙世刚老师中法化学讲座奖,我也很荣幸的聆听了孙老师的关于"电催化剂的结构控制合成"的演讲,他还用法语精彩地回答了部分问题,不由让人感叹孙老师离法多年依然说着一口流利的法语。如今孙老师担任厦门大学法国校友会名誉会长,对我们留法的厦大学子极为关心,每次校友会有活动,孙老师总会在微信群里和我们互动,对我们旅法厦大学子的关心溢于言表。

孙世刚老师(后排右三)一行赴法国访问期间和厦大法国校友的合影

此次纪念第 31 个教师节,我谨以此短文表达对孙世刚老师,对其他在教学及科研工作上日夜操劳、对学生无微不至关心的老师们,表达我内心无比的崇敬和感激之情。我相信,有无数像孙老师一样呕心沥血传递薪火的老师,母校一定可以谱写新的篇章。

作者简介

贾子先,男,1983 年生,2003—2007 年就读于厦门大学化学系,获理学学士学位;现任厦门大学法国校友会会长。

My Teachers of Xiamen University

我的老师邓子基教授

唐文倩

在厦门大学,有这样一位年逾九旬的老教授,他喜欢把学生带到自己的书房,一起探讨学术问题,顺便让弟子们尝尝老伴最拿手的热汤面。他的身影每每出现在厦门大学的校级典礼或会议上,都会引起学生的欢呼。有人称他为"大师"、"泰斗",因为他是新中国财政学界的一代宗师。可是他说:"我不是大师,是老师。我不是泰斗,是'老兵'。"他最亲近的学生称他为"邓爷爷",他就是我的导师——著名财政学家、经济学家、教育家,厦门大学资深教授邓子基。在近70年的教学科研工作过程中,邓子基教授对我国的财政经济问题进行着不懈的探索,始终活跃在我国财政理论研究的最前沿,成为巍然屹立在我国财政研究领域的一棵苍翠的"不老松"。

破壁跃飞龙　梅花苦寒香

1923年6月,我的老师邓子基出生于福建省沙县,幼年双亲先后去世,生活非常艰难。1937年7月,他考入福建省南平初中,三年后又以优异的成绩考入福建省立福州高中。天道酬勤,1940年,他依靠自己的勤奋和努力,被保送到当时在重庆的国立政治大学经济系读书。1949年,他在福州参加民革地下组织,任福州民革宣传干事兼福州福商中学教师,积极从事爱国革命活动。1950年7月,他考入厦门大学经济研究所《资本论》研究生班,师从我国著名经济学家、教育家、《资本论》翻译者之一——厦门大学已故校长王亚南教授。1952年7月,他成为新中国第一届研究生。在此后的半个多世纪里,邓子基老师一直在厦门大学从事经济学、财政学方向的教学与科研工作。"文革"结束后,他以百倍的热情投身于教学和研究中,开拓性地工作着。他是厦门大学复办财金专业(后升格为财政金融系)的负责人,是经济学院的主要创办人之一,并且先后建立了财政学与货币银行学两个硕士点、博士点和全国重点财政学科点,支持、帮助建立了厦门大学工商管理中心和经济学博士后科研流动站。1980年6月,邓子基教授光荣加入中国共产党。

双肩担日月　立论为人民

邓子基教授作为"国家分配论"的重要奠基人和发展者,对财政本质做了全面、精辟的论述,并且对加强财政调控、深化财政改革、坚持财政平衡、振兴国家财政等问题做了全方位的阐述,这对我国的财政理论研究与财政实践具有建设性的指导意义。邓子基教授注重倡导、坚持"财政本质"研究,论证"财政本质是以国家为主体的分配关系"的著名命题;提出在社会主义市场经济条件下国家财政与公共财政的明确概念,阐述"国家分配论"与"公共财政论"之间的关系,从而提出"坚持＋借鉴＝整合＋发展"的新的"国家分配论"(即"国家财政论");提出"一体五重"、"一体两翼"和财政具有资源配置、收入分配、调节经济和管理监督的四大职能等理论;提出并论证"财政收支矛盾与平衡转化规律",积极动态的财政平衡观,征税依据的政治条件与经济条件以及权力、利益、义务辩证统一的"权益说","流转税与所得税双主体(并重)的复税制模式,效率优先、兼顾公平"的税收原则,"公共财政与国有资本财论的双重结构模式"和国有资产(本)管理的原则与管理方法,等

等。其理论观点与政策主张受到理论界和政府部门的重视与采纳,成为制定政策的理论依据之一。

问道持真理　文章与时进

1957年,西南财经学院许廷星教授写了一篇文章,最早提出"财政是分配关系"的观点。当时老师才34岁,他从中得到了启发,一连写了三篇文章,对这个观点进行系统阐述,倡导发展。老师的这三篇文章分别为《略论财政本质》(载《厦门大学学报》(社会科学版)1962年第3期)、《试论财政学对象与范围》(载《中国经济问题》1962年第4期)、《财政只能是经济基础的范畴》(载《中国经济问题》1962年第11期)。老师在当时提出的"财政的本质是以国家为主体的分配关系"的观点,使他成为我国财政学界主流学派"国家分配论"的代表性人物。

然而,如今作为我国财政主流理论的"国家分配论",在当时的确立并非一路坦途。邓老师倡导的"国家分配论"是经过四次学术争论才得到发展的,各次争论邓老师都虚心接受专家的意见,取长补短地完善自己的理论。

20世纪末,市场经济大潮汹涌,不少人开始主张将生产消费领域全部交给市场,并鼓励采纳公共财产论。面对新形势的挑战,邓老师在2001年8月第十六次全国财政理论研讨会上,作了《坚持、借鉴、整合、发展,树立正确的财政观》的主题报告。他提出"借鉴西方'公共财政论',发展'国家分配论'"的论点,坚持中为体洋为用,从实际出发,两优结合,发展和丰富"国家分配论"的内涵与外延,使之能够适应变化的社会经济形势。

作为"国家分配论"的倡导者和主要代表人物之一,数十年来邓子基教授一以贯之地坚持关于财政本质问题的基本观点,捍卫这一财政理论体系的基石。他毫不含糊地坚称自己是一个"国家分配论者",坚信"国家分配论"不仅反映了古今中外几千年的"财政一般"的本质,而且突出反映了社会主义"财政特殊",适合中国国情。这体现了一个经济学家对自己的科学信念的执着坚守,也反映了中国知识分子最可贵的学术品质。

马克思说过:"在科学上没有平坦的大道,只有不畏劳苦的人,才有希望达到光辉的顶点。"对于不同流派的争论,老师很少带有学术偏见,而是胸怀

坦荡,坚持真理,以理服人,不断修正和深化自己的学术观点。他始终保持一颗与时俱进的心,没有囿于旧说,故步自封,而是密切地联系我国改革开放与现代化建设的实践,不断创新,勇攀高峰,这是需要学识和勇气的。

一位学界泰斗,能倾听质疑的声音并根据时代发展做出积极应对和改变,这种虚怀若谷和谦虚好学的精神令同学们折服。老师说:"我一直欢迎新一辈对我的理论进行质疑,只有这样,学术才能不断进步。"他鼓励学生和同行们提出不同的观点,希望看到"百家争鸣"的场面,并从中"取长补短"。

三尺杏坛间 六秩磨一剑

邓子基教授的学术思想博大精深,对于有这样成就的人,一般人肯定会认为邓子基教授一定是异常勤奋、不苟言笑、整日埋头于书堆之中的老学究。然而,和老师接触过的人无不提及他的谦和敏锐、乐观通达。学生们都认为,邓子基教授的气质是一种大智慧和大学养的凝合,他对学术的孜孜不倦和对生活的热爱完美地统一着,并且感染着周围的人。

邓老师一生恪守导师王亚南留给他的十字箴言——"教书、育人、出人才、出成果"。他为国家培养出了数以万计的人才,遍布祖国大江南北甚至世界各地,其中有许多是杰出的专家学者和财经栋梁,培养的博士生也已逾百人。

针对研究生在求学中的困惑,邓老师则形象地将博士生比喻为"国家队",将硕士生比喻为"预备队",倡导同学们要踏实地做学问。他说:"做学问来不得半点虚假,一定要有严谨求是的精神,要坚持辩证的思维和积极稳妥的态度。"老师还告诉同学们,要讲究"解放思想、实事求是;一分为二、对立统一;从中国国情出发;从现象到本质;与时俱进、开拓创新,在继承中发展"的学习方法,并教导大家在认真做学问的同时,也要努力学会做人。

邓老师是一个治学严谨的人。有一次我将写好的论文交给他看,他对整篇论文作了密密麻麻的修改,连标点符号都改正过来了。曾经做过白内障手术的邓老师,书桌上放着四个倍数不同的放大镜。严格之余,邓老师又把学生当成自己的儿女。他说:"学生是我们的培养对象,也是服务对象。"邓老师的学生们最爱到老师家中作客。每次我到邓老师家里,他和师母都

会关心地询问我的学习和生活情况。总结一句话就是,爱生如子,寓教于谈笑之中。我们这些异乡的孩子都把邓老师的家当成了自己心灵的归宿。

记得和我同级的另一位女博士生由于遭遇家庭变故,为了不给家里增添负担,她一度想放弃学业。邓老师得知此事后,多次找她了解情况,并热情地鼓励她坚持攻读博士学位。邓老师对他身边的每一个人都十分关爱与仁慈,不论是学生、家人还是陌生人。2010年8月间,邓老师由于口腔囊肿住院治疗,我们几位博士生轮流看护。后来我发现,邓老师竟然记得每一位为他服务过的护士的名字。

桃李花千树　星斗焕百祥

"人生有限,事业无限",培养更多优秀的学生就是邓老师毕生的事业。为了鼓励优秀青年学生,扶持家庭困难学生,邓老师发起创办了面向厦门大学财政系的"邓子基奖教奖学金",并发起面向全省的"福建省邓子基教育基金会",积极筹集资金鼓励和资助勤于治学的师生们。

对于培养和服务学生,邓老师总结了三点体会:一是要有培养理念,就是"教书,育人,出人才,出成果",培养出的学生要服务社会、多做贡献;二是要有爱心,"把学生当作自己的子女,既要严格要求又要十分关心,要以表扬为主,批评要讲艺术";三是要进行人生指导,"把自己拥有的人生钥匙传给他们"。"真诚待人、认真做事;胸怀宽广、宁静致远;严于律己、宽以待人;与人为善、助人为乐",这就是邓老师给大家提出的一生坚持并不断言传身教的信念。

著述等身、桃李满园,邓老师年逾九旬却依然保持着良好的精神状态和旺盛的工作精力,他笑称自己掌握了治学、为人、保健这三把钥匙。邓老师说:"身体要健康,我的体会就是心态平衡、生活规律、劳逸结合、适当运动、合理饮食。身体是干事业的本钱!"

邓老师虽已至鲐背之年,仍是老骥伏枥,壮心不已,以"不老松"的事业心、责任感和追求真理的学术良知,辛勤耕耘在财经科学领域。方寸讲坛尽显育人风范,邓子基教授严谨认真、一丝不苟的学风,诲人不倦、循循善诱的师风,不怕挫折、直面困难的气势,与时俱进、不懈探求的勇气,坚持真理、无

所畏惧的骨气,对党忠诚、忧国忧民的真情,深刻地影响和教育着我们这些莘莘学子,永远值得吾辈学习。润物细无声,桃李亦有情。我们将永远以邓老师为楷模,自勉自励。

作者简介

唐文倩,女,1986年生,2004—2013年就读于厦门大学经济学院财政系,先后获经济学学士、硕士和博士学位;现任职于福建省财政厅。

属于自己的厦大故事
——记电子工程系黄云鹰老师

陈 谐

剑桥的六月,天气已经开始燥热,周末早起去市中心,游客成群。撑船的小哥举着牌子在熙熙攘攘的人群里礼貌地询问每个来往的中国人是否要游剑河。此情此景,我不禁想到了厦门的六七月,火热的凤凰花和异常繁忙的校园。我曾在厦大英国校友会成立两周年时在朋友圈写过一句话:"每个厦大人,都有一段属于自己的厦大故事和回忆。"最为可贵的是,这些经历可以跨越时间和空间,去温暖彼此。这就是厦大给我们留下来的烙印和最珍贵的礼物。

2005年我高考失利,带着些许逃避的心态来到厦门,进入厦大电子工程系学习。这座美丽的海滨城市以其博大的胸怀和热情包容了我的失意,让我在这里再次燃起奋斗的激情,也让我在这里度过了情牵一生的四年。我非常幸运,在美丽的厦门大学度过本科,随后去了园林式的清华园,现在又来到静谧古朴的剑桥小镇。每个地方都有如画的校园风景和深厚的底蕴。很感恩厦大，让我能有机会不断奋斗、实现梦想。厦大的四年，即使我培养了严谨的理工科思维，又让我能成为一名带点文艺情怀的工科男。

  我所在的电子工程系，是一个相对比较小的系，本科生一届一共两个班，加起来也不过90来人。老师和学生们关系都很融洽，就像一个大家庭。当年电子工程系的老师我至今还能如数家珍般地列出来。今天，我想聊的老师是我们系的副主任黄云鹰老师。他是个很优秀的老师，我却不是个合格的学生。毕业之后，换了手机，就和黄老师失去了联系。在如今信息发达的世界里，要联系一个老师其实不难，但我却不知以何缘由去联系。直到现在，当我要回忆一位厦大老师时，才想起这位对我有过恩情的老师。真是惭愧！

  在键盘上敲下黄云鹰老师名字的时候，许多画面和记忆瞬间鲜活起来。第一次见到黄老师是在入学的新生见面会上，黄老师当时是我们系的副主任，分管本科生教学。讲台上这位看起来50几岁的老先生，穿得很朴素，声音不大，语速缓慢却掷地有声、言简意赅。他脸上总是带着微笑，四年来我从没见他露出过着急或不耐烦的表情。这种亲切和慈祥，让我们一下子忘了和教授、和高深学问之间的距离感，有的却是一种邻家老先生的亲和感。再后来频繁见到黄老师，是在大一下学期他主讲的"电子线路"课上。他讲课从来不用PPT，每次上课都带着一个厚厚的旧备课本。进教室后也没有太多寒暄，就开始写板书，于是大家也跟着记笔记。几十年的教学积累，使黄老师的笔记和讲解深入浅出。复杂的电路图在黑板上也顿时变得可爱、明了起来。本来乏味的模拟电路也不再那么困难了。虽然我现在的研究方向和电子线路已经相差很远，现在回想起来，仍旧觉得听黄老师讲课是一种精神上的愉悦和享受。

  和许多身边的同学一样，我带着迷茫度过了大学的第一个学期。大一下学期我就决定选修双学位，扩展自己的知识面，对其他学科也多做些了解，便于以后的职业选择。当时信息学院关于申请双学位有自己的规定，选择申请双学位的同学必须所有课程都上70分。虽然我第一学期总成绩全系第一，但是偏科的我还有一门英语只有68分。因为这门课的原因我的双学位申请直接被系里拦了下来，没法申请双学位。不知从哪里来的勇气，我

在得知自己申请被系里拦下来后,愤然跑去漳州校区的宿舍,打听到黄老师的房间。敲门进屋后,我迫不及待带着"质问"的语气,满是委屈和不满,述说着自己的经历和对此事的不甘。当时黄老师正准备午休,房间里还有另外一位老师。我"慷慨激昂"、"很是气愤"地述说了自己的看法和理由,列出了自己过去一学期的成绩和获得的荣誉,一再表明自己学有余力,对院系对我申请双学位的"扼杀"行为表达抗议和不满。当时,另外一位老师居然没有打断我的聒噪和无礼,微笑地听着我的陈词。黄老师听完后我的陈述后,安慰了我几句,就让我先回去等消息。一个星期不到,我的名字就被系里上报到学校。我很快就顺利地申请到了双学位的名额。事后,黄老师也没找我提起过这件事。但我心里明白,这是他为我争取的机会。我能做的,就是用成绩证明我没有辜负他的帮助。我想我做到了。

后来去了厦大本部,我又开始不安分,希望能早点进入实验室参与项目,锻炼自己的动手能力。我又想到了这位邻家老先生,给黄老师打了一个电话,请求他帮忙介绍一个他觉得比较合适的实验室和老师。这时候我的成绩,尤其是专业课成绩,都还不错,动手能力也得到了一些训练,自己联系老师也不会太困难,但我相信黄老师会为我推荐一位和他一样关心学生的老师。不久他便向石江宏老师推荐了我,后来石老师在我本科时给了我很多帮助和指导。

黄老师就是我记忆中的厦大老师,众多老师中的一位:博学、朴素、慈祥、真诚,对学生有着莫大的宽容和关爱。我怀念厦大,不仅仅怀念那个美丽的地方,更怀念那里的可爱的老师们。

作者简介

陈　谐,男,1987年生,2005—2009年就读于厦门大学电子工程系,获电子工程系学士学位和经济学学士学位,2012年获清华大学电子系硕士学位,现在剑桥大学信息工程系攻读博士学位。

师恩难忘
——我的导师焦念志教授

张永雨

时光荏苒,转眼间已从厦大毕业整整六年,曾经读博时的点滴美好回忆深深铭刻于心,每每凤凰花开和教师节来临之际,往事屡屡在心头被唤起,满怀对我的博士生导师焦念志教授的崇敬和感恩之情。

记得初次与焦老师见面是在2005年初夏,推开他办公室门的那一刻,焦老师和蔼可亲的微笑和强健有力的握手顿时消除了我来之前浑身的紧张。焦老师不仅认真询问了我的个人情况,而且十分耐心地为我细致讲述了海洋研究领域的前沿知识和动态,使我对海洋微型生物生态学研究产生了极其浓厚的兴趣。当时我在硕士毕业前已经考取了山东省公务员,再加上我是作为自费的博士生被厦大录取的,所以一直还在为是否读博的问题而犹豫不决。然而,与焦老师谈话后,我坚定了读博的决心。焦老师在当时已经是国内非常知名的科学家,仍能不厌其烦地对一个准博士新生如此耐心和蔼,再加上其对科学的严谨态度,针对我的每个小问题都会解释得清清楚楚,令我非常感动和敬佩。多年之后,这一情景仍历历在目。

作者(右)参加博士论文答辩时与焦念志教授合影(2009年)

现在回想起来,在厦大读博期间与焦老师相处的点点滴滴,是我一笔宝贵的人生财富,令我受益终生。由于在读博之前我缺乏微生物研究基础,刚开始读博的一段时间我的实验工作屡屡失败,为此我情绪非常消沉,甚至产生过退学的念头。焦老师得知我的情况后,一有时间,就不断地引导和鼓励我,使我最终走出了那段灰暗的时光,培养了我遇到问题不退缩的精神,提高了我分析、解决问题和创新的能力,逐渐步入科学研究的正轨。另外,由于我当时是自费博士生,承担着较大的经济压力,焦老师也总是设身处地地为我着想，帮助我解除后顾之忧。为了进一步开拓我的学术视野，焦老师还为我提供了去美国马里兰大学学习深造的机会。我刚到美国时，焦老师担心我初到异国不适应，常常咨询我的近况，为我在生活或工作上遇到的困难出谋划策。这一切我都深深铭记并暖在心底。

焦老师是个工作十分拼命的人，经常加班到深夜。因为长时间的疲劳工作，他的眼睛和腰椎都曾出现问题，然而，每次稍微得到一点恢复后，他又一如既往的辛勤工作起来，有时甚至强忍着病痛，一有时间就与我们坐在一起认真分析和解决科研中遇到的问题。虽然我们看在眼里，痛在心里，但无不为之折服，对他充满深深的敬仰之情。他那种对科学的执着追求精神，对工作的敬业态度深深地感染着我。从他那里，我领略到了什么才是真正的学术精神。

美好的时光总是非常短暂，四年的博士生生涯一晃而过。记得2009年在我博士临毕业之际，焦老师与我促膝长谈，激励我参加工作后"务必抓住年轻时的大好时光，加倍努力"、"不要荒废博士期间的所学"、"踏实工作，勿急功近利"、"期望你将来能做出好的成绩，早日成长起来"，这些朴素但十分真挚的话语在我工作后的这些年，一直萦绕在耳边，始终激励着我努力工作。

一日为师，终身为父。在我参加工作后，尽管焦老师平日里工作非常繁忙，但仍然关心着我的科研工作情况。事实上，参加工作后的前两年，由于客观原因，我无法全身心投入到海洋学研究中，走了不少弯路，焦老师仍处处为我着想，鼓励我申请厦门大学近海海洋环境科学国家重点实验室（MEL）的开放课题，在有幸得到资助后，借助MEL以及焦老师实验室的科研平台我很快做出了一点自己满意的科研成绩，这也为后来我成功申请到国家自然科学青年基金的资助、进一步深入开展海洋细菌与病毒学研究打下了极好的基础。

如今，身处青岛这座海洋城市，我充满着对海洋微生物学研究的热爱和对未来的憧憬。我将十分珍惜在厦大读博期间的所学所知并谨记我的导师

焦念志教授的谆谆教诲,在未来的工作中孜孜不倦,认真钻研,争取在海洋学的研究中早日做出可喜成绩。

作者简介

张永雨,男,1979年生,2005—2009年就读于厦门大学海洋与环境学院环境科学与工程系,获理学博士学位;现为中国科学院青岛生物能源与过程研究所海洋生物与碳汇研究团队负责人。

丹心热血沃新花
——致我的辅导员郑晖阁老师

杨 雷

不知不觉离开校园已经两年多了,时光荏苒,许多回忆犹如一沓沓画册摆放在自己的脑海中,每一次翻开这些画册的时候总是能找到生活的动力。

我上班的时候会路过几条小街,每每看到老奶奶在寒风中卖早餐饼的情景,看到那些卖花的小孩子们穿梭于马路上如织的车流中,看到那些环卫工人蹲在路边闭目养神抑或是吃着自带的便餐的情景,我心中总有一种说不出的滋味,我无不感受到生活的艰辛和不易。许多年前,我的父母也过着比他们更为艰辛的生活,我自己一路走来也经历了诸多不易。幸运的是,我努力考进了厦大,在母校的老师和同学的陪伴下涅槃,完成人生的第一次重大转变。我不敢想象,如果没有遇到那位我熟悉得再熟悉不过的姐姐般的老师——郑晖阁的引导和关爱,如果没有在厦大这片肥沃的土地上努力成长,我的命运又会是怎样呢？

"感恩、奉献、责任"这是母校90周年校庆的主题词，它们就像"自强不息，止于至善"的校训一样，是流淌在我们每个厦大人身上的血液，散发着一种经过多年学校培养和教育形成的独特气息，有感恩心念，懂得奉献，敢于承担对家庭、社会、国家的责任。要具有这样独特的气息并不容易，每一个离开校园走进社会的同学身上都凝聚了辅导员老师、授课老师、学院学校领导等等诸多园丁的"丹心热血"。郑晖阁老师就是这样一位老师，她是我大学期间的辅导员，她更像我的一位可敬、可亲、可爱的姐姐，她言传身教、呕心沥血，以大无畏的精神、尽职尽责的工作态度、充满阳光的生活理念、热心的关爱，伴随我们走过了快乐而充实的大学生活，帮助我们完成了人生的第一次跨越。

懂得奉献与付出，才会有真正的收获

2006年9月，跨越了半个中国，我来到了厦大漳州校区，此时火热的夏日就如我心中对大学生活的极度渴望一般，满怀期待要在大学里"大显身手"。很快开始的严酷军训并没有挫败我的锐气，随后激烈的班委干部选拔让我铆足了劲儿要一试身手。报名、筛选、摸底情况、面试公告，团总支的师兄师姐们精心为我们这些新生们准备着这场精彩的剧目。提交申请表、相互了解、准备面试……同学都为自己心中的目标准备着。"高中三年都是主要班委干部，又是正式党员，这个班长，我志在必得"，我心中暗自盘算着。面试开始了，"你对班长这个职务是如何看待的？""如果你当选，你会如何开展工作？"……团总支委员们一个一个问题轮番袭来，我从容面对。"如果当选不了班长，你愿意接受其他职务吗？"当时心高气傲又对班长这个职务志在必得的我想也没想就回答了"不愿意"。在欣喜和焦虑中度过了几天，我终于等到了公告，看了几遍都没有我的名字，一下子我仿佛从天堂掉到了地狱，大学里的第一个挫折就这样和我不期而遇了。

接下来的几天里,我犹如失魂一般,自认为"优秀"的我无论如何都想不通为啥自己不能当选班长职务。在纠结与无奈中度过了几天后,我还是鼓起勇气去找郑老师谈谈。记得当时是晚上,郑老师在办公室加班,她放下手中的活儿,耐心地听完我的"申诉"后,她并没有指责或批评我,而是意味深长地说:"你只看到了这个职务,但却没有明白这个职务背后的责任和义务。懂得奉献与付出,才会有真正的收获啊。"一语点醒梦中人,"懂得付出才会有收获",这是我大学生涯上的第一堂有意义的课。

那件事情以后,我认真地反思了我的想法并决心做出改变,逐渐转变自己做人做事的态度和方式,慢慢地赢得了同学和老师的信任。凭借党支部和团总支平台,我为系里做出了自己应尽的责任和义务,同时我也获得了成长,收获了一份难得的人生经历。

懂得感恩的人才会发现生活的美好

2007年夏,又是一个炎热的夏日,但我的心情却无法像天气那样热情似火。当时我和妹妹都在上大学,家里经济状况非常紧张,爸爸妈妈在家里一直勤俭节约供应我和妹妹上学。那时候,虽然家徒四壁,但是一家人还是其乐融融。不幸的是,由于生活不规律加上营养不良,妈妈患上了慢性胃病,到处就医也未见好转。常年吃药加上心情压抑,妈妈觉得她的病拖累了我们,所以在爸爸外出的时候服农药自杀了!幸亏发现及时,妈妈被紧急送进了县人民医院ICU。听到这个消息的时候,我犹如晴天霹雳一般,我的世界一下子失去了重心。

赶回家里,看到爸爸憔悴的面庞,我已经明白了一切,妈妈生死未卜使他感到深深的内疚和自责。在他把想到的办法都试过后,首期几万的治疗费用仍未解决,差额甚大。那一刻我多么想痛哭一场,但是我知道我必须坚强,也只有坚强面对这一切,我们才有最终战胜一切的希望。

回到学校后,我抑制不住内心的那份担忧和痛苦,想到家里的难处曾一

度有辍学的想法,上课也没有心思,一度消沉。郑老师了解到我的情况后,她鼓励我一定要坚持,不要放弃,要像我们校训一样"自强不息",人穷心不穷,志坚心不衰。那一刻她就像我的知心姐姐一样,让我充满了对生活和学习的希望,坚定信心要渡过这个难关。后来她又号召全系同学为我捐款,同时也鼓励我申请助学金,"皇天不负有心人",妈妈在ICU里面待了28天后脱离了生命危险,慢慢地康复起来了。

当时郑老师温暖的笑容和那些语重心长的话语,让我一辈子都无法忘记。记得郑老师还说过,"懂得感恩的人才会发现生活的美好",她希望我能走出来,阳光的面对生活。"自强不息,止于至善",带着老师同学们给我的这份厚礼,我怀着一份感恩的心态更加努力地"经营"自己的大学生活,加强学习,积极主动做好学生工作,并且通过勤工俭学还完了家里的债务,我希望我的努力能对得起他们帮助我的那一份真心真意。

责任,就是要敢于担当

刚进入大学时候,我们全系就三个学生党员,我是其中一个,我们和大二的学生党员一起组成了一个党支部。郑老师对我们支部党员的要求格外严格,除了成绩要名列前茅,还必须在生活方面、学生工作方面起到很好的榜样作用。那时候郑老师经常对我们讲的一句话就是:"责任,就是要敢于担当,要有所为有所不为。"党支部会定期会举办"侃吧"支部活动,选取一些当前社会的热点话题,同学们聚在一起,讨论交流对这些话题的看法,再由我们邀请的嘉宾老师进行点评。那时候每场活动现场爆满的场面和同学们观点激烈交锋的情景,我现在都还记忆犹新。这些活动,不知不觉中对我们起到了潜移默化的作用,引导我们和同学们保持密切接触,让同学们对学生党员的认识有了更加鲜明而深刻的认识,党支部工作也因此开展得顺利而有序。

岁月会抹去我们很多故事,但是有一些记忆终将伴随我们直到永远。

这么多年过去了,那两年漳州校区的生活是我过得最充实、最有意义的一段时光。那是凝聚郑老师心血和智慧的阶段,引领着我们快速成长,适应大学生活,转变思想,树立正确的世界观、价值观、人生观,我们一生都将受益匪浅。

谢谢您,郑老师!

作者简介

杨 雷,男,1986年生,2006—2013年就读于厦门大学信息科学与技术学院自动化系,获控制工程硕士学位;现就职于中国建设银行信息技术管理部成都开发中心。

My Teachers of Xiamen University

她的微笑
——记我的老师陈俐燕

洪佳婧

一袭浅色正装,一头利落长发,一脸温婉笑容,画面中的她似乎总是带着暖意盎然的光亮从记忆中向我走来。更多的时候,她像是一位姐姐,一位良友。素净清俐,燕语莺声,这便是我那永远带着微笑的厦大老师——陈俐燕老师。

作为软件学院数字媒体工程系的第一届教师,俐燕老师和我们几乎是同一时间来到厦大。对于未来,我们有着同样的未知和憧憬。青春靓丽似乎是大家对陈俐燕老师的第一印象,而她的亲和与温暖,更像是润物无声的春风,轻轻拂过却敲打在我们心上。大一伊始,俐燕老师开了一门"美术基础课",主要教授基础素描。事实上,课程目的可能更多是在于摸底学生对数媒专业的兴趣及基础情况。当时孤僻又自负的我，仗着几年的美术功底，当课程进行到绘画部分时，总是一言不发地拿着画板坐到角落，临摹自己带去的石膏人像素描，而不是与大家一起完成老师教授的任务。当时的我，陷入一种对自我世界的沉浸，十分享受在角落默声作画的过程，却从未想过，这是在老师的课堂，应该对老师和其他同学有起码的尊重。现在想来，当时那个看起来另类骄傲、却完全没有意识到不足的自己，大概很难讨人喜欢吧。然而，陈俐燕老师却从不吝啬于表现对我的欣赏。每节课，她在指导完其他同学绘画后，都会走到我身边，微笑地默默看着我作画，有时候，她会陪我说两句话，但当时害羞的我，总是说不了太多，只是一直一直都默默记着老师肯定的眼神和脸上永远绽放的笑容。我想，如果没有陈俐燕老师的包容和肯定，我不会慢慢变得谦逊和开朗；如果没有陈俐燕老师像一位姐姐一样轻声软语地与我聊天，我不会跨过这么多年对师生关系固有的严肃观念，在之后的求学生涯中，能更自如地与老师们交流学习。

除了亲和，陈俐燕老师总是谦逊地把自己摆在和我们一同学习的位置，对于我们，她用引领探索及共同进步的方式，代替了作为老师权威教授的姿态。也许因为都被贴上了"数媒第一届"的标签，老师和我们一样面临着来自学院和外界的关注，甚至质疑。于是更多的时候，我总觉得，俐燕老师更像是与我们并肩作战的战友，我们一起书写软件学院数字媒体工程系从零开始的历史，一起面对挑战、面对未知，一起创造成绩、创造未来。"三维动画设计课程"是数媒的重要必修课程之一，面对从未接触过 Maya 软件的我们，面对没有前辈老师授课经验示范的情况，俐燕老师从教材的反复筛选，到课程模式的一再修订，事无巨细地带领我们走好每一步，有时讨论到一些细节的技术问题，她会谦虚地与我们讨论，带着一副认真的表情，好像她就是我们的一分子。从她的身上，我真正感受到了努力和谦和的力量。

"学海何洋洋！谁欤操钥发其藏？""人生何茫茫！谁欤普渡驾慈航？"如果说我的大学四年就像人生海洋中的一叶扁舟，那么陈俐燕老师就是那一股清风拂面的暖流；她用她亲切的微笑，与我架起了师生之外作为朋友的桥

梁;她用她勤恳的努力,为我示范了无涯学海中不断前行的方向。即使在毕业多年后的今天,她的微笑依然是我的厦大记忆中一抹亮丽的风景线。细水长流,桃李飘馨,愿我亲爱的陈俐燕老师,春风依旧,更添辉煌!

作者简介

洪佳婧,女,1989年生,2007—2011年就读于厦门大学软件学院数字媒体工程系,获工学学士学位,同时获新闻传播学院广告系文学学士双学位;现就职于中国建设银行股份有限公司信息技术管理部厦门开发中心。

师恩永在心间
——记信息学院董俊教授

马 剑

2009年9月,我硕士研究生入学的第二天,是我第一次见到在后面三年给予我最无私帮助和关怀的我的研究生导师董俊老师的日子。那天,在海韵校区行政楼的某间会议室,我和我的八位新同学一起坐在会议桌的一侧,而另一侧坐着我们专业所有的研究生导师。

每位老师和学生都进行了简单的自我介绍,随后学生们按要求填下自己的三个导师志愿,再由导师进行选择。当时我没有提前做过功课,对每个老师的专业领域都不了解,只能凭感觉匆匆写下自己的志愿。其中一个志愿,就是我在这天第一次见到的董俊老师。董老师给我的第一印象是认真严肃,科研能力很强,我想有这样的老师做自己的导师应该可以在研究生阶段学到很多。到下午的时候接到通知,导师选择结果出来了,我的研究生导师确定为董老师。董老师在科研二号楼五楼的走廊里等我,把他的联系方式告诉我,给我介绍了实验室的位置,这时候其他同学们都被各自的导师领去认识师兄师姐们,我赶紧问董老师我的师兄师姐办公室在哪里,得到的回复是:"没有师兄师姐,你是我带的第一个学生。"我当时就愣住了,没有前辈?上课的问题找谁问?谁来带我做实验?忐忑的研究生生涯就这样开始了。

研一的大部分时间都在上课,有一门专业课正是董老师的"量子电子学"。在上课的过程中才发现,董老师并不像我第一印象中那么严肃,他其实是一位和蔼可亲的老师。这门课程也是董老师第一次开课,所以他很关心我们的接受程度,会经常询问大家是否有不懂的地方,再根据大家的反馈来调整课程进度。在课程之余,他常常与我们聊天,有的同学对我们这个专业方向的行业发展前景感兴趣,有的同学对董老师在海外学习工作的经历感兴趣,只要大家提出了问题,他都很乐于回答。

研一下学期,当别的同学开始跟着学长们进出实验室的时候,带着我熟悉实验室的是董老师。他带我认识实验室的每一台仪器设备,每一件实验工具,以及每一片做实验用的晶体和镜片;他教我如何调光路,怎样擦镜片,怎样在激光实验中保护自己的眼睛;甚至教我怎样用扳手拧钉子的时候更牢固更省力气。对很多学生来说,学生时代做过的实验毕业后也许就再也不会接触。而对于选择了科研行业工作的我来说,董老师当时手把手教会我的这些基本实验技能,是我现在工作的基础。实验出结果的时候是令人兴奋的,然而更多的时候是枯燥的准备工作和重复的调光路。"失之毫厘,谬以千里"这个道理在光学实验中体现得淋漓尽致,有一点点误差,激光器可能就出不了光。跟随董老师学习搭建固体激光器的过程,极大地锻炼了我的耐心。到了下午五点多的时候,董老师常常会跟我说:"你先去吃饭,八点再来接着调,我晚上把孩子哄睡了就过来。"这令我非常感动。下班以后的时光,有的人选择陪家人享受天伦之乐,有的人选择看一部电影放松疲惫的身心,而董老师却要再从家里赶过来教我调激光器。即使不需要带我做实验,他也会在办公室里加班到很晚。一直到我毕业,我都很少见过董老师晚上走得比我早。我不止一次在晚上十点多接到他询问实验进展的电话,

不管多晚给他发邮件都能立马收到回复，前一晚发过去的文章初稿第二天上午就能收到董老师的修改意见，有这样一位以身作则的老师常常让我觉得惭愧，放假了我常常出去玩，而董老师却几乎没有自己的休息时间。

2010年的夏天，我终于可以自己一个人做实验了。有一天董老师交代了我一项实验任务，时间比较紧，让我在那个星期里必须做出结果。正好在那个周末，我父母到厦门来看我。我的想法是白天带他们出去玩，晚上再回来做实验，应该不会耽误。非常碰巧，在带父母逛学校本部的时候，我们碰上了董老师。打过招呼之后董老师就走了，当时什么都没说。我一阵冷汗，想着老师肯定会责备我没有在做实验。没想到随后就收到了他的短信："父母来一趟不容易，你带他们多逛一逛，实验先暂停一下。"这又是一件令我动容的事，因为我很清楚当时那个实验的紧迫性。董老师告诉过我，在科学研究的过程中，唯有当第一个发现问题并解决问题的人才最有价值，晚别人一步就只能当一个跟随者，所以当有很多同行研究相同或者相似的问题时，只有争分夺秒才能赶超别人。因此董老师对我们的实验进展也会经常关注，但是他的这条短信却让我明白他对我们在严厉之外又多了一份关怀。

研二的时候学校下发了关于申请硕博连读的通知，董老师询问我的想法，我与家人商议后还是决定不申请，老师没有继续劝我，但我看得出他的惋惜之意。研三时老师再一次问我要不要考博士，同我聊了很多肺腑之言，然而当时周围同学都在热火朝天地找工作，我内心充满彷徨不知道如何决定自己的方向，最终还是拒绝了他，决心开始找工作。老师也没有责怪我的选择，一如既往地关心我，给我提供找工作的建议。有一次我告诉他我投了个做行政工作的岗位，他有些生气地说："我不理解，毕竟花了三年时间读研，学了专业的知识，再去做行政不是太浪费了吗？"后来我到上海光机所参加面试，并把这个消息告诉董老师，他就很高兴，因为这是一个做科研的好地方。虽然我没能继续留下读博让董老师有些遗憾，但是他更为我的前途考虑，他希望我不管在哪里工作都能发挥专业特长，而不是为了所谓的安稳选择一条没有挑战的道路。

转眼间，毕业后参加工作已经三年，单位里也有很多学生叫我马老师，

我总是不太习惯,感觉自己还不够资格,亲身体会后才知道当一名在科研上、生活上都关怀学生的老师是一件很不简单的事。我会以我的恩师董俊教授为榜样,努力提升自己的专业水平和道德修养,成为学生心中的好老师。

谨以此文献给我尊敬的董俊老师。

作者简介

马 剑,男,1988年生,2009—2012年就读于厦门大学信息科学与技术学院电子工程系,获工学硕士学位;现为中国科学院上海光学精密机械研究所助理研究员。

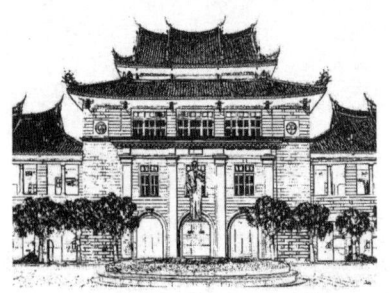

后　记

　　厦门大学近百年的发展历程,是一部写满厦大教师甘为人梯、乐于奉献的感人诗篇。厦大教师热爱教育、热爱学生的故事不胜枚举,虽时光荏苒,但这些可歌可泣的动人佳话却永远地烙印在厦大学子的心灵深处,成为他们此生奋斗的不竭动力。

　　教师的人格魅力影响学生的一生。厦门大学党委书记张彦多次提到,那些走进和珍藏在学生心底的教师,学为人师、行为世范,是优良师德师风的生动写照,体现了百年厦大的厚重和深沉。在今年9月10日中华人民共和国第31个教师节到来之际,为进一步营造崇教厚德的良好氛围,进一步增强教师执教从业荣誉感、教书育人责任感,在张彦书记的倡议和推动下,我们组织编写《我的厦大老师》文集。

在组稿的过程中,我们收到来自全球各地众多校友的回忆文章。许多校友或年事已高,或工作繁忙,但他们带着对母校的感恩之情,生动地描写埋藏在自己心中关于厦大老师的故事,向广大读者呈现出最为真实、可亲、可敬的厦大老师的形象。展现在我们面前的厦大老师群像中,有名扬天下的学术大师,也有默默耕耘的普通教师,但他们都有一个共同特点,那就是对科学真理的不懈追求,对教书育人的尽心竭力,对学生成长的关怀备至。如同习近平总书记对广大教师"做党和人民满意的好老师"的殷切希望,这些厦大老师有理想信念、有道德情操、有扎实学识、有仁爱之心。透过这些文章的字里行间,我们也看到了厦门大学近百年辉煌业绩背后的精神力量。

从发起《我的厦大老师》征文开始,便有许许多多的厦大人按捺不住自己的思绪,纷纷踊跃投稿,有的作者还投了多篇文章,且篇篇精彩。受出版时限约束,此次入选文章以截稿时间为线,作者则以校友为主,且每位作者仅选一篇文章。如有不同的作者回忆抒写同一位老师,我们也仅能从中选取一篇入选,编排顺序以作者入校时间先后排列,不少遗憾之处,还希望校友们见谅。我们还准备在《厦门大学报》、学校官方网站及微信、微博等媒体上刊登、发布来稿文章,并欢迎广大校友继续为我们提供稿件。

感谢校友张存浩院士为本书题写书名。这位让我们引以为傲的校友,他的珍贵墨宝更渲染了广大校友对母校老师深深的敬意。

感谢校友福建省李红副省长、教育部林蕙青副部长,她们不便题词作序,但都表达了对出版本书的坚定支持和热情鼓励。

感谢朱崇实校长所作的精彩序言。他关于"立德树人"的提炼与揭示,道出了每位厦大老师的共同心声。

感谢我校旅港校友会名誉会长、1974级经济系校友王少华女士。她在得知母校开展的此项工作后,慷慨资助出版费用,拳拳之心,可钦可嘉。

感谢为本书承担了大量具体工作的龙章模、许丽莹、郑莉、郑辉、周民钦等同志,正是他们冒着酷暑的辛勤付出,才使得本书能以最快的速度与读者见面。

今年4月22日,李克强总理莅临我校视察,充分肯定了厦门大学光辉

的办学历史和良好的办学传统,希望"将来国家'大厦'里面有更多的厦大学生当栋梁"。我们相信,本书这一页页"校友写老师"力透纸背的深情,必将激励所有的厦大老师们为做好人才培养工作而更加殚精竭虑。

谨以此书献给每一位厦门大学的辛勤园丁!

本书编委会
2015 年 8 月

图书在版编目(CIP)数据

我的厦大老师/林东伟主编. —厦门:厦门大学出版社,2015.9(2015.12重印)
ISBN 978-7-5615-5691-7

Ⅰ.①我… Ⅱ.①林… Ⅲ.①随笔-作品集-中国-当代 Ⅳ.①I267.1

中国版本图书馆 CIP 数据核字(2015)第 186102 号

官方合作网络销售商:

责任编辑　蒋东明
特约编辑　刘　璐
文字编辑　英　瑛
封面设计　李嘉彬
责任印制　朱　楷

厦门大学出版社出版发行

(地址:厦门市软件园二期望海路 39 号　邮编:361008)
总 编 办 电 话:0592-2182177　传真:0592-2181406
营销中心电话:0592-2184458　传真:0592-2181365
网址:http://www.xmupress.com
邮箱:xmup @ xmupress.com
厦门集大印刷厂印刷
2015 年 9 月第 1 版　2015 年 12 月第 2 次印刷
开本:720×1000　1/16　印张:18.5　插页:4
字数:363 千字
定价:39.00 元
本书如有印装质量问题请直接寄承印厂调换